华中师范大学出版基金丛书

学术著作系列

YIPUSHENG XIJU DE
XIANDAI LUNLI SIXIANG YANJIU

易卜生戏剧的现代伦理思想研究

蒋文颖 著

C B J J

华中师范大学出版社

新出图证（鄂）字 10 号

图书在版编目（CIP）数据

易卜生戏剧的现代伦理思想研究/蒋文颖著. —武汉：华中师范大学出版社，2022.12

ISBN 978-7-5622-9094-0

Ⅰ.①易…　Ⅱ.①蒋…　Ⅲ.①易卜生（Ibsen，Henrik Johan 1828－1906）—戏剧文学—伦理思想—文学研究　Ⅳ.①I533.073

中国版本图书馆 CIP 数据核字（2022）第 162704 号

易卜生戏剧的现代伦理思想研究

ⓒ蒋文颖　著

责任编辑：章光琼　**责任校对**：肖　阳　**封面设计**：罗明波

编辑室：综合编辑室　**电话**：027－67867792

出版发行：华中师范大学出版社有限责任公司

社址：湖北省武汉市洪山区珞喻路 152 号　**邮编**：430079

电话：027－67863426（发行部）

网址：http://press.ccnu.edu.cn　**电子邮箱**：press@mail.ccnu.edu.cn

印刷：武汉市籍缘印刷厂　**督印**：刘　敏

字数：217 千字

开本：710 mm×1000 mm　1/16　**印张**：13.25

版次：2022 年 12 月第 1 版　**印次**：2022 年 12 月第 1 次印刷

定价：66.00 元

欢迎上网查询、购书

序

蒋文颖博士的著作《易卜生戏剧的现代伦理思想研究》即将由华中师范大学出版社出版，可喜可贺！文颖在我的指导下攻读博士学位，重点研究易卜生。文颖的研究成果很快就要同读者见面了，我内心的喜悦自不待言。她请我写一篇序言，这自然也是我乐意做的事。

2012年，文颖完成了在美国佐治亚南方大学攻读硕士学位的学业，回到母校华中师范大学，随堂听我讲授的博士和硕士课程。虽然当时我对她没有什么了解，但是她认真听讲的态度和积极参与课堂讨论的精神，在我心中留下深刻印象。课堂上的学习和讨论，激发出文颖对我所讲授的文学伦理学批评的强烈兴趣，促使她对自己的人生发展道路做出了新的选择，决心报考博士。后来她能够在我的指导下攻读博士学位，这段师生缘也是有因有果的。

文颖从华中师范大学外语学院毕业后前往美国攻读硕士学位，拓展了学术视野，提高了思想境界，为她攻读博士学位奠定了学术基础。她通过博士课程的学习掌握了文学伦理学批评的方法，为她写好博士论文创造了良好的条件。她选择以易卜生戏剧为研究对象，博士论文的写作一帆风顺。但是文颖没有就此满足，而是在国家留学基金联合培养博士生的项目资助下前往英国伦敦大学玛丽女王学院，跟随加林·提哈诺夫教授继续深造。提哈诺夫教授是我的老朋友，他对文颖的聪慧与勤奋大加赞赏，对文颖学业的进步十分满意。在伦敦学习期间，文颖完成了博士论文的最后写作，回国后顺利毕业，然后留校从事师资博士后研究。她在教学之余用心对博士论文进行修改，增写了部分章节。同当时的博士论文相比，现在这部即将出版的著作，其质量有了新的提高，颇有特点。

这部著作以易卜生创作的社会问题剧和象征主义戏剧为主要研究对

象，结合易卜生的札记、书信和演讲分析戏剧中的伦理选择范例，总结易卜生戏剧的伦理思想，挖掘伦理选择的教育价值，在迄今为止的易卜生研究中，其创新特色显而易见。

以往有关易卜生戏剧的研究，尤其是对易卜生的社会问题剧的研究，大多强调对宗教、法律、道德、婚姻家庭、政治生活等社会矛盾冲突的分析，揭露和批判资本主义社会的丑恶现象，而少有从思想根源上展开对易卜生戏剧的伦理分析。文颖运用文学伦理学批评的方法，从社会和阶级的宏大叙事中转而对特定伦理环境中的伦理选择范例进行剖析，将社会和阶级融入伦理选择分析之中，并通过伦理选择范例的分析认识和理解社会和阶级，挖掘易卜生戏剧的伦理价值，以从中获得道德启迪。

文颖对易卜生戏剧进行伦理选择的分析有其鲜明的特色，那就是在进行伦理选择的分析时能够深入探讨伦理选择的深层次原因。例如在讨论《群鬼》时，文颖能够把人性因子和兽性因子作为决定人物如何选择的两大因素展开分析，从而让我们看到人物的伦理选择究竟是怎样进行的。文颖认为，人是由人性因子和兽性因子组成的斯芬克斯因子的存在，由于人的二元辩证属性，人在进行具体的伦理选择时会同时受到自由意志和理性意志的影响，所以阿尔文太太才用“群鬼”表明个人不得不面对的无法两全的生存困境。文颖在对易卜生戏剧中的伦理选择范例进行分析时，也特别关注决定人物如何进行伦理选择的心理方面的原因。例如在讨论《海上夫人》和《海达·高布乐》这两部戏剧时，文颖特别注重对伦理选择与自由意志和理性意志辩证关系的分析。人的自由意志无处不在，但是它受到理性意志的约束和引导，因此人才能够在理性意志的引导下做出正确的选择。艾梨达最终选择留在房格尔家，实现从海上夫人到房格尔太太的身份转变，而海达则选择用自杀的方式保留其高布乐小姐身份的完整性。两位女性人物境遇相似而结局迥异，表明易卜生戏剧语境中的自由是辩证的。

在对易卜生戏剧进行分析时，文颖能够抓住一些关键问题如伦理身份展开讨论。例如在讨论《海达·高布乐》时，文颖认为海达作为全剧的中心人物，她的伦理身份无疑是剧中的一个核心问题。海达从“女儿”到“妻子”是一种新的身份转变，但是她没能正视自己身份的变化，更没有根据自己身份的转变进行与其身份相适应的伦理选择而始终沉浸在个人的幻想中，其人生选择显然是失败的。海达的结局说明伦理身份是客观的，不以人的意志为转移。任何伦理身份都受到伦理环境和道德规范的制约，必须承担自己的伦理身份所赋予的伦理责任与义务。所以，强调伦理选择过程中身份的作用非常重要。实际上，伦理选择往往是由身份决定的，是为了建构某种伦理身份而做出的选择。对某种身份的建构也意味着对某种身份的解构。因此，伦理选择始终同建构新的身份和解构既有身份联系在一起。

易卜生戏剧的影响是世界性的，对他的研究同样如此。易卜生戏剧在世界上拥有大量读者，也拥有大量研究家，文颖作为一位年轻的易卜生研究者，选取易卜生具有代表性的十多部剧作，通过分析戏剧人物的伦理选择范例，不仅阐释了伦理选择和伦理身份之间的关系，剖析了决定伦理选择的心理原因，并且通过对伦理选择的分析探讨了易卜生创作的伦理思想。无论易卜生写作诗歌还是创作戏剧，他都表现出强烈的道德倾向性，努力从伦理角度思考一系列社会问题，探讨个人与社会、自由与解放、宗教与信仰、婚姻与爱情、自由与规范等各个方面的伦理选择问题，深刻反映了易卜生对当时挪威社会伦理道德体系崩溃问题的思考。

易卜生既采用现实主义的手法，也采用象征主义的手法创作戏剧，聚焦于戏剧主题、人物、思想等方面的伦理选择分析，把剧场当作讨论社会现实问题的论坛，努力从伦理层面寻找解决社会问题的新途径。易卜生在戏剧中将矛头指向现行的伦理秩序，思考如何构建以真理和自由为基础的伦理新秩序。显然，易卜生戏剧的价值已经超越了艺术的价值，不仅能够为我们提供道德指引，帮助我们如何在一个充满伦理混乱的社会中做出正确选择，而且也揭示了导致易卜生描述的一系列社会问题产生的伦理根源，为我们的社会改革提供了新的思路。可以说，在易卜生戏剧这座艺术宝库中，文颖的研究打开了一条新的获取宝藏的通道。

为了写作这部著作，文颖做了大量的研究，已经在《外国文学研究》等杂志上发表了一系列前期研究成果。她重视新的研究方法，在借鉴前人成果的基础上另辟蹊径，通过细致的文本分析，以新的视角从传统研究中寻找新问题，阐释自己的新见解、新看法、新观点，道人所未道，言人所未言。作为一位青年学者，她表现出敢于挑战既有学术观点的勇气，也表现出努力追求新解释、新观点和新结论的创新精神。在易卜生戏剧研究中，文颖这部著作无疑是一个成功的新尝试，不仅从伦理层面把易卜生戏剧研究推向深入，而且也为后来的研究提出了新的问题，打开了新的视野。尽管这部著作还存在一些不足，但是瑕不掩瑜，其重要的学术价值已经充分显现出来。文颖性格沉静，做学问踏实，有学术理想，有学术耐心，学术潜力巨大。相信文颖在今后的学术道路上，还会在现有的基础上为易卜生研究奉献出新的成果！

聂珍钊

2022年7月1日

目　　录

引　言

生于十九世纪的戏剧大师亨利克·易卜生不仅是挪威的文化标志，而且是享有世界盛誉的文坛巨匠。他的创作生涯长达半个世纪，为后人留下了二十六部题材广泛、风格多样、思想深邃的戏剧以及大量的诗作。他的批判精神以及对自由独立的追求启发和鼓舞了与他同时代和后世的许多作家、理论家和革命家。1906 年易卜生离世后不久，豪沃尔斯（W. D. Howells）评价道："戏剧的复兴是世界性的，深入到每个文明开化的民族，戏剧的繁盛景象仅次于莎士比亚时期，而在这个时代没有人能与易卜生相提并论，很少有编剧能望其项背。"①

易卜生的戏剧创作主要源于他个人的内心生活体验，如内在性格、反叛精神、冲突矛盾。按照易卜生研究公认的传统，易卜生的戏剧创作有三个特色鲜明的阶段，第一阶段是早期浪漫主义历史剧和诗剧，易卜生主要用韵文写作，他创作的反叛英雄与他个人有着密切联系，尤其是这一阶段的诗剧②；中期以现实主义社会问题剧为主，易卜生以中产阶级为主要创作对象，以现实主义题材作为其戏剧的主题；晚期象征主义戏剧是对前两个创作阶段的融合和深化，重在探索人物的心理世界。尽管这样的研究思路已经深入人心，但是将社会问题剧与象征戏剧完全割裂会使研究者忽视易卜生作品中主题的连贯性和完整性③。易卜生的创作主题自始至终一脉相承，他的主题从浪漫主义发展而来。他是浪漫主义运动的继承者，也是新现实主义戏剧的开创者④。

---

① Howells, W. D, "Henrik Ibsen," *The North American Review* 183, 596 (1906): 2.

② Brustein, Robert, "Ibsen and Revolt," *The Tulane Drama Review* 7, 1 (1962): 121.

③ Rønning, Helge, "Review: *Henrik Ibsen* by David Tomas," *Modern Language Review* 81, 1(1986): 261.

④ Johnston, Brian, *Text and Supertext in Ibsen's Drama*, University Park, PA: The Pennsylvania State University Press, 1989, p. 3.

一

在创作手法上，《青年同盟》（1869）是易卜生创作生涯的重要分水岭，它是易卜生用散文写作的第一部关于现代生活的戏剧。易卜生自完成《青年同盟》之后，直到同类戏剧《社会支柱》（1877）问世，其间共八年的时间里只创作了一部历史长剧《皇帝和加利利人》（1873）以及早年间的一些短剧。易卜生在这段漫长的时间中反思他的创作，虽然他可能没有预见自己将彻底放弃诗剧，但他已然开始探索一条全新的创作道路。《青年同盟》是一部具有现代性的讽刺喜剧，是易卜生开始现实主义创作的一次有意义的尝试，但无论从戏剧艺术的高度还是从思想内容的深刻程度来看，《社会支柱》通常都被看作易卜生现实主义戏剧创作真正成熟的开端。从《社会支柱》到《咱们死人醒来时》的十二部剧作有一个共同的主题，即个人只有摆脱过去才能成就自己[①]。这些“过去”通常是剧中人物触犯的某种伦理禁忌、道德规范或法律法规，随着剧情的发展，他们的“过去”被逐渐揭开，成为戏剧人物“现在”面临的种种伦理问题。

在《剧作法》一书中阿契尔指出：“根据一个道德概念定制出来的故事，总是容易去生硬地宣传它所根据的那个概念，因而损害了它的例证的功能。”[②] 易卜生从来都不是道德寓言家，在很多时候他的道德立场都受到各方保守派的攻击。他的戏剧冲击了十九世纪欧洲社会的传统伦理体系。他没有提前设定道德概念，但是有他自己的道德态度，而且通常情况下主要是批判和辩证的态度，并通过戏剧表达道德见解。

戏剧尤其是悲剧的诞生、发展、兴起和衰落，都与社会伦理道德之间有着极为密切的关联。乔治·斯坦纳评价古希腊雅典时代悲剧诗人是“与同时期道德和思想站在同等高度的存在”[③]。诗人和戏剧家是否能够创作出优秀的诗歌、戏剧作品，这取决于社会生活，即客观伦理环境。反

---

① Meyer, Michael, *Henrik Ibsen* Vol. 2, London: Rupert Hart-Davis Ltd, 1971, p. 210.

② 威廉·阿契尔：《剧作法》，吴钧燮、聂文杞译，中国戏剧出版社，1964，第 15 页。

③ Steiner, George, *Death of Tragedy*, London: Faber and Faber Limited, 1961, p. 120.

之，伟大的戏剧家在创作时亦会着意选择他的观众。戏剧是一种和观众交换互动的艺术综合体，戏剧家们在创作剧本时就必须考虑他要呈现给观众一个怎样的故事，观众会如何接受。从亚里士多德提出“卡塔西斯”（catharsis）开始，戏剧对观众的情感熏陶和道德影响作用就是不言而喻的。马丁·艾思林指出，戏剧的本质是用最经济、最直接具体的形式向社会成员表达思想，推究哲理①。盖伊·西马认为，在现实主义文学和舞台表演方面，导演和演员的任务是学习和掌握剧本的内容，同时作为戏剧的解密者，他们要引导观众发现和理解剧中不同人物的视角②。最终目的仍然是引发观众对戏剧人物的深思。

本书选取易卜生的十一部戏剧作品为考察对象，包括他的早期代表性诗剧《布朗德》，以及从1877年至1890年连续创作的八部戏剧，分别是《社会支柱》《玩偶之家》《群鬼》《人民公敌》《野鸭》《罗斯莫庄》《海上夫人》和《海达·高布乐》，以及被易卜生自己称作“戏剧收场白”的其中两部剧作《建筑师》和《咱们死人醒来的时候》。虽然这十一部戏剧分属易卜生创作的三个不同阶段，但是从戏剧内容、人物塑造和主题等方面来看，它们一脉相承。如果把戏剧分为结构和内容两个方面，能够看到在结构上易卜生继承了古希腊戏剧传统。易卜生设法把他希望让观众知道的“一连串又长又复杂的事实”传递给观众，在他成熟的剧本里，他总是习惯设置前因（antecedent）③。本书涉及的十一部剧作在结构上都是纯戏剧式结构，从古希腊的戏剧套路发展而来，都是“以一个过去的重要秘密为中心，辅以一个严重威胁到这个秘密的当前情境”，最终秘密会由于各种原因不可抗拒地被揭露，剧情则以“发现”实现“突转”④。这种结构使人物关系错综复杂，“围绕着一个处于全剧焦点的‘结’（即前因）——或是重要秘密，或是紧急事件——展开冲突，不仅全剧是一个集中的冲突，大部分场面也都由人物之间的冲突来表现，将亚里士多德所谓的‘行动的统一’表现得特别突出，剧中交代、发展、

① 马丁·艾思林：《戏剧剖析》，中国戏剧出版社，1981，第13-14页。

② Cima, Gay Gibson, "Discovering Signs: The Emergence of the Critical Actor in Ibsen," *Theatre Journal* 35,1 (1983): 9.

③ 威廉·阿契尔：《剧作法》，吴钧燮、聂文杞译，中国戏剧出版社，1964，第84页。

④ 孙惠柱：《第四堵墙：戏剧的结构与解构》，上海书店出版社，2006，第21页。

必须场面、高潮、结局各个层次较为分明，首尾贯通，浑然一体……”①在本书涉及的十一个剧本中，九部作品的前因或是伦理问题本身，或是导致伦理问题的根本原因，而在《人民公敌》这部没有前因的作品中，引发戏剧冲突的导火线——受污染的浴场——也属于生态伦理问题范畴。

易卜生用古希腊戏剧结构深刻地呈现了他所关注的现实伦理问题，并通过探索新的戏剧手法和表现形式赋予其戏剧强烈的现代性和持续的舞台生命力。易卜生终其一生都致力于寻找一种舞台语言来表达他的道德见解，中产阶级现实主义可能是易卜生将道德见解调整适应戏剧演出所采用的最简单也是最成功的方式之一②。易卜生通过关注挪威中产阶级面临的伦理问题探索“真理”和“自由”的内涵。这些戏剧以现实生活中真实的人为描写对象，将他们置于真实的场景之中。易卜生通过戏剧中人物在家庭生活、政治生活和社会生活等各个方面遭遇的伦理困境，充分表现出普遍性和社会性的虚伪过时的伦理道德观念。它不仅与外部世界的发展脱节，而且禁锢人的思想，给人造成沉重的精神负担。

二

易卜生有着“现代戏剧之父”的美誉。早期诗剧作品多半取材于历史，如《苏尔豪格的宴会》《海尔格伦的海盗》等带有浓厚的浪漫主义色彩。中期的社会问题剧，如《玩偶之家》《人民公敌》等使他蜚声世界文坛，获得了广泛的认可。易卜生的晚期创作转向探求象征主义与人物的心理，留下了《建筑师》《咱们死人醒来的时候》等一系列艺术技巧精妙却又艰深晦涩的作品。高中甫总结道：“有人称他是自然主义者，有人称他是新浪漫派的先驱，有人则称他是新古典主义者，又有批评家把他的《培尔·金特》称为表现主义的，而象征派作家又把易卜生看作是自己所师法的大师。”③ 正因为易卜生的创作道路的复杂性，许多不同流派的作家都把易卜生归为自己的“同道中人”，尽管这些说法有其不同侧重而未

① 孙惠柱：《第四堵墙：戏剧的结构与解构》，上海书店出版社，2006，第 24 页。

② Adams, Robert Martin, “Henrik Ibsen: The Fifty-first Anniversary,” *Hudson Review* 10, 3 (1957): 417.

③ 高中甫：《易卜生评论集》，外语教学与研究出版社，1982，第 2 页。

免有些以偏概全，但是这些分歧和争论恰恰证明了易卜生戏剧的重大文学价值。

另一方面，易卜生以现实生活为背景，描写普通人的喜怒哀乐、生老病死。他打破古希腊戏剧以及莎士比亚、拉辛等通常以英雄人物、皇室贵族和社会上层阶级为主要人物，以历史事件为对象的戏剧传统，将现实主义题材引入剧院，搬上舞台，使戏剧的功能由供人们消遣娱乐发展深化为引起人们对社会问题的关注和深思。虽然易卜生的创新和他敏锐的视角使他的戏剧受到了同时代的批评家以及社会权威的猛烈抨击，但是他戏剧中的现实意义仍然引起了人们的重视。自此之后的戏剧家在戏剧创作和题材内容上，都沿着易卜生的道路越走越远。在西方文学史上一批重要的作家，如德国的霍普特曼、英国的肖伯纳、美国的奥尼尔、瑞典的斯特林堡等，都深受易卜生戏剧创作的影响，把他视作自己的"导师"①。肖伯纳是研究莎士比亚和易卜生的行家，他对两位戏剧家的作品都十分喜爱，但是"在戏剧创作的理论和实践上，他宁愿学习易卜生的戏剧现代化，而反对死守莎士比亚的戏剧传统法则"②。因此，对于易卜生的研究有利于深入了解和揭示现代戏剧及现代文学的发展规律，并且对研究许多与易卜生相关的作家提供更多的依据。

从易卜生写作同时代开始至今，易卜生研究在世界范围内取得了浩瀚如繁星般众多的研究成果。本书主要关注易卜生剧作的文本分析，因此众多易卜生戏剧舞台表演的研究不列入考虑。按照研究对象来分，第一类是将易卜生作为现代戏剧家的代表，把他置于特定的作家群中，从宏观上研究易卜生与其他作家之间的关系，或他在戏剧艺术上的特点和创新，或他为戏剧创作和戏剧艺术的发展演变做出的贡献。雷曼德·威廉姆斯所著《戏剧：从易卜生到布莱希特》对现代戏剧家进行了全面研究，其核心术语为"传统"（conventions）和"情感结构"（the structure of feeling），他将易卜生看作现代戏剧的开端，认定易卜生的戏剧在这两个方面都取得了突破性和颠覆性的发展，从而开创了戏剧史的新篇③。罗

---

① 王忠祥：《易卜生》，华夏出版社，2002，第2页。

② 王忠祥：《易卜生》，华夏出版社，2002，第179页。

③ 参见 Williams, Raymond, *Drama from Ibsen to Brecht*, London, England: Chatto & Windus, 1971.

伯特·亚当斯的《不和的张力：文学的开放性研究》一书囊括了莎士比亚、济慈、斯威夫特、卡夫卡和易卜生等众多小说家、诗人和戏剧家以及他们很多作品的研究。亚当斯在书中主要论述了“开放的形式”（the open form）这一概念，用来说明文学作品中作者预设“未解决的矛盾冲突”，用以展示这种“无能为力”的文学形式。亚当斯反对所有形式主义的固有的批评方法，他认为这样给文学批评造成了极大的限制①。然而，正如哈泽德·亚当斯指出的，亚当斯所谓的“开放的形式”本身就是一种形式主义②。弗雷迪·罗克姆的专著《易卜生、契诃夫、斯特林堡的戏剧空间：隐私的公众形式》论述了三位伟大的现代主义戏剧家作品的舞台空间艺术③。

泰瑞·霍德格森在专著《现代戏剧：从易卜生到富加德》序言中指出，自然主义是此研究中尤为重要的术语，因为自然主义戏剧是所有其他戏剧形式反抗的对象；这部专著中心议题是自由和源自美学、政治、心理等各种限制性因素之间的紧张关系，它既存在于剧作家探索新戏剧模式的渴望与戏剧传统之间的矛盾，也存在于剧作家笔下的人物和观众之间不同自由观的碰撞④。此类研究虽然因侧重点不同而选择不同的戏剧家进行综合比较，但是其成果都涉及了易卜生对戏剧在主题和艺术方面的革新做出了界定，肯定了易卜生戏剧的价值和在戏剧史上的重要地位。

这一大类研究还有一个突出的特点，就是涉及跨学科、多领域的研究方法和视角。如美国社会学家利奥·洛温塔尔从社会学的角度切入，对1600年到1900年这三百年间的欧洲文学进行分类梳理，关注重点作家和主要文学作品，包括英国的莎士比亚、德国的歌德、西班牙的塞万提斯和挪威的易卜生等，分析这些作品中人物的形象⑤。虽然他们研究的重

---

① 参见 Adams, Robert M, *Strains of Discord: Studies in Literary Openness*, Ithaca, NY: Cornell University Press, 1958.

② 参见 Adams, Hazard, "Reviewed Work: *Strains of Discord: Studies in Literary Openness* by Robert M. Adams," *Criticism* 1,3 (1959): 274-276.

③ 参见 Rokem, Freddie, *Theatrical Space in Ibsen, Chekhov and Strindberg: Public Forms of Privacy*, Ann Arbor: UMI Research Press, 1986.

④ Hogdson, Terry, *Modern Drama: From Ibsen to Fugard*, London: Batsford, 1992, pp. 1-2.

⑤ 参见 Lowenthal, Leo, *Literature and the Image of Man: Sociological Studies of the European Drama and Novel, 1600-1900*, Boston, MA: Beacon, 1957.

点可能不在作家或文学作品本身，但是这反映出易卜生在欧洲文坛乃至世界文坛都极具意义和代表性，也为易卜生研究提供了更广大的空间和更多的可能性。这类研究往往采用比较研究的方法和视角，旨在揭示戏剧或现代文学发展的轨迹，或易卜生与某些作家或戏剧家之间的共性，它们往往侧重这些作家作品中的某些具体问题或者某些特点，因此对于易卜生个人及其作品的研究不够系统和深入。

第二类是对易卜生生平的研究，如易卜生传记、书信、演讲等。易卜生在1880年6月16日写给他剧作的德语翻译者路德维西·帕萨尔格(Ludwig Passarge)的信件中写道："我写下的每件事都是与我的内心体验密切相关的，即使在外人看来它似乎不曾发生在我身上。写作的每个步骤都是让我灵魂得以释放和净化的途径。"① 易卜生承认他的生活与他的作品有着重要关联。从生平入手研究其诗歌和戏剧作品也是长期以来易卜生研究的重要方法。易卜生研究学者通过对记录易卜生生平的文献进行整理研究，发掘其中有价值的线索。

易卜生的一生并未有特殊传奇的经历，学者在撰写他的生平时往往把他的作品关联起来，或以他的创作阶段作为他生平的分割线，或以他的作品为线索介绍他的人生。换言之，对易卜生生平的撰写也是以他的作品为中心，因此易卜生的传记为研究易卜生戏剧提供了重要的依据。这种传统从第一部易卜生传记由挪威学者亨利克·杰格尔执笔的《亨利克·易卜生：一幅生平画面》开始一直沿袭至当代，包括中国的学者在介绍易卜生的专著中也主要从他的作品切入，如茅于美的《易卜生和他的戏剧》和王忠祥的《易卜生》等。

易卜生作为挪威甚至是北欧的代表，他在西欧和美国的广泛影响和接受离不开对他作品的译介和对他本人的介绍。英国诗人、作家和评论家埃德蒙·高斯(Edmund Gosse)是将易卜生译介到英国的第一人，他与威廉·阿契尔合作翻译了《海达·高布乐》和《建筑师》，并著有第一部易卜生英文传记《亨利克·易卜生》，按时间顺序详细记录了易卜生不同阶段的生活经历、创作经历、个性特征和知识背景等。高斯的传记一方面让英国观众和读者逐渐了解和喜爱这位挪威戏剧家，另一方面为后

① Ibsen, Henrik, *Ibsen: Letters and Speeches*. Ed. Evert Sprinchorn, Clinton, MA: MacGibbon & Kee, 1965, p. 187.

续易卜生传记撰写和生平研究奠定了坚实基础。易卜生在英国被接受的过程中最重要的人物非威廉·阿契尔莫属。他不仅将易卜生的作品翻译成英文，而且在易卜生受到强烈指责和质疑之时和萧伯纳一起为他辩护，使易卜生最终能被英国剧坛接受。当易卜生的戏剧作品被译介到英国之后，在1870年至1890年二十年左右的时间引起了学界的广泛研究，对伦敦的社会文化产生了深远影响。在1891年至1893年达到高潮，形成了"易卜生运动"（The Ibsen Campaign），易卜生的支持者和反对者特别就易卜生戏剧中的情节和人物的道德判断发生了激烈争论①。

美国评论家和传记作家蒙特罗斯·摩西（Montrose Moses）于1908年出版的《易卜生》详尽地总结了用三到四种语言写作的易卜生评论，既简练地归纳了一些当时众所周知的文章和专著，又介绍了很多极具价值却鲜有问津的评论。此书还介绍了易卜生所处的环境、挪威当时的国情对他生平的影响，从中能够窥探易卜生戏剧作品中伦理环境的原型。大卫·托马斯（David Thomas）所著的《亨利克·易卜生》以综述易卜生生平和作品开篇，进而从易卜生的文学和戏剧影响、哲学和美学思想、现实主义戏剧、舞台改编和戏剧家、批评家的评论等几个方面分类探讨易卜生的主要戏剧作品，为易卜生综合研究提供思路和参考②。爱德华·贝尔的《易卜生：其人其作》探究了易卜生对社会和政治的批判精神的根源，以及他的作品与挪威和欧洲文学传统之间的关系③。《易卜生的知识背景》系统阐释了易卜生的智力体系，包括他个人受教育经历，十九世纪历史背景如法国大革命，几位重要哲学家如克尔凯郭尔、黑格尔和尼采对他的影响④。欧美学界有一些学者著书立说，讨论了易卜生戏剧作品中的伦理思想和道德观念反映了这些哲学思想。

在对易卜生本人进行研究的同时，通过他的生平经历以及他的作品，学者们试图用不同的身份分析易卜生和他的创作。布拉德布鲁克（M. C. Bradbrook）在《挪威人易卜生》中用"艺术家的长成""诗人""道

---

① Kelly, Katherine E, "Pandemic and Performance: Ibsen and the Outbreak of Modernism," *South Central Review* 25, 1 (2008): 12.

② 参见 Thomas, David, *Henik Ibsen*, Macmillan, 1983.

③ 参见 Beyer, Edward, *Ibsen: The man and His work*, London: Souvenir Press, 1978.

④ 参见 Downs, Brian W, *Ibsen: The Intellectual Background*, Cambridge, UK: Cambridge University Press, 1946.

德家”“人道主义者”和“远见卓识者”五个角色定义易卜生的身份，肯定了他的艺术高度和思想深度[①]。克勒曼用“火与冰之谜”形容易卜生，他时而大步向前，踌躇满志，时而因恐惧却步[②]。在易卜生剧作中经常出现的矛盾含混以及他的道德思想和伦理思考在他的个人经历上有迹可循。

第三类是对易卜生戏剧作品的各项研究，包括专题研究、主题研究、论文集等。勃兰兑斯（Georg Brandes）于1898年出版的《易卜生与比昂松研究》一书，全面研究了易卜生创作的各个剧本。有别于按易卜生的作品艺术风格为标准，勃兰兑斯以“三个印象”（“three impressions”）为线索，即1867年（易卜生完成《培尔·金特》）、1882年(《群鬼》已经发表）和1898年（一系列剧作让易卜生蜚声世界）三个时间点的三个印象来解读易卜生的创作。勃兰兑斯不仅是最早的易卜生评论家，而且他在易卜生的名声走出斯堪的纳维亚半岛之前就已关注和评论过易卜生的戏剧，在易卜生从享誉欧洲到蜚声世界的整个创作生涯中，勃兰兑斯的评论始终同步进行。

1891年萧伯纳（Bernard Shaw）发表了《易卜生主义的精华》，仔细解读了易卜生戏剧文本，以及易卜生在英国的文学接受。其中萧伯纳特别关注易卜生戏剧中对道德问题的披露和探讨，他强烈地反对那些歌颂美德（virtues）的理想主义者（idealists），认为易卜生主义的精华实在“无准则”。萧伯纳是易卜生评论史上首位提出“易卜生主义”（Ibsenism）这一概念并对其进行系统阐释的评论家，他的研究成果无疑是受到瞩目的，但同时也受到了不少质疑。许多易卜生研究者认为萧伯纳所定义的“易卜生主义的精华”不够全面，有失客观和公允。《易卜生在英国》（*Ibsen in England*，1919）的作者弗兰克（Miriam A. Franc）指出：“萧伯纳总是把易卜生当作一个道德主义者而非诗人。”[③] 他批评萧伯纳对易卜生的剧作在道德问题上进行了偏度阐释，从而忽略了他作品中的美学价值以及艺术手法。

在这一方面，诺曼·罗兹的《易卜生与希腊人》[④] 不仅从思想内容上

---

① 参见 Bradbrook M C, *Ibsen the Norwegian*, London: Chatto & Windus, 1946.

② 参见 Clurman, Harold, *Ibsen*, London: The Macmillan Press, 1977.

③ Franc, Miriam Alice, *Ibsen in England*, Boston: The Four Seas Company, 1919, p. 29.

④ 参见 Rhodes, Norman, *Ibsen and the Greeks*, London: Associated University Press, 1995.

挖掘易卜生戏剧与德国的哲学思想以及古希腊、德国和斯堪的纳维亚半岛文化之间的内在联系，还探讨了易卜生戏剧对古希腊戏剧模式的继承。同样注重艺术表现的还有《易卜生：分裂的意识》一书，作者查尔斯·里昂系统研究了七部易卜生戏剧中的隐喻，从早期历史剧到晚期象征剧，分析出其作品中的“意识”的本质，揭示了十九世纪戏剧中的现实主义能够容纳象征主义元素，并且为象征主义的发展奠定基础[①]。布莱恩·唐斯精心选取了六部“最能展现易卜生在艺术和思想上的多个侧面”的戏剧，从早期《爱的喜剧》中的讽刺（satire）的运用，诗剧《布朗德》和《培尔·金特》对人类职责和命运的追问，《玩偶之家》（作为社会问题剧的代表作）反映出易卜生对社会问题的敏锐关注和思考，《野鸭》中独到的象征手法，到《建筑师》表现出的几乎所有易卜生作品中都存在的自传式的张力[②]。唐斯确实通过这六部戏剧的研究说明了易卜生戏剧创作中的一些极具代表性和普适性的特点，然而并未明确地指出或高度地概括易卜生的作品总体上究竟表达了怎样的思想，以及这些艺术手法对于其思想的表达起到了何种效果。易卜生研究者布莱恩·约翰斯顿在《易卜生戏剧循环》一书中深入探究了易卜生戏剧的美学艺术[③]。他以黑格尔的悲剧美学（主要是《精神现象学》）为理论基础，将从《社会支柱》到《咱们死人醒来时》等十二部剧作看成一个彼此关联，在美学意义上不断进化的循环过程。此外，约翰斯顿的《易卜生戏剧中的文本和超文本》扩展了易卜生戏剧解读的方法，他定义的超文本（supertext）包括了圣经和异教神话传说，他还将其他文化中的技艺表演、民间故事甚至绘画联系到易卜生的戏剧分析上，极大地丰富了易卜生戏剧的内涵[④]。易卜生一直坚称自己是诗人，他作品中的超文本则体现出了易卜生创作的诗性。约翰斯顿对易卜生戏剧文本的精读和他的视角为易卜生研究创造了更为广阔的空间。

史料型文献也为易卜生戏剧研究提供了重要参考。麦克·伊根编辑

---

① 参见 Lyons, Charles R, *Henrik Ibsen : The Divided Consciousness*, Carbondale: Southern IIlinios University Press, 1972.

② Downs, Brian W, *A Study of Six Plays by Ibsen*, Cambridge, UK: Cambridge University Press, 1950, p. xi.

③ 参见 Johnston, Brian, *The Ibsen Cycle*, Boston: Twayne Publishers, 1975.

④ 参见 Johnston, Brian, *Text and Supertext in Ibsen's Drama*, University Park, PA: The Pennsylvania State University Press, 1989.

的《易卜生：批判遗产》收录了同时期易卜生戏剧的评论，包括十九至二十世纪易卜生戏剧在英国和欧洲各地上演之后戏剧批评家的主要观点和态度，从中能够看出同时代的舆论对易卜生剧作中的道德问题的关注和评论①。《易卜生记录》选编了关于易卜生所有二十六部戏剧的基本信息，包括剧本完成时间、首次公演时间、地点和报纸评论等，易卜生非戏剧类作品的评论，以及对易卜生本人的评论等②。由于戏剧这种艺术形式自身转瞬即逝的属性，从某种意义上演出的结束也就是戏剧的终结，同时期的评论和剧作家自己的陈述对于后来的研究者和读者尤为珍贵。它们是对资料的收集和整理，是研究的重要依据，但不是就某一具体问题进行的系统研究。

在易卜生研究论文集方面，研究者选编了关于易卜生作品主题思想、艺术表现、舞台表演等各个方面的研究成果。由罗尔夫·福耶德（Rolf Fjelde）主编的《易卜生》收录了二十世纪上半叶的主要研究成果，重在以二十世纪的视角、以动态的眼光重新评价易卜生的价值和地位③。易卜生研究专家詹姆斯·麦克法兰编撰的《易卜生剑桥指南》收录了十六篇易卜生研究论文，依然按照易卜生生平经历的时间顺序，从他的早期探索到成熟期作品创作，以及被改编成影视等其他作品形态，进行了全方位的研究④。2011年出版由哈罗德·布鲁姆编选的《亨利克·易卜生》收录了十九到二十世纪各个时期重要的易卜生评论家如萧伯纳、艾利克·本特利、罗尔夫·福耶德、尤班克、约翰·诺瑟姆等批评家的文章，研究范围包括易卜生戏剧的前瞻性、易卜生本人与戏剧人物的交集、莎士比亚对易卜生的影响、易卜生戏剧阅读与表演的关系以及对《玩偶之家》《人民公敌》和《海达·高布乐》等剧作的文本细读⑤。

易卜生作为现代戏剧的开创者，现代性是易卜生戏剧研究中频繁出

---

① 参见 Egan, Michael, ed, *Ibsen: The Critical Heritage*, London: Routledge, 1972.

② 参见 Meyer, Micael, ed, *Ibsen on File*, London: Methuen London Ltd., 1985.

③ 参见 Fjelde, Rolf, ed, *Ibsen: A Collection of Critical Essays*, Englewood Cliff, NJ: Prentice-Hall Inc., 1965.

④ 参见 McFarlane, James, ed, *The Cambridge Companion to Ibsen*, Cambridge, UK: Cambridge University Press, 1994.

⑤ 参见 Bloom, Harold, ed, *Henrik Ibsen*, New York: Infobase Learning, 2011.

现的话题。如易卜生研究学者乔安·坦普尔顿（Joan Templeton）的专著《易卜生戏剧中的女性》采用文本细读的方法，详细分析了易卜生所有戏剧作品中的女性人物，探讨了易卜生如何将他个人生活中与女性的交集和对女性的观察、理解融入剧作之中。在分析女性人物形象的同时，坦普尔顿还注重易卜生通过塑造这些女性人物对戏剧传统和社会的颠覆，并且认为这种挑战本身体现了易卜生戏剧的现代性。坦普尔顿认为易卜生坚持塑造独立自主而斗争的女性形象是他激进思想的典型表现，是易卜生作为现代主义思想奠基人的凭证①。托莉·莫伊（Toril Moi）的《易卜生与现代主义的诞生》主要从美学意义上定义了现代主义，认为现代主义是对十九世纪欧洲文学以浪漫主义为代表的美学理想主义的反抗和颠覆，因此易卜生的戏剧在审美方面促成了现代主义的诞生②。总体上看，研究者们对易卜生的现代性与其戏剧中伦理问题并未做具体讨论。

易卜生研究在欧美多国已经走过一个多世纪。研究对象涉及易卜生个人经历、诗歌、戏剧等各个方面，研究方法多样，成果不胜枚举。除此之外，国外学者对易卜生个人研究、影响研究、戏剧舞台表演研究等诸多领域也都有深入探索，总体上国外易卜生研究蔚然大观。在伦理道德批评方面，国外学者对易卜生戏剧中的伦理问题也始终保有研究兴趣。由于语言的限制，众多研究成果尤其是挪威语、丹麦语、德语等写成的专著和论文尚未引入国内学界。

《人民日报》在易卜生逝世110周年之际刊登了纪念文章“戏剧先贤易卜生”，回顾了易卜生在中国的接受发展史，论述了近百年来易卜生戏剧对中国社会变革和话剧发展的影响③。早在清末民初，易卜生首次被译介到中国开始，这位戏剧家便深受中国读者的喜爱。在世界范围内众多的易卜生研究中，中国的易卜生研究依旧特点鲜明，独树一帜。外国学者伊丽莎白·艾德（Elizabeth Eide）甚至以此为题，发表专著《中国的易卜生：从易卜生到易卜生主义》（*China's Ibsen*: *From Ibsen to Ibsenism*. London: Curzon, 1987），从比较文学的视角详尽分析了易卜生在中国的

---

① Templeton, Joan, *Ibsen's Women*, Cambridge, UK: Cambridge University Press, 1997, p. 325.

② 参见 Moi, Toril, *Henrik Ibsen and the Birth of Modernism*: *Art*, *Theater*, *Philosophy*, Oxford, UK: Oxford University Press, 2006.

③ 卢暖：《戏剧先贤易卜生》，《人民日报》2016年7月17日（国际副刊）。

接受和传播，说明了易卜生对胡适、鲁迅等民国知识分子的深刻启发，以及他们通过对易卜生作品的研读，积极推动中国的社会变革和历史进程。迄今为止，中国的易卜生研究取得了丰硕的成果，不仅有大量的学术期刊论文和学位论文，而且据不完全统计，国内目前关于易卜生的译著和专著共三十余部。这些研究成果基本涵盖了易卜生的诗歌和戏剧作品，特别是针对易卜生在国内的接受和对中国作家的影响做出了细致的分析研究。而以“易卜生”和“伦理”为关键词检索到的成果却为数不多。相较影响研究、平行研究、女性主义研究、生态研究等研究视角，国内学界对易卜生戏剧的伦理思想和伦理价值研究仍有待推进。

易卜生戏剧在中国的接受、传播和发展与不同时期中国的国情有着紧密的联系。按时间顺序以及易卜生戏剧研究所呈现的不同特点，国内易卜生研究大致可以分为三个阶段。第一阶段是从 1908 年易卜生的作品初次被译介到中国开始到 20 世纪 20 年代末。这一阶段的重要成果是基本完成了易卜生戏剧作品的翻译，其中潘家洵在易卜生戏剧的翻译中做出了最大的贡献，共翻译了易卜生二十六部戏剧中的十七部。由于“五四”时期中国特殊的历史背景，许多文学大师致力于开启民智，倡导社会变革。易卜生的戏剧，尤其是社会问题剧引起了当时学界的浓厚兴趣。而在易卜生所有的“社会问题剧”中，《玩偶之家》的文本研究和舞台表演占主导地位。鲁迅是中国最早评论易卜生的学者，他于 1907 年在《河南》月刊上发表的两篇文章提及易卜生，他介绍易卜生是“瑰才卓识”，他尤其赞赏易卜生在《人民公敌》中展现的崇尚个性解放、坚持真理、不惧强权的精神面貌。鲁迅更为人所熟知的关于易卜生的评论是他在北京师范大学所作的题为“娜拉走后怎样”的演讲，迄今为止仍然是国内易卜生研究，尤其是《玩偶之家》研究的重要基础。1918 年胡适在《新青年》“易卜生号”专刊上发表的《易卜生主义》，在我国首次较为深入地探讨了“易卜生主义”的内涵，他认为：“易卜生的人生观只是一个写实主义。易卜生把家庭社会的实在情形都写了出来，叫人看了动心，叫人看了觉得我们的家庭社会原来是如此黑暗腐败，叫人看了觉得家庭社会真正不得不维新革命——这就是易卜生主义。”[①] 胡适理解的易卜生主

① 胡适：《易卜生主义》，见《现实主义批评——易卜生在中国》，陈惇、刘洪涛编，江西高校出版社，2009，第 30 页。

义是他作品中批判现实、提倡变革的思想。另有陈独秀、郭沫若、茅盾、周作人、傅斯年等学者也对易卜生研究做出了不同程度的贡献。此外，这一阶段《玩偶之家》《群鬼》《人民公敌》等戏剧都在我国上演过，这些舞台表演也是易卜生在中国传播与接受的重要组成部分。

这一阶段易卜生的戏剧热潮深受当时中国的时代背景影响，王宁评价道："易卜生被介绍到中国时并非作为一位伟大的戏剧艺术家，而在更大程度上是一位革命思想家，因为他似乎更为关涉当时中国社会的紧迫社会问题和妇女命运。"① 因此在这一阶段，相比易卜生戏剧的主题研究，学界在其艺术层面的探究显得尤为不足。

第二阶段是20世纪20年代末到改革开放之前，易卜生研究的重心已经由之前主要关注社会主题逐渐转到易卜生戏剧艺术的革新，之后又有回到政治道德批评的传统趋势。1928年袁振英编的《易卜生社会哲学》将易卜生的批评研究与戏剧作品进行收集和整理。全书共分为三卷，第一卷从易卜生戏剧的创作内容，看其批判的社会现象，同时发掘易卜生的个人主张；第二卷结合作品解读易卜生创作的风格和艺术手法；第三卷为易卜生的戏剧作品。除此之外，他还著有《易卜生传》，他的评论对中国易卜生研究的发展有很大的贡献。同一年由商务印书馆出版的《易卜生研究》（刘大杰著）介绍了易卜生的生平、不同创作阶段的作品，描述了易卜生的思想和作品的影响，还评价了易卜生的意义。随后易卜生研究带有较为明显的政治倾向，学者们一方面对他的作品中揭露社会问题，展现批判精神给予充分肯定，而另一方面又认为他的作品，尤其是后期象征主义戏剧反映了他革命的不彻底性和妥协性。1956年为纪念易卜生逝世50周年而掀起了一股"易卜生热"，但即使如此，对具体作品研究或是对易卜生戏剧的整体研究而言，取得的突破性成果并不多。

第三阶段是改革开放至今，易卜生研究达到全新的高度，进入了百花齐放的多元研究。在作品的译介上，王忠祥教授审订的《易卜生文集》（北京：人民文学出版社，1995年），为我国易卜生研究提供了全面且系统的易卜生作品集。王忠祥教授不仅对易卜生的单个作品进行了深入研究，还在宏观上将国内的易卜生研究带入了一个全新的阶段。他所著的

① 王宁：《"被译介"和"被建构"的易卜生：易卜生在中国的变形》，《外国文学研究》2009年第6期，第52页。

《易卜生》（北京：华夏出版社，2003 年）几乎已经成为中国学者进行易卜生研究的必读著作。这部专著共九章，将易卜生的生平与其创作的不同阶段、不同作品结合起来，系统分析和介绍了易卜生的戏剧及其艺术特点、突出成就、表现手法等方面。最后一章还对易卜生戏剧在世界各国的传播状况做出了概括和评价。此外，王忠祥教授还著有大量的期刊论文，时刻走在易卜生研究的前沿，引导着中国学者在易卜生研究上朝着不同方向更进一步。汪余礼、戴丹妮翻译的《易卜生书信演讲集》（北京：人民文学出版社，2012 年）则为了解和把握易卜生的生平，理解易卜生的创作背景提供了翔实的资料。英国学者埃德蒙·葛斯（Edmund Gosse）著的《易卜生传》近年由我国学者翻译出版（北京：中国人民大学出版社，2018 年）。

长期以来易卜生研究总体上停留在对他作品译介的层次，未能形成系统的研究体系。二十世纪八十年代之后，国内学者开始关注并引入国外易卜生研究的重要成果。高中甫选编的《易卜生评论集》收录了从易卜生同时代的到 20 世纪 70 年代的二十六位学者的二十八篇重要评论，包括恩格斯、萧伯纳、勃兰兑斯、弗洛伊德等对易卜生或其戏剧作品的研究评论。其中有从马克思主义的角度论述易卜生的，如梅林、普列汉诺夫、卢纳察尔斯基的文章；有从伦理学、心理学和哲学角度研究的，如魏宁格尔、弗洛伊德、阿多诺等；还有节选部分有影响力的专著等。

陈惇、刘洪涛编著的《现实主义批判——易卜生在中国》（南昌：江西高校出版社，2009 年）详尽地回顾了易卜生在中国的接受史。这本书主体部分搜集了从二十世纪初到 1949 年新中国建立前的关于易卜生研究的中文文献，不是单纯地根据材料问世时间的先后排列顺序，也不以论者、译者为文字归类标准。全书分为“现代学人、作家论易卜生”“批评论争篇”“序跋篇”“介绍篇”和“研究翻译篇”五个部分，围绕“易卜生及其剧作在中国”这一个中心，选入不同的评论，为国内的易卜生研究提供了又一重要参考资料。然而这本书只收录至新中国成立前的史料，虽然十分珍贵，却不够全面，涉及的易卜生戏剧相对较少，主要集中在《玩偶之家》《群鬼》《人民公敌》等易卜生创作中期的作品，对有关易卜生其他作品提供的资料相对较少，并且没有对易卜生在中国的批评做出总体的评价和分析。

进入 21 世纪，易卜生研究在中国逐渐升温，研究队伍不断发展壮大。尤以2006“易卜生年”达到高峰，涌现出许多卓越的研究成果。田民的《莎士比亚与现代戏剧：从亨利克·易卜生到海纳·米勒》（北京：中国科学出版社，2006年）于同年出版。尽管这部专著研究的中心是莎士比亚对十二位现当代戏剧家的影响，但是通过对莎士比亚与易卜生的比较研究和详实的作品分析，说明了莎士比亚在易卜生的各个创作阶段体现出的不同影响，揭示了易卜生戏剧创作对莎士比亚的继承和发展。何成洲的《对话北欧经典：易卜生、斯特林堡与哈姆生》一书关注了三位具有代表性的北欧作家。第一章专门探讨易卜生与现代戏剧的诞生，选取了《培尔·金特》《玩偶之家》和《海达·高布乐》三部代表性的戏剧，以19世纪末易卜生创作的时代特点为切入点，分别论述了它们的现代性。另外，作者还加入了比较文学视角，分析了易卜生在中国的接受，对萧伯纳的影响，并针对具体作品进行比较研究。

不仅如此，中国的易卜生研究逐渐与国际接轨并形成对话，易卜生国际会议涉及多个不同的主题，从多个方面深入了易卜生研究，加强了国内外学界的交流。2002年“‘易卜生与中国：走向一种美学建构’国际研讨会”的学术成果形成了论文集《易卜生与中国：走向一种美学建构》（王宁、孙建主编，天津：天津人民出版社，2004年）。2005年“易卜生戏剧的自由观念：中国第三届易卜生国际学术研讨会”论文集《易卜生戏剧的自由观念》（聂珍钊、陈智平主编，北京：外语教学与研究出版社，2007年）包括了六个子议题：跨文化视野中的易卜生戏剧；女权主义与易卜生戏剧；易卜生戏剧中的道德观；易卜生戏剧与挪威在政治上的独立；易卜生戏剧与政治、经济和社会改革；戏剧与自由的建构。2008年《不朽的易卜生》（刘明厚主编，北京：中国戏剧出版社，2008年）收录了24篇易卜生研究论文，内容包括：《来自思想者的叩问》《与中国的百年际遇》《易卜生剧作新解读》《我们眼中的易卜生》等。2009年“易卜生创作的生态价值研究：绿色易卜生国际学术研讨会”论文集收录了45篇论文，研究了易卜生的多部戏剧和诗歌作品，从女性主义、现代性、生态伦理等多种视角研究易卜生创作的生态价值。新世纪中国易卜生研究国际化程度不断提高，逐渐形成自身的风格体系。在此背景下，中国易卜生研究更加需要用具有原创性的批评方法与国际对话。

近年来国内易卜生研究者将研究兴趣扩展到了易卜生早期诗剧和晚期象征主义戏剧领域，丰富了我国易卜生研究的成果。比较文学视角依然是易卜生研究的重要阵地。易卜生对中国作家和戏剧家的影响研究，如鲁迅、胡适、田汉、欧阳予倩等，仍然是学者热衷的论题。学位论文选题也反映出易卜生研究的热潮和发展动向。此外，自21世纪初起多个期刊推出了众多易卜生戏剧研究专栏，涉及多个主题和批评方法，如易卜生戏剧生态观研究专栏，以《野鸭》《人民公敌》《培尔·金特》和《建筑师》为案例①。《浙江工商大学学报》于2013年第一期刊发了易卜生戏剧文学伦理学批评研究专栏。三篇论文分别探讨了《培尔·金特》《小艾友夫》和《布朗德》三部戏剧人物的伦理意志、伦理选择和伦理困境等问题，用文学伦理学批评的基本方法探究易卜生戏剧的伦理思想。

总体上国内学界在易卜生研究方面主要呈现出四个特点：首先，从研究对象上看，学者们由之前集中关注中期社会问题剧，转而将目光逐渐投向了易卜生的诗歌、早期诗剧作品和晚期象征主义作品，象征主义、民族历史、文化、宗教等成为新的研究主题；第二，视角多元，其中不乏跨学科、多领域的研究思路，将易卜生戏剧与美学、政治、历史、哲学等其他人文学科结合；第三，研究方法多样，学者们运用比较研究、女性批评、生态批评等批评方法解读易卜生；第四，论文、专著的研究对象丰富，基本涵盖了易卜生创作的重要戏剧作品。尤其是近些年随着易卜生研究的逐渐深入，研究兴趣不再过度集中在个别戏剧作品如《玩偶之家》《人民公敌》《野鸭》等，而是在易卜生早期诗剧和晚期象征主义戏剧的研究方面取得了众多成果。但是对易卜生戏剧中伦理问题的关注和解读仍有研究空间，运用文学伦理学批评视角的研究目前为止亦是主要针对个别戏剧作品，研究对象较为分散，尚未出现系统性的易卜生戏剧伦理研究。

易卜生坚称他的作品必须被当作一个连贯统一的整体，否则便无法把握他作品的精髓。这也要求易卜生研究必须有相对完整的全局观，从整体上认识和理解易卜生作品，而非只做单一研究。另一方面，戏剧和其他文学体裁一样都是内容和形式的统一。对于易卜生戏剧在内容和形式之间的关系研究，国外易卜生研究相较国内研究更加深入和系统。

① 参见《专题论坛：易卜生戏剧的生态观研究》，《信阳师范学院学报（哲学社会科学版）》2009年第29卷第4期。

三

本书以文学伦理学批评为主要研究方法，主要概念基于文学伦理学批评术语体系。下面对本书涉及的重要术语进行简要解释：

1. 伦理和道德。伦理和道德属于哲学里伦理学范畴，千百年来哲学家和学者著书立说，观点和流派不一而足。西方哲学体系中伦理主要包括三个基准面，首先是德性伦理（virtue ethics），强调美德和道德品质，以柏拉图和亚里士多德为奠基人①；其次是道义（deontology），侧重责任和规则，以德国哲学家康德的伦理学思想为代表②；第三是效果论（consequentialism），看重某一行为造成结果的好坏，在这一方面最具影响力的学说是边沁和密尔的功利主义③。

文学伦理学批评话语体系中的伦理更为具体，指的是“文学作品中在道德行为基础上形成的抽象的道德准则与规范”，是站在集体和社会立场对个人道德进行概括和解释④。因此伦理在词性上属于中性，涵义更为广泛。道德是一元的，等同于善，而伦理是人对道德和不道德的分辨。

2. 伦理选择。伦理选择是文学伦理学批评的核心术语，它具有两重意义：一方面从人类文明进程看，人在经过自然选择获得人的形式之后进行的第二次决定性选择，即伦理选择，人通过伦理选择同其他物种区别开来；另一方面就具体个人而言，伦理选择是人在现实伦理生活中面对两个或两个以上的道德选项时做出的选择⑤。本研究讨论的伦理选择两方面的意义都将涉及，主要分析易卜生戏剧中人物具体的伦理选择，阐述他们进行伦理选择的动机依据，探讨他们伦理选择的结果、产生的影响或带来的伦理启示。

3. 伦理身份。伦理身份的主体是人，在文学文本中所有伦理问题的

---

① Hursthouse, Rosalind and Pettigrove, Glen, "Virtue Ethics," *The Stanford Encyclopedia of Philosophy*(Winter 2016 Edition), Edward N. Zalta (ed.)

② "Ethics," *Routledge Encyclopedia of Philosophy*.

③ "Ethics," *Routledge Encyclopedia of Philosophy*.

④ 聂珍钊：《文学伦理学批评导论》，北京大学出版社，2014，第 254 页。

⑤ 聂珍钊：《文学伦理学批评导论》，北京大学出版社，2014，第 267-269 页。

产生与伦理身份密切相关[①]。人可以有多重伦理身份，既有先天的，如以血亲关系为基础的身份，也有后天获得的，如职业身份。在家庭、社会、文化等不同环境中，人的伦理身份不同，需要承担的责任和义务也不相同。伦理身份是评价伦理选择的重要依据。易卜生常常利用人物的伦理身份制造戏剧悬念。一些戏剧人物因为不能正确地认识自身伦理身份而做出有违伦理规范的选择，或因多重伦理身份相互矛盾陷入伦理困境，从而引发戏剧冲突，高潮迭起。

4. 自由与自由意志。自由是易卜生戏剧的重要主题之一。易卜生在1871年给勃兰兑斯的信中写道："我从来都不会把自由（freedom）和政治自由（liberty）混为一谈。你们所谓的自由在我看来是政治自由，我认为真正的自由是一个持续、积极、逐步理解自由这一概念的过程……如果有人说自己已经拥有自由而停止为它奋斗，那正说明他已经失去了自由。"易卜生给两个表示自由的词义做出辨析。他用"freedom"表示哲学范畴的个人自由，将它视为一个动态过程，而非一个静止的状态。

自由意志是文学伦理学批评的术语，与之相对的是理性意志。不同于易卜生戏剧中自由的涵义。根据文学伦理学批评，自由意志指人的不受约束的意志，来自人的不同欲望，在本能的驱动下产生，是人在本能上对生存和享受的一种渴求，属动物性本能范畴，无善恶之分[②]。

5. 真理与理想。真理与理想在易卜生的剧作中是相互对立的概念。在广义上，易卜生笔下的真理是指客观现实。考夫曼指出，与西方传统定义不同的是，易卜生不认为真理是人与神或其他超自然力量之间永恒绝对的关系，而是个人的、动态的和不断发展变化的[③]。因此真理具有时效性，要在一定的伦理环境和历史背景中探讨和界定。另一方面，易卜生提倡建设一种"新的真理"，尽管它的内涵具有相对性，但它更加强调个人的责任，而不是"理想的要求"或对习俗法典的盲目屈从。与真理相对的是"理想"。在易卜生语境中"理想"一词囊括所有的谎言，指代

---

① 聂珍钊：《文学伦理学批评导论》，北京大学出版社，2014，第263页。

② 聂珍钊：《文学伦理学批评导论》，北京大学出版社，2014，第282页。

③ Kaufmann, F. W, "Ibsen's Conception of Truth," *Ibsen: A Collection of Critical Essays*, Ed. Rolf Fjelde. Englewood Cliffs, New Jersey: Prentice-Hall Inc., 1965, p. 19.

所有虚伪、传统、非自然并且奴役人的观念①。因此易卜生语境中的“理想”往往是剧作家批判的对象。

6. 维多利亚时期伦理。易卜生的创作生活大约是1850年至1900年，横跨半个世纪。在英国这一时期被称作维多利亚时期。同时期欧洲大陆各个国家的社会形态、宗教伦理、婚姻家庭等方面虽有不同，但在总体上伦理体系相似，伦理道德观念趋同。

这一时期欧洲大陆的伦理有两个重要组成部分，一是基督教尤其是路德教伦理体系；二是父权伦理（patriarchalism），男性在社会、政治、宗教、家庭生活等各个方面都处于优势地位。十九世纪的路德教会在斯堪的纳维亚半岛占主导地位。教会不仅成为制度化的宗教机构，而且它还是国家机器的一部分，教会牧师也是政府官员②。另外，很多作家都因为攻击教会而受到法律惩处。尽管信奉异端邪说是重罪，但是到了十九世纪八十年代，许多斯堪的那维亚半岛的作家比其他欧洲国家更热衷于有关上帝、宗教、婚姻、道德和性的争论③。

路德宗教伦理是父权的法理依据。特尔略什指出：“路德教的精髓是神权对人的合理统属。男性的权威被视为神的意志。维护秩序的稳定是所有社会体制的至高目标。父权代表法律，拥有对其他家庭成员的绝对权力。”④ 易卜生戏剧的主题和内容很大程度上反映了维多利亚时期的这一伦理体系。

本书将以文本细读为基础，以文学伦理学批评为基本研究方法，通过对戏剧文本以及易卜生创作札记、书信和演讲的仔细研习，通过分析易卜生戏剧中人物的伦理身份和伦理选择，结合研习戏剧艺术手法和艺术风格，如三一律、回溯法、自然主义、象征主义、哥特式等，阐释易卜生戏剧的伦理内涵。

---

① Colglazier, Douglas J, "Willa Cather on Henrik Ibsen's Realism: The Protest against Lies," *American Literary Realism* 33, 2 (2001): 100-101.

② Haugen, Einar, *Ibsen's Drama*, Minneapolis, MN: University of Minnesota Press, 1979, p. 44.

③ Shideler, Ross, *Questioning the Father: From Darwin to Zola, Ibsen, Strindberg, and Hardy*, Stanford, CA: Stanford University Press, 1999, p. 47.

④ Troeltsch, Ernst, *The Social Teaching of the Christian Churches*, Trans. Olive Wyon, New York: Macmillan, 1931, p. 546.

四

戏剧的价值和深度与其伦理价值有密切关系。虽然“为艺术而艺术”的声音在戏剧界也曾风靡一时，如法国的情节剧、佳构剧等，但是这些剧作肤浅空洞的思想内容和样板化的人物设置、戏剧结构和表现方式被后世评论家诟病，也难有经典之作流传下来。亚里士多德的《诗学》奠定了西欧戏剧理论的基础，在对戏剧功能进行论述时，亚里士多德用“卡塔西斯”强调戏剧对观众的道德净化作用。可见戏剧的社会功能和价值早有论定。阿·尼柯尔在总结伊丽莎白时期悲剧观念时认为：“没有人自觉地或不自觉地否认所有的悲剧必须含有‘道德上的教训’。”① 虽然亚里士多德的《诗学》只针对古典悲剧做出系统论述，但随着戏剧的发展、戏剧种类和艺术的丰富多样化，悲剧的道德教诲功能在其他戏剧形式中保留下来。文学中的美学建构与伦理道德表达之间的关系不一定是正相关。易卜生对此进行了试验和探索，虽然并不是所有的戏剧作品都能达到美学与伦理的双向高度，但是易卜生总是尽其所能地让两者相生相容，以达到最佳的戏剧效果。

通过文献梳理可知，易卜生研究与中国现当代历史发展进程有着紧密的关系，这在整个外国文学研究中并不多见。进入 21 世纪以来，中国在各个领域的全面发展举世瞩目。在文学研究领域，建构学术主体性而非继续一味地照搬西方文学批评方法和理论的需求也越来越迫切。易卜生研究同样如此，运用新的特别是具有中国特色的理论、批评方法和视角对于中国易卜生研究的进一步发展具有重要意义。文学伦理学批评作为中国学人原创的文学研究方法为易卜生研究增强了中国学术话语，开辟了新的研究路径。

易卜生的剧作与莎士比亚一样具有经典的价值和意义，研习易卜生剧作的伦理价值和美学价值，探讨易卜生创作的戏剧性与伦理之间的特殊规律，不断研究创作实践提供的新经验，在自己的实践中探索新的道

① 阿·尼柯尔：《西欧戏剧理论》，徐士瑚译，中国戏剧出版社，1985，第 206 页。

路，以使戏剧艺术能够更深刻地反映新的现实，满足当下观众的欣赏要求，是一个十分重要的课题①。在易卜生的剧作中充斥着个人与社会、家庭与社会的矛盾冲突，这些本身也都是伦理范畴内的问题。要用历史主义的视角看待那个时代背景下发生的事情以及易卜生创作的精神内涵。

文学伦理学批评认为，文学是伦理的艺术，伦理价值是文学最基本的价值②。被誉为“现代戏剧之父”的易卜生是一位重要的戏剧家，他的戏剧富含深刻的伦理哲思。运用文学伦理学批评作为本书的主要研究方法，将易卜生戏剧创作中期四部社会问题剧、晚期四部象征主义戏剧和两部作为易卜生创作生涯“戏剧收场白”的剧作作为一个整体，不仅针对单个作品内部的伦理问题进行探讨，而且试图发现和揭示作品之间的有机联系，理解和把握易卜生戏剧中的伦理思想，挖掘其中的伦理价值。

① 谭霈生：《论戏剧性》，北京大学出版社，1981，第 2 页。

② 聂珍钊：《文学伦理学批评：论文学的基本功能与核心价值》，《外国文学研究》2014 年第 4 期，第 13 页。

第一章　伦理选择与伦理环境

到十九世纪九十年代为止，任何雄心勃勃地探讨家庭生活的虚构作品（几乎包括所有的作品）都有描写家庭生活中致命错误的倾向，探讨得越深入，这个错误越是显得致命①。家庭是社会的缩影，许多作家把婚姻家庭作为探讨的对象，通过剖析家庭生活揭示社会问题或其他更为深层次的问题。在易卜生的戏剧作品里，人物通常被置于家庭语境之中，情节常常围绕家庭生活中的婚姻关系、代际关系、经济困境等问题展开。本章所关注的《玩偶之家》与《群鬼》两部作品的题材都描写家庭生活，两位女性主人公娜拉和阿尔文太太均深陷家庭和婚姻的伦理困境之中。她们的生活遭遇虽有不同，但是她们的家庭最终都分崩离析。作品的结局引起了同时代社会舆论的一片哗然，也使得易卜生受到两极评价：他既是一部分人心中的伟大时代先锋，又是一部分人眼里的离经叛道之徒。在一百多年的时间里，这两部戏剧被国内外学者放在一起反复研究和比较。两部作品中易卜生对婚姻家庭问题进行了深刻剖析，揭示伦理与现实的脱节，批判了十九世纪中产阶级的虚伪理想。

第一节　道德与法律：玩偶的伦理自觉与身份确认②

《玩偶之家》自问世起一般被解读为一部关于娜拉和女性意识觉醒的戏剧作品。娜拉认识到她与丈夫海尔茂不平等的地位，在这段看似幸福

---

① Binion, Rudolph, "Fiction as Social Fantasy: Europe's Domestic Crisis of 1879-1914," *Journal of Social History* 27, 4 (1994): 679.

② 蒋文颖：《论〈玩偶之家〉中的伦理自觉和身份确认》，《华中学术》2019 年第 2 期，第 20-29 页。

美满的婚姻里，她只不过是丈夫的玩偶。娜拉在其女性意识觉醒之后，愤然离开了家庭。因此娜拉被视为现代女性的典型代表，一位敢于向男权挑战，公然反抗男性压迫的女性主义者。另一些学者站在海尔茂的角度替他辩护，认为娜拉轻佻、说谎成性、没有成熟女性的气质，既不符合女英雄的特点也不够格当女性主义的代言人①。还有一部分学者否定性别问题在本剧中的价值，认为性别根本不是本剧的重点，反而是娜拉的自我追寻是超越性别，具有普遍意义的。梅耶尔评论道："《玩偶之家》的主题是每一个人都需要找到他或她想成为的那种人并且通过努力最终成为那样的人。"②

从历史背景来看，易卜生创作此剧的时间恰逢十九世纪第一次女性主义运动高涨，是解放女性的呼声最热烈之时。加之易卜生在与同时代挪威女权主义者卡米拉·科莱特的通信中写道："您开始通过您的精神生活道路，以某种形式进入我的作品"③，所以娜拉就顺理成章地成为女性主义的代言人。然而值得注意的是，易卜生自己并不认同他的创作动机是彰显女性主义。他曾公开表示："……我不能接受自觉促进女权运动的荣誉……当然，在解决其他问题时顺便也解决妇女问题，这是很值得期待的；但那不是我的总的目标。我的任务一直是描写人类。"④ 易卜生承认他的作品确实关注到了女性问题，但女性问题和性别研究并不是他作品的全部内容或重点对象。他创作最重要的任务始终是描写人，包括男性和女性。

易卜生在《玩偶之家》创作札记中写道："世上有两种精神法则，两种道德良知：一种是男性的，一种是女性的，两者完全不同。男人和女人互不理解，但在现实生活中女人总是被人以男性的法则进行评判，好像她不是一个女人而是一个男人似的。"⑤ 同篇札记中还写道："一方面是

① Templeton, Joan, "The Doll House Backlash: Criticism, Feminism, and Ibsen," *PMLA* 104, 1 (1989): 30.

② Meyer, Michael, *Ibsen*, Garden City, UK: Doubleday, 1971, p. 457.

③ 转引自"《玩偶之家》题解"（《易卜生文集》第五卷），潘家洵译，人民文学出版社，1995，第115页。

④ 亨利克·易卜生：《易卜生书信演讲集》，汪余礼、戴丹妮译，人民文学出版社，2013，第385页。

⑤ 亨利克·易卜生：《易卜生书信演讲集》，汪余礼、戴丹妮译，人民文学出版社，2013，第411页。

自然的情感与认知，另一方面是社会的主导信念”，娜拉最后完全被这两种截然不同的意识困惑[①]。两段评论中前者是讨论性别差异问题，后者是娜拉个人的认知问题，看似没有关联，但它们相互对应且互为因果。“自然的情感与认知”的主体是娜拉，因为娜拉是女性，所以她的情感和认知都是从女性的视角出发，体现出女性精神法则和道德良知。“社会的主导信念”在本剧中主要包括法律和伦理道德两方面。从历史背景看，一个19世纪的挪威地方社会在社会评价体系和权力体系等方面都符合父权社会的标准，所以在本剧客观伦理环境架构里的“社会的主导信念”是男性精神法则和道德良知的体现。女性和男性的精神法则完全不同，因而娜拉的所思所想、一言一行是受她个人的自然情感和认知驱使，当娜拉的言行遭受到来自社会的男性主导信念的质疑和审判时，娜拉因此产生困惑，最终选择离开玩偶之家去寻找答案。

本剧的冲突既是女性与男性的冲突，也是个人与社会的冲突。《玩偶之家》中娜拉的“自我意识”绝非简单地指她对性别问题的认识。娜拉的觉醒是她作为女性的觉醒，但不仅是女性意识的觉醒。娜拉是女性这一点无疑至关重要，这决定了本剧的前提和出发点——娜拉的伦理身份是女儿、妻子和母亲。笔者无意于分辩娜拉与海尔茂孰是孰非，孰善孰恶，而是旨在揭示娜拉的认知是经历了一个阶段分明、由低到高的提升过程，在这个过程中，按照认知对象的由内至外（范围的由小至大），她重新审视自己的伦理身份（作为一个女儿、妻子和母亲）以及她与海尔茂的婚姻，以娜拉伦理意识的觉醒折射出她所处的伦理环境以及易卜生对婚姻家庭问题的反思。

一、娜拉伦理自觉的过程

在《玩偶之家》中，引起娜拉认知变化的核心事件，即本剧预设的伦理结[②]就是娜拉伪造父亲签字向柯洛格斯泰借款救夫。学者亚科夫列维

① 亨利克·易卜生：《易卜生书信演讲集》，汪余礼、戴丹妮译，人民文学出版社，2013，第411页。

② “伦理结”是文学伦理学批评的基本术语，意为“文学作品中矛盾与冲突的集中体现。伦理结构成伦理困境，揭示文学文本的基本伦理问题”。引自聂珍钊：《文学伦理学批评导论》，北京大学出版社，2014，第258页。

奇认为："《玩偶之家》是一部关于书写（writing）的戏剧。它是关于会产生后果、会引起行动的书写。准确地说，我们所看到的、呈现在舞台上的故事就是由书写引发的各种后果。更准确地说，这些书写并不是虚构的，而是具有法律效力的……"[①] 本剧最重要的书写就是那份娜拉伪造签名的借据。这份借据产生的前因和引发的后果联结了所有人物，推动了整个剧情的发展。从故事展开的线性时间轴看，娜拉共经历了三次揭开事件真相的瞬间，娜拉、柯洛格斯泰和海尔茂分别代表了情感动机、法律和伦理道德三个评价体系，而三个真相大白的时刻分别对应了娜拉意识觉醒的三个阶段，见证了她的认知从混沌到伦理化（即意识到自己是伦理的人）、从自然情感走向理性认知的过程。

（一）初始阶段：自我中心的认知结构和自然情感的驱使

娜拉第一次倾吐过往的对象是林丹太太。娜拉将隐藏多年的秘密娓娓道来，林丹太太在第一幕的对话中充当一个引导者和倾听者的角色。观众和读者能够完全得知娜拉在当时做这件事情的时候，她的立场、角度和思考问题的方式。娜拉告诉她的好友，因为自己当年无法凭一己之力筹措费用，也不能向身患重病的父亲求助。于是，伪造父亲签名以及向柯洛格斯泰借钱是娜拉审时度势、深思熟虑之后找到的出路，能够拯救海尔茂令她充满成就感。这个"又高兴又得意的秘密事"[②] 足以证明她不是旁人和海尔茂眼中那个天真稚嫩、不能承担家庭责任的"小鸟儿"，而是一位果敢决绝、有勇有谋的成熟女性。娜拉的转述强调了在她的家庭陷入困境时，是她站出来力挽狂澜，拯救了丈夫的性命，之后还想尽一切办法赚钱还债，承受了常人无法想象的压力。娜拉简单地以为伪造签名只是解决问题的一种方法，还清了债务就没有任何后顾之忧。显然娜拉没有理解伪造签名这种行为的实质是违反了法律和诚信的道德原则，其后果是要接受法律的惩罚和道德的谴责。

学者约翰斯顿认为娜拉救夫的行为说明她的思维方式完全以自我为

---

① Jakovljevic, Branislav, "Shattered Back Wall: Performative Utterance of 'A Doll's House'," *Theatre Journal* 54, 3 (2002): 433.

② 亨利克·易卜生：《易卜生文集》（第五卷），潘家洵译，人民文学出版社，1995，第 145 页。此作品引文均出自此译本。此后仅随文标注页码。

中心，凭个人意志操控，没有考虑到普遍性的伦理范畴，海尔茂给她“小松鼠”“小鸟儿”这类“动物身份”的称呼暗示了娜拉不具备理解人类社会伦理问题的能力①。先不考虑海尔茂用这些称呼的动机和作用，就客观实际来说，娜拉在这一阶段的思考与行动缺乏基本的伦理意识和法律常识，而更多地受到自然情感的驱使。

（二）提升阶段：对集体意志和伦理身份认知的改变

娜拉第二次承认事实是在面对柯洛格斯泰拿着她伪造签名的借据之时。这次交锋迫使娜拉改变自身的认知结构。首先，娜拉对她伪造签名的行为有了新的认识，她发现除了她的个人意志之外，还有法律这种集体意志的存在。曾经身为律师的柯洛格斯泰向娜拉解释伪造签名的严重性。娜拉由初始的抗拒到逐渐明白这张借据可能会对自己和海尔茂产生不利影响的事实。在此之前，娜拉的认知结构完全从自我出发，她辩道：“难道法律不许女儿想法子让病得快死的父亲少受些烦恼吗？难道法律不许老婆搭救丈夫的性命吗？我不大懂法律，可是我想法律上总该有那样的条文允许人家做这些事。”(148) 娜拉认为女儿、妻子的伦理身份赋予她帮助父亲和丈夫的充分理由和权利，她爱他们以至于可以采取一切手段达到自己的目的。可是柯洛格斯泰告诉她：“法律不考虑动机。”(148) 法律是一种集体意志的体现，它被用来衡量方式和结果，是完全不同于个人意志的存在。娜拉首次认识到动机、行为和后果分属不同的层面，她的自然情感之外，还存在社会的主导信念。

这一阶段，法律被纳入娜拉的认知结构，它同时引发娜拉伦理意识的提升，这点首先表现在她对“母亲”这一伦理身份开始有了新的认识。柯洛格斯泰来找娜拉的当下，娜拉正在跟她的孩子们玩捉迷藏。这也是全剧娜拉与孩子单独相处的唯一片段。细究当时的状态不难发现，娜拉与她的孩子并无本质的区别，“她跟三个孩子在这间和右边连着的那间屋子里连笑带嚷地玩起来”(141)。为何行事没有既定概念，全凭自己的喜好。在柯洛格斯泰出现之后，娜拉试探海尔茂的态度。海尔茂无意中谈到“孩子犯错全都是母亲的过错，因为他们受到母亲的坏影响”。海尔茂的观点不可否认过于偏激和绝对，但是他的话却让娜拉在他们的相处模

① Johnston, Brian, *The Ibsen Cycle*, Boston: Hall, 1975, p. 97.

式里与其说娜拉是他们的母亲，不如说是孩子们的玩伴。此刻娜拉的伦理意识还处于混沌状态，对自己的伦理身份定位模糊。身为母亲，她并没有意识到自己如何说话是会对孩子产生影响的。受到强烈冲击的娜拉“吓得面如土色”，她拒绝再跟孩子们亲近，开始担心自己会在孩子们身上产生坏影响（153）。由此看出娜拉重新思考她作为母亲的伦理身份，其所蕴含的伦理内涵更加丰富，也更加沉重。这为她进一步的觉醒埋下伏笔。

另一方面，在这一阶段娜拉与阮克医生之间的关系发生了转变，体现出娜拉作为妻子和母亲的道德感。阮克医生以海尔茂好友的身份游离于海尔茂和娜拉的婚姻家庭生活。在许多批评家眼中，娜拉有意保持与阮克医生之间的暧昧关系以及她利用阮克医生对她的好感玩弄他是娜拉不道德的铁证①。但是在第二幕里，正当娜拉准备向阮克医生开口寻求帮助之时，阮克医生却借机向她表白。这让娜拉非常错愕和失落，因为她清楚地知道阮克医生已经跨越了朋友的界限，所以她再也不能装作不知道，继续以朋友的身份与他相处。若她对此毫无感知，在海尔茂不在的情况下，她大可不必与阮克医生划清界限。然而事实是，即使阮克医生不会死去，娜拉也无法像以前一样跟他保持亲密无间的关系了。可见娜拉的心里还是有着清晰的道德界限感和分寸感。

在这一幕中，娜拉跳塔兰特拉舞的场景引起了众多研究者的兴趣。这一场景通常被解读为娜拉反叛（rebellion）的前奏或预兆，表明她女性意识初步觉醒。娜拉排练时“跳得越来越疯狂，海尔茂站在火炉旁边随时指点她，她好像没听见。她的头发松开了，披散在肩膀上，她自己不觉得，还接着跳下去”（178）。她还甚至当着海尔茂的面叫爱伦拿杏仁甜饼干，第一次公然违背海尔茂的意愿，挑战海尔茂的权威。娜拉这种与之前大相径庭的行为似乎理所当然地印证了她渐渐苏醒的“自我意识”。

然而值得考察的是娜拉此时的心理状态，娜拉为什么会这么做。塔兰特拉舞是意大利南部的民间舞，相传它起源于14世纪中叶。当时意大利南部塔兰托城一带出现了一种奇怪的传染病，是由名为塔兰特拉的毒蜘蛛咬伤所致。受伤者只有疯狂地跳舞直至全身大汗淋漓，才能排出体

---

① Templeton, Joan, "*The Doll House* Backlash: Criticism, Feminism, and Ibsen," *PMLA* 104, 1 (1989): 29-30.

内毒素。这种舞蹈通常由一人完成，常常用焦躁不安的，甚至是暴力的舞步来达到治愈的目的①。在第二幕中海尔茂说：“娜拉，你这种跳法好像是到了生死关头似的”(178)，此言与这种舞蹈的特殊内涵有奇妙的重合。柯洛格斯泰的威胁像咬伤她的毒蜘蛛一般，娜拉此刻正在进行激烈的思想斗争和生死抉择。娜拉看似反抗的行为是她面对伦理困境时手足无措的表现，也是她面对死亡的威胁时所产生的担忧、害怕、愤怒和百感交集的反应，充分表达了她内心的矛盾和复杂情感。此时娜拉从真正意义上开始思考生与死的问题，她的情绪到了几乎不能自控的程度。在发泄完之后娜拉立刻恢复原状，再次把头发拢上去。海尔茂问：“我的小鸟儿在哪儿?”娜拉伸开双手跑过去说：“在这儿!”(180)这个场景里娜拉的姿态犹如飞蛾扑火，她已经准备为保护海尔茂而牺牲自己。可见在这一幕中，娜拉表现出来的所谓“反抗”实则表达了她对海尔茂的极致的爱。娜拉在经过一番痛苦的思索之后做出了她的伦理选择——为丈夫牺牲自己的生命。

虽然柯洛格斯泰用不光彩的手段逼迫娜拉面对现实，但是娜拉的思想意识客观上有了显著进步。法律和伦理道德的概念开始在她心里滋生，而不再只受个人的自然情感驱使。然而，这一阶段娜拉接受的伦理道德观念仍然是海尔茂灌输给她的，她仍然深信海尔茂会是自己的保护者，而她要做一个忠诚的妻子。可见此时的娜拉依然不具备独立思考和判断的能力。

二、“玩偶”的伦理象征

如果把“玩偶”作为意象，它一方面暗示了没有人的思想头脑、逻辑理性以及独立行动能力的物品可以任人摆布；另一方面象征着被物化的客体，它归属于某一主体。因此观众、读者甚至是批评家将《玩偶之家》的标题里“玩偶”一词的直观印象指向娜拉。第三幕中，娜拉犀利地评价道：“可是咱们的家只是一个玩儿的地方，从来不谈正经事。在这儿我是你的‘玩偶老婆’，正像我在家里是我父亲的‘玩偶女儿’一样。我的孩子又是我的泥娃娃。你逗着我玩儿，我觉得有意思，正像我逗孩

① Toschi, Paolo, “A Question about the Tarantella,” Trans. N. F. *Journal of the International Folk Music Council* 2 (1950): 19.

子们，孩子们也觉得有意思。托伐，这就是咱们的夫妻生活。”（201）伦理意识觉醒之前的娜拉甘之如饴地做着海尔茂的玩偶，而当她认清了自己曾经身为父亲和海尔茂的玩偶，并且她对待她的孩子也如玩偶一般时，娜拉已经是有理性的思维，不再满足于作为玩偶而存在，有了批判意识。

娜拉的这段剖析里，强调了自己和孩子们的玩偶地位，但她没有察觉海尔茂实际上也是玩偶。在剧中海尔茂有两种伦理身份——家庭伦理身份（丈夫、父亲）和社会伦理身份（银行经理）。纵观全剧，海尔茂没有圆满承担起任何一种伦理身份。作为丈夫和父亲，海尔茂是一家之主，不仅对家庭事务要有绝对的决定权，而更为重要的衡量标准是绝对优势的经济地位。然而，当年在海尔茂病重以后，是娜拉在赚钱还债，辛苦养家。换言之，在 19 世纪，在挪威那个男权社会的客观伦理环境之下，娜拉从借款开始就实质承担起了本该是海尔茂作为丈夫和父亲该承担的伦理责任，做出了对于一个家庭来说关乎安身立命的经济贡献。在这个意义上，娜拉实践着本来属于海尔茂的权力，海尔茂退居到一个从属的位置。

海尔茂对待娜拉伪造签名的态度说明他缺乏理性决断的智慧和解决家庭危机的能力。依据男权社会的基本观念，尤其是启蒙时期和新古典主义时期以来的文学传统，男性被看作理性的化身，倾向依靠逻辑思考和推理判断来认知事物；而女性更趋于感性，对事物的认知主要靠直觉和感受。文学伦理学批评认为，理性的标准是道德意义上的善恶，理性最终要靠道德行为得以实现①。作为丈夫和一家之主，海尔茂在这场家庭危机中没有表现出应有的理性。当看到威胁信时，他首先表现出暴怒、惊慌与不知所措；当收到退回的借据时，他感到惊喜、兴奋，迫不及待地想将这件事情掩饰过去。虽然对海尔茂而言，事情的起承转合发生得十分突然，但在这样一场家庭风波前后，海尔茂没有对事情的经过、真相、善恶和是非对错有过任何的理性判断和逻辑分辨。第三幕里，面对已然觉醒的娜拉，海尔茂的台词几乎都是男性发言人般的陈词滥调，如“难道你不明白你在自己家庭的地位？难道在这些问题上没有颠扑不破的道理指导你？难道你不信仰宗教？”（203）海尔茂一味地用教条式的传统道德观念、宗教信仰和法律压制娜拉，却都被她一一反驳。在整个第三

① 聂珍钊：《文学伦理学批评导论》，北京大学出版社，2014，第 253 页。

幕的对话中，娜拉的语言反而体现出强大的逻辑能力和说服力。剧情发展到这一步足以证明，在思维层面，海尔茂与觉醒后的娜拉之间存在巨大差别，与觉醒前的娜拉相比却没有本质不同，他也符合“玩偶”的典型特征。

在行动层面，剧里的娜拉与海尔茂在八年的婚姻生活之中遭遇了两度重大的家庭危机——海尔茂的重病和柯洛格斯泰的胁迫，而两度实质性地解决家庭困境的人是娜拉而不是海尔茂。第一次是靠娜拉借的钱救活了海尔茂；第二次是靠娜拉的好友林丹太太说服柯洛格斯泰退回借据。姑且不论她的手段，在这两个关键时刻娜拉为维持家庭完整而付出实实在在的努力却是不容否认的。相较之下，身为一家之主的海尔茂在家庭陷入危困境地时却没有做出任何实际行动，他甚至完全不知道家庭危机的存在，没有履行作为丈夫和父亲的责任。从这个角度看，他是一个只有身份却没有起到与之匹配的实际作用的玩偶。

海尔茂处理他银行经理的职业身份同样是失败的。他对娜拉坦诚开除柯洛格斯泰最大的原因是身为曾经的同学和现在的下属，柯洛格斯泰会习惯性地用小名称呼他，这使得海尔茂认为“要是他在银行待下去，我这经理实在当不了”(162)。不是因为业绩、专业和职业表现，而是因为感觉丢脸而开除柯洛格斯泰。海尔茂这一幼稚、草率、缺乏专业的决定将柯洛格斯泰逼向失业的绝境，与后来柯洛格斯泰为了生存铤而走险威胁娜拉有直接的因果关系。可以说，海尔茂的不负责任是导致第二次家庭危机的直接原因。

以男权社会衡量男性的价值观来看，无论是在经济能力、理性和行动力上，无论在家庭生活和在社会生活中，海尔茂都没有胜任他的身份，实践他各种身份要求下的责任与义务。“玩偶”看似指向娜拉和孩子，实则海尔茂也是玩偶，背后操纵他的就是由男性决定的社会主导信念。海尔茂视名誉高于自己的生命，哪怕病重都不愿借钱；他视名誉高于工作职责，为颜面开除柯洛格斯泰；他视名誉高于娜拉和家庭，因为一张借据翻脸。与其说海尔茂冷酷无情，不如说他就像提线木偶一样牢牢地被名誉和世人的眼光牵扯玩弄。由此可见，在男权社会里，男性也可能是其精神法则操纵下的玩偶。

在解读《玩偶之家》标题时，探究“玩偶”的同时就会探究“觉醒”。或者说，“觉醒”的涵义就包括了从麻木无知的“玩偶”状态到有血有肉、有感知的“人”的状态。离开玩偶之家的娜拉实现了从玩偶到人的意识觉醒，这是本剧最明显也是最普遍的结论。然而根据上文分析后值得讨论的问题是，同样是“玩偶”的海尔茂最后是否有所改变？

娜拉　改变到咱们在一块儿过日子像夫妻。再见。（她从门厅走出去）

海尔茂（倒在靠门的一张椅子里，双手蒙着脸）　娜拉！娜拉！（四面望望，站起身来）屋子空了。她走了。（心里闪出一个新希望①）啊！奇迹中的奇迹——

（楼下“砰”的一响传来关大门的声音）。(207)

在全剧终止的这一瞬间娜拉无疑是聚光灯下的焦点。第三幕“奇迹”这个词出现在两次关键性的时刻。第一次是娜拉说：“这正是我盼望它发生又怕它发生的奇迹。”(205) 这里的奇迹指她和海尔茂在面对真相揭穿的那一刻，海尔茂会替她承担所有罪责。结果海尔茂没有做到，也没理解娜拉的意图。第二次谈到“奇迹”是在她准备离家出走之时。她那划时代的关门声震惊了海尔茂，震惊了观众和读者，也引发了当时社会舆论的轩然大波。因为娜拉的光芒太过耀眼，所以在剧终这一场景里海尔茂的反应历来几乎被观众、读者和批评家们忽视。此处易卜生精心设计由海尔茂说出全剧最后一句台词“啊！奇迹中的奇迹——”，句末的破折号省略了他内心的想法，或许是他没完全明白，也或许是他语言所不能表达。上下文信息的不全面让此刻海尔茂的这句台词显得模棱两可，却意味深长。舞台指导提示海尔茂此刻“心里闪出一个新希望”，这里隐含着一系列至关重要的问题：海尔茂的“新希望”是什么？它“新”在哪里？它有什么意义？本剧在这一系列悬而未决的疑问中结束，易卜生有意留给读者/观众思考和想象的空间。舞台指示是剧作家为人物加入的视角，它在剧情发展中间客观展示人物的心理活动。结合此刻的情境，这个瞬间与娜拉关门声几乎同时发生，这样的戏剧效果让笔者有理由推测，海尔茂的意识也发生了改变。海尔茂此刻的顿悟是他在全剧第一次进入到

① 本节对原文引用部分下划线均为笔者加注，随文不再一一说明。

了理性思考的精神高度，与之前的“玩偶”状态有了本质的区别。也许娜拉的关门声不仅发出了女性争取独立的时代最强音，而且促成了海尔茂以及所有“玩偶们”的觉醒。

易卜生曾为《玩偶之家》写过另一个结尾作为备用，这个结尾是海尔茂用孩子提醒娜拉，如果她走出家门，那么孩子们就会像她当年一样失去母亲，结果娜拉受到触动，瘫坐在门口。但是易卜生本人称这个改变是对《玩偶之家》“野蛮的暴行”①。原因是已经觉醒的娜拉显然不会回头，无论海尔茂如何利用娜拉的伦理身份重申娜拉的伦理责任，她都不可能变回“玩偶”。而且如果采用这个备用结尾，海尔茂也不会有任何触动和改变，所有人都继续回到玩偶之家，继续扮演玩偶。这样一来，所有人物都退回到了启幕之前，如同一切都没有发生过一样。《玩偶之家》这部戏剧的戏剧效果将大打折扣，它的思想内容将变得毫无意义。剧情在娜拉的关门声中戛然而止，娜拉的觉醒本身解构了玩偶之家，给了海尔茂新的希望和新的思考，并且留给世人无尽的遐想与启发，这既是本剧最合理也是艺术效果最强烈的结尾。

三、伦理自觉与身份确认

不论学界如何争论娜拉的形象，认为她是正义、进步的女性主义先驱，或是抛家弃子的失德妇女，都建立在一个共识之上——第三幕的娜拉与前两幕的娜拉判若两人。甚至有观众和学者认为第一幕、第二幕的娜拉与第三幕的娜拉根本就是两个人②。促成娜拉实现质的转变的因素以及娜拉的转变过程值得探究。直到全剧第三个揭开真相的时刻，也是《玩偶之家》戏剧冲突爆发的高潮，娜拉的认知才发生颠覆性的改变。

从剧情发展来看，娜拉改变的直接原因是海尔茂的“变脸”。海尔茂看到柯洛格斯泰的威胁信，得知娜拉伪造签名的证据落在柯洛格斯泰手上。海尔茂非但没有感恩于娜拉当年的救命之恩，也没有体谅她不得已的苦衷和多年来付出的辛劳，反而用诸如“犯罪的人”“下贱女人”等恶

① 亨利克·易卜生：《易卜生书信演讲集》，汪余礼、戴丹妮译，人民文学出版社，2013，第 186 页。

② Templeton, Joan, “*The Doll House* Backlash: Criticism, Feminism, and Ibsen,” *PMLA* 104, 1 (1989): 29.

劣字眼呵斥娜拉，甚至还说出她死了对自己“一点儿好处都没有”这类无情言论（196）。海尔茂收到借据后，他试图说服娜拉当作一切都没发生，软言细语地哄她，“你在这儿很安全，我可以保护你，像保护一只从鹰爪子底下救出来的小鸽子一样”（198），“你的事情都由我做主，由我指点”（199），重塑自己保护者和指导者的地位，重构与娜拉的自上而下的婚姻关系。海尔茂长篇累牍的斥骂和之后的安慰中穿插着娜拉平静、简短的回应，如“（眼睛盯着他，态度越来越冷静）嗯，我现在完全明白了”，“（冷静安详）我明白”（196）。在海尔茂反复说着：“我没事了！”娜拉却反问：“我呢？”（197）自启幕以来，娜拉第一次问关于“我”的问题，而不再以“小松鼠”“小鸟儿”自称。一直以来海尔茂是这段婚姻关系的主导者，由他确立了自己和娜拉在这个家的角色和身份。一方面，海尔茂一直用“小松鼠”“小鸟儿”的称呼强化娜拉的心理暗示，有意识地树立她的“动物身份”，让她相信自己是柔弱的，是需要被海尔茂保护和宠爱的对象。另一方面，海尔茂总在管束、教育、指点娜拉，使娜拉感觉“跟托伐（即海尔茂）在一块儿有点像跟爸爸在一块儿”（169）。海尔茂引导娜拉成为这个家庭的玩偶，即一个缺乏独立思考和判断能力的摆设。然而，海尔茂的翻脸无情彻底瓦解了娜拉对他的信任，她从极度爱海尔茂、依赖海尔茂走向极度怀疑海尔茂和她全部的生活。第三幕的娜拉冷静地说着“我明白了”，因为她发现海尔茂叫她“小松鼠”是把她降低成一个没有任何智力和道德高度的宠物①。在余下的剧情里娜拉用“我”和海尔茂对话，体现出娜拉逐渐清醒的主体意识。她把自己放在与海尔茂平等的位置，意识到她是一个人，从根本上否定了自己的动物身份。随后娜拉换掉衣服，再出现时犹如脱胎换骨一般，要求与海尔茂进行一场“正正经经”的谈话（200）。

这里的一个重要问题是，为什么海尔茂的变脸会使娜拉的认知发生颠覆性的改变？难道仅仅是娜拉发现她的玩偶地位吗？要解答这个问题，必须回到事情的起因——伪造签名。根据前文分析，海尔茂代表了评价这一事件的道德体系，当事件揭露之后他猛烈抨击娜拉道德沦丧。在挽

① Lambert, Robert C, "Pitfalls in Reading Drama," *The English Journal* 53, 8 (1964): 593.

留娜拉时，他还搬出了法律和宗教。因此，他理所当然地成为男权社会里道德的维护者，法律、宗教的捍卫者。但细究海尔茂的评判标准不难发现，他理解的道德等同于名誉。他之所以会痛斥娜拉，不是因为她的行为破坏了道德准则，而是娜拉的违法行为一旦公之于众，他从此在别人的眼中就成了一个德行有污点、声名狼藉的人。他一方面用极其恶劣的语言痛斥娜拉，同时又要求娜拉配合他对外继续装作若无其事，制造家庭和睦、夫妻恩爱的假象，用非道德的手段试图粉饰出道德的表象。

娜拉与海尔茂在对待伪造签名这件事上态度截然不同，反映出他们在道德和伦理问题的理解上出现了根本性的分歧。娜拉接受自己要受到法律惩罚的事实，只是她担心海尔茂会替她承担罪责，于是决定牺牲自己。摆在娜拉面前的是她与海尔茂之间谁接受惩罚的抉择问题，而不是该不该为伪造签名这件事情负责。道德良知的作用是人对自身的行为进行约束和自省。但是一直信奉道德至上，害怕一切“丑恶”事情的海尔茂为了保全个人名声和逃避受责，可以越过道德底线，要求娜拉跟他一起欺骗其他人。看到柯洛格斯泰退回的借据之后，他只是深感虚惊一场，却丝毫没有对伪造签名这件事进行任何的反思。他既没有询问娜拉当年为什么要这么做，更没有反省自己作为丈夫在这件事情中是否也有过错和责任。可见海尔茂看重的并非是法律的尊严和伦理道德，而仅仅是自己的名声。海尔茂的斥责和变脸让娜拉看到他的道德表现心口不一，这才是引起娜拉质疑他的权威的根本原因。

娜拉对海尔茂的质疑实则是对以海尔茂为代表的“社会主导信念”的质疑，也是她伦理意识确立的标志。在娜拉决定离开海尔茂的时候，他们进行了以下对话：

娜拉　你说什么是我最神圣的责任？

海尔茂　那还用我说？你最神圣的责任是你对丈夫和儿女的责任。

娜拉　我还有别的同样神圣的责任。

海尔茂　没有的事！你说的是什么责任？

娜拉　我说的是我对自己的责任。

海尔茂　别的不用说，首先你是一个老婆，一个母亲。

娜拉　这些话现在我都不信了。现在我只信，首先我是一个人，跟你一样的一个人——至少我要学做一个人。(202)

这段对话里，海尔茂代表了当时社会的传统价值观，他提醒娜拉作为女性的伦理身份和伦理责任，这可以理解为男权社会中男性对女性的要求，但娜拉的回应却具有深刻的普适意义。她提出要学做一个人，要履行对自己的神圣责任。娜拉思考的是“如何做人”的问题。表面上娜拉拒绝了自己的伦理身份，抛弃了她的婚姻家庭，但实际上她是认识到了“老婆”和“母亲”都是以海尔茂为代表的传统伦理价值对她的定义。经过这场家庭风波，她全盘否定这一套价值体系。她的独立宣言里“对自己的神圣责任”是指她要学会独立思辨，建立对自身、家庭、社会和伦理道德的理性认识，即建立个人独立的伦理意识。与天生的伦理身份不同，“老婆”和“母亲”是通过伦理选择而获得的身份。当娜拉提出她在做妻子和母亲之前要学习做一个人时，她已然蜕变成一个具有伦理意识的个体。她需要先寻找自己存在的意义，进而充分理解妻子和母亲伦理身份的伦理内涵，才能选择是否成为或如何成为一位妻子和母亲。

娜拉伪造签名是《玩偶之家》的中心事件，娜拉、柯洛格斯泰和海尔茂分别代表了情感动机、法律和伦理道德三个评判维度。娜拉出于爱想要挽救丈夫的生命，她的自然情感本身不具备道德属性，但是她一旦做出了伦理选择，采取了违反法律和道德的手段，那就成为不容争辩的客观事实，她必须为自己的行为负责。娜拉和海尔茂对这份证据表现出来的强烈反应说明娜拉个人的伦理选择会让整个家庭付出沉重代价。在这一点上，娜拉并没质疑。真正解构娜拉认知的并不是情与法的冲突，而是海尔茂的道德荣誉观。当娜拉建立起独立的伦理意识之后，她开始质疑和重新审视以下几个方面的内容：一是与海尔茂的婚姻关系，二是自己妻子和母亲的伦理身份，三是社会的主导观念（即宗教、法律、道德观念）。她说：“我一定要弄清楚，究竟是社会正确，还是我正确。”(203) 娜拉选择离开玩偶之家寻找答案，她离开的举动在一定程度上也影响了同样是玩偶的海尔茂。

娜拉如同伊甸园里的夏娃，她的觉醒如同夏娃获得智慧，产生伦理意识，进行独立的思考和判断。理查德·霍恩比指出，娜拉不是一个十九世纪投身于妇女权利运动的典型女性，她只是她自己，一个特殊的、有活力、有动力的生物①。娜拉的觉醒是她作为一个人，一个存在于人类社会的独立个体的伦理意识的觉醒，而她之所以能够觉醒，是因为她是一位女性，一位被置于家庭危机、经历了风暴洗礼的女性，她被迫认清了自己所处的家庭伦理环境，被迫受到了男性制定的社会主导信念的冲击。如果她也是一位男性，她不会经历这场危机，无法客观地认识到这些问题。因此，性别意识是解读《玩偶之家》的前提和重要条件，它限定了人物的伦理身份，从而为我们研究剧中的伦理问题提供了切入点。所谓娜拉女性意识的觉醒实际上是她作为女性的伦理意识的觉醒，这与娜拉身上体现出的追求平等、自由、独立的女性主义特质并不矛盾。娜拉代表生存在那个社会的每个人，女性和男性都可能面临她的问题，也都会有她的困惑。《玩偶之家》是一部关注女性却不只是关于女性的作品，而是通过“伪造签名”这一法律和道德问题，探究“玩偶”在更广泛意义上的深刻内涵。娜拉的觉醒说明伦理意识是人的身份确立的标志。从她当年伪造签名时的无知懵懂，受个人自然情感的支配，到离开海尔茂时她已经能够对“何以为人”这一重要哲学命题进行理性的思考，娜拉的觉醒不仅仅对女性有启发作用，而且具有本体意义。

第二节　双重隐喻与道德诉求：《群鬼》的伦理内涵②

易卜生的《玩偶之家》以娜拉的离家出走为结局引发了种种争议。他紧接着创作了《群鬼》，用阿尔文太太的际遇回应“娜拉留下会怎样”的疑问，结果招致了更加猛烈的抨击。此剧一出，哥本哈根王室剧院的审检告示写道：“该剧以令人厌恶的变态病理现象（梅毒）作为剧情的首要主题，暗中破坏了构成我们社会秩序的基本道德。”③ 十九世纪末在英

① Hornby, Richard, "Feminist Theater," *The Hudson Review* 50, 3 (1997): 471.

② 蒋文颖：《双重隐喻与道德诉求：易卜生戏剧〈群鬼〉的伦理内涵》，《外国文学研究》2020 年第 4 期，第 54-63 页。

③ 比约恩·海默尔：《易卜生——艺术家之路》，石琴娥译，商务印书馆，2007，第 257 页。

国剧场公演后，易卜生本人和这部剧更是受到了前所未有的强烈谴责。英国《每日电讯报》评论道：“易卜生的引人憎恶的戏剧《群鬼》……它令人作呕的戏剧表现是出于用毒药感染现代剧院的目的……”[①] 人们对《群鬼》的反感主要是因为它公然将梅毒这种遗传性疾病搬上舞台，并且对伦理传统提出了尖锐的批评和质疑。尤其是剧中的“父亲”形象颠覆了传统父权伦理中父亲作为家庭道德典范的身份定位。瑞克达尔认为“本剧的基本问题与父亲的地位（position）和父亲的名义（the name of father）相关”[②]。《群鬼》的主题就是“遗传的罪恶”[③]。这部剧引发的争议主要围绕戏剧中伦理问题的呈现方式和易卜生的道德立场展开。

《群鬼》中最引人注目的“父亲”角色阿尔文侍从官并不在场，启幕时他已经去世多年。对于这种戏剧技法的使用，易卜生的坚定拥护者同时也是易卜生剧作的英文翻译者威廉·阿契尔（William Archer）认为，尽管易卜生的追溯法在《群鬼》中使用得最为成熟，但剧本没有掌握好过去的戏和眼前的戏之间的平衡，从头到尾只有对过去的补叙[④]。从这个角度看，不在场的阿尔文侍从官是全剧的中心人物。整个剧目的人物都与他有关，所有的事件都围绕他而展开，戏剧的矛盾冲突因他而起。因为技巧的运用失当，阿契尔甚至不认为《群鬼》属于易卜生创作体系中的一流作品。然而从戏剧的主题上看，恰恰是这个缺陷服务了本剧的核心意象。“群鬼”象征着已经故去但没有离去消失的事物，它无处不在却没有以任何非自然或超自然的形式出现。它是阿尔文太太使用的一种修辞，表达她内心对于婚姻生活和家庭伦理的深切感受和看法，具有丰富

① 转引自 Bernard Shaw, *Quintessence of Ibsenism* (Boston, MA: Benj. R. Tucker, 1891) 第 93 页。萧伯纳在论《群鬼》一节中节选了当时主要报纸杂志对《群鬼》这部戏剧、易卜生本人以及易卜生的支持者的描述，均为言辞激烈的批评和谴责。详见 *Quintessence of Ibsenism* (Boston, MA: Benj. R. Tucker, 1891) 第 93-96 页。

② Rekdal, Anne Marie, "Women Freedom and Transgression: A Perspective on Ibsen's Plays *A Doll's House* and *Ghosts*," *Foreign Literature Studies* 31, 6 (2009): 46.

③ Adams, Robert Martin, "Henrik Ibsen: The Fifty-first Anniversary," *Hudson Review* 10, 3 (1957): 416.

④ 威廉·阿契尔：《剧作法》，吴钧燮、聂文杞译，中国戏剧出版社，1964，第 90 页。

的伦理内涵。易卜生用它来命名这部剧，说明全剧在一定程度上是以在场的阿尔文太太的视角出发，呈现了阿尔文太太为了应对丈夫生前放纵堕落的生活方式所产生的影响而做出的一系列伦理选择及其结果。她行动的依据是遵照以曼德牧师为代表的伦理传统，其本质上是一种以理想替代伦理、只讲义务不讲权利的伦理价值取向。剧中“群鬼”的双重隐喻意义反映了易卜生对过于理想化而违背客观规律的伦理传统的批判和反思。

一、“群鬼”的生理隐喻

“群鬼”挪威语是“Gengangere”，英语译文为“Ghosts”，均为“鬼”的复数形式，也就是说它的存在形式不止一种。根据阿尔文太太使用的语境，“群鬼”的隐喻可以分为生理层面以及伦理层面，它们之间相互作用，密不可分。剧中人物关系的基本构成是以血亲为基础的家庭伦理关系，“群鬼”的双重隐喻通过婚姻关系和以血亲为基础的亲缘关系得以彰显。

阿尔文太太第一次提到“鬼”是在第一幕结尾时她听见欧士华和吕嘉纳在暖房偷情，重现了阿尔文生前与吕嘉纳的母亲通奸的一幕。因此“闹鬼”直接指向已故的阿尔文侍从官本人和他生前在自由意志①的驱使下，荒唐淫乱、道德放纵的生活方式及其现实后果。欧士华身患梅毒，他不断恶化的身体状况导致他无法继续他的事业。作为私生女的吕嘉纳以仆人的身份受到阿尔文太太的照顾。他们在不知情的状况下触犯了乱伦禁忌。这个语境中的“鬼”透过阿尔文太太的视角象征了已故丈夫的道德过失对其子女的现实生活所产生的深刻影响，并且这种影响首先是它的生理层面，包括了遗传性生物特点以及以血亲为基础的亲子伦理关系。

阿尔文侍从官生前堕落放纵的生活方式无疑是阿尔文太太在婚姻中

① 自由意志指产生于人的动物性本能欲望从而不受约束的意志，是兽性因子的表现形式。自由意志本身不具道德属性，但是当人的理性意志随之产生后往往与自由意志相冲突。详见聂珍钊：《文学伦理学批评导论》，北京大学出版社，2014，第282页。

感到极度痛苦的根源[①]。纵观全剧，阿尔文太太进行伦理选择的目标就是将自己从这段婚姻中完全解放出来。为了要达成这一目标，她不仅要了结自己与阿尔文的婚姻关系，而且要改变欧士华与阿尔文之间的父子关系。她首先在物质经济层面彻底清偿自己与阿尔文之间的金钱纠葛。阿尔文太太当年为了尽到照顾家庭的义务，出于经济目的，在两个姑姑的劝说下嫁给阿尔文侍从官。多年以来她为家里“添置了产业，做了些改革工作，采用了节省人力的新设备”[②]，为阿尔文赢得了广泛的声誉。她实际替代阿尔文管理他的财产，而她苦心经营许久的产业刚好抵消她当年嫁给阿尔文的所得，使得她在经济上与身故的丈夫互不相欠；另一方面，她要改变欧士华对阿尔文财产的继承关系，决定将这笔财产全部用于阿尔文孤儿院，不让欧士华“继承他父亲一丝一毫的产业”（244）。由此可见阿尔文孤儿院成立的目的不仅仅是为了平息外界的谣言和疑虑，维护阿尔文的身后名誉，更为重要的是在外部物质层面上切断欧士华对父亲财产的继承关系，以此切断她自身与阿尔文之间婚姻的纽带。

除了经济上的继承关系，阿尔文太太更是试图在生理遗传意义上否定欧士华与阿尔文的父子关系。第一幕欧士华出场时曼德牧师见到欧士华的反应十分惊讶，因为他的“样子活像他父亲”（232），暗示了欧士华在外表上的生理性遗传特征令曼德回忆起阿尔文生前的样貌，突出了“鬼”的生理性隐喻意义。但是阿尔文太太立刻对此表示反对，她说欧士华“嘴弯弯的有点像牧师”（233），言下之意是承认曼德为欧士华的父

---

① 对《群鬼》阿尔文太太的解读，本特利（Eric Bentley）、弗耶德（Rolf Fjelde）、约翰斯顿（Brian Johnston）等学者认为阿尔文太太没有尽到妻子的责任，导致了阿尔文的堕落，造成了她的婚姻不幸。坦普尔顿（Joan Templeton）对此进行了反驳，认为阿尔文太太的问题在于她不但没有及时地脱离这段婚姻，反而遵从曼德牧师的教诲再次回到婚姻之中，由此招致了自身悲剧性后果。详见 Joan Templeton, “Of This Time, of This Place: Mrs. Alving's Ghosts and the Shape of the Tragedy,” *PMLA*, vol. 101, no. 1, Jan. 1986: 57-68. 索罗斯基从解读梅毒传播的病理学角度出发，认为易卜生的个人倾向是“摧毁阿尔文一家的不是父亲的荒唐过失，而是母亲的道德自制（moral continence）”（Soloski 289）。“道德自制”是根植于阿尔文太太意识中的伦理传统，也是梅毒传播的社会机制。详见 Alexis Soloski, “‘The Great Imitator’: Staging Syphilis in *A Doll's House* and *Ghosts*,” *Modern Drama*, 56, 3 (2013): 287-305.

② 亨利克·易卜生：《易卜生文集》（第五卷），潘家洵译，人民文学出版社，1995，第 243 页。本文中作品引文均出自此译本，此后仅随文标注页码。

亲。曼德牧师天然地拥有“父亲”这一重宗教伦理身份，然而阿尔文太太要从生理意义上替欧士华确认曼德的父亲身份，既可能出于她个人对曼德牧师多年前的情感，也极有可能因为她想在欧士华和阿尔文之间划清界线，断绝他们的一切关联。为了不让欧士华受到阿尔文放纵的生活方式的影响，她在欧士华年幼时将他送到欧洲大陆。她不遗余力地抹去阿尔文在欧士华身上留下的所有印迹，不仅通过经年的书信在他的记忆里塑造一个虚构的完美父亲来替代真实的父亲，而且在现实生活中希望曼德牧师承担起父亲角色，成为欧士华的道德榜样。但是欧士华从外貌到他的遗传病都是阿尔文真实生活的写照。欧士华身上的生物性遗传特点都强化了阿尔文作为父亲的伦理身份的客观事实。当欧士华与吕嘉纳重现“闹鬼”的一幕时，意味着欧士华作为她自我解放的努力走向失败，欧士华成为阿尔文侍从官生前放纵荒唐生活的延续①。母亲虚妄的希望和父亲的遗传基因是两种互相对抗的力量，它们之间较量的结果可以预见。

此外，以阿尔文命名的孤儿院与水手公寓之间的转化说明了阿尔文太太无法掩饰或消抹阿尔文真实的生活轨迹。孤儿院具有慈善性质和纪念意义，曼德牧师称之为“神圣的事业”（228）。它所纪念的阿尔文是阿尔文太太塑造出的理想假象。孤儿院收留失去亲人的孩子，是特殊形式的“家”。被塑造出的道德榜样阿尔文是这个“家”的父亲。然而烧毁之后的孤儿院在吕嘉纳的养父安格斯川的诱骗之下将被改造为水手公寓。他成功地哄骗曼德牧师支持他的计划，因为“这公寓也可以算个孤儿院……他们【指水手】住在我这公寓里就好像孩子们有了父母的照应”（259）。水手公寓实质上是妓院，全剧启幕时安格斯川和吕嘉纳的对话中透露了建造水手公寓的计划。彼时的水手公寓只是一个构想，已经建成的阿尔文孤儿院是实体；但是孤儿院最终被烧毁，取而代之的将是同样以阿尔文命名的水手公寓，它们之间的虚实关系将会互置。这一转化喻示着阿尔文太太致力粉饰出的完美假象不可避免地走向幻灭。出身低微、个性狡诈的安格斯川将实际掌握这家公寓，承担这所公寓的父亲/主人角色。他名义上的女儿吕嘉纳可能会回到这里，以另一种方式同样延续她的生父阿尔文侍从官荒唐放纵的生活。

---

① Fergusson, Francis, “Ghosts,” *Discussions of Henrik Ibsen*, Ed. James McFarlane. D. C. Heath and Company, 1962, p. 42.

阿尔文太太致力于消除丈夫对其子女的一切影响，但是她采用了隐瞒和掩饰的方式。包括在对待吕嘉纳的身份问题上，阿尔文太太采取了隐瞒回避的态度，导致吕嘉纳和欧士华在不知情的状况下触犯乱伦禁忌。欧士华的外貌和他身上的遗传病以及吕嘉纳的伦理身份都揭示了阿尔文真实的生活状态，并且最终以阿尔文公寓的形式固定下来。阿尔文太太口中的“鬼”在剧中具有生理隐喻意义，不同于“鬼”本身的意思（无论是将它视为非自然或超自然的现象，抑或只是人头脑中的幻觉）。这反映出阿尔文太太没有正视伦理身份的内涵。欧士华和吕嘉纳与阿尔文之间是以血亲为基础的伦理关系。阿尔文真实的生活印迹转化为其子女身上的自然属性，不会随着他的故去而彻底消失，他作为父亲的伦理身份亦不会有所改变。阿尔文太太的悲剧性结局有其必然性，但是细究阿尔文太太的伦理选择，不难发现她行动的依据完全遵照了以曼德牧师为代表的伦理传统对她的要求，履行她作为妻子和母亲的伦理责任。

二、“群鬼”的伦理隐喻

欧士华和吕嘉纳的乱伦情节将阿尔文太太的思绪引向她对个人生存状态的整体思考。阿尔文太太在紧接着的第二幕开始时对“鬼”的含义做出了详细的解释：

> 阿尔文太太　一大群鬼！我听见吕嘉纳和欧士华在饭厅里说话的时候，我眼前好像就有一群鬼。我几乎觉得咱们都是鬼，曼德牧师。不但咱们从祖宗手里承受下来的东西在咱们身上又出现，并且各式各样陈旧腐朽的思想和信仰也在咱们心里作怪。那些老东西早已经失去了力量，可是还是死缠着咱们不放手。我只要拿起一张报纸，就好像看见字的夹缝儿里有鬼乱爬。世界上一定到处都是鬼，像河里的沙粒儿那么多。咱们都怕看见光明。(253)

阿尔文太太明确说出“咱们都是鬼”，是无处不在的“各式各样陈旧腐朽的思想和信仰”控制作用下的鬼。她用无奈又带有批判自省意识的口吻形象地揭示了个人不自由的精神状态。“陈旧腐朽的思想和信仰”是“祖宗”遗留下的，它暗示了继承关系：传统思想像人的生物性特征一样世代相传。那么阿尔文太太认定的这种传统究竟是什么？它对个人又有怎样的影响？这些问题可以从曼德牧师的伦理身份和人物形象着手解答。

曼德牧师的神职身份使他赋予自己执行宗法的权力，他帮助管理阿尔文家的财产，同时还履行着作为牧师的基本职能，即输出伦理道德观。从他对阿尔文太太的影响来看，曼德代表的伦理道德标准在阿尔文家得到了认同并加以贯彻。他的职责既涉及宗教事务也涉及具体的社会生活管理，在这个意义上他代表了较为完整的伦理传统和伦理评价体系。

曼德牧师对“家”的定义是“一个男人带着他的老婆孩子过日子的地方”(235)，强调保持家庭结构的完整和美好的家庭声誉。这种伦理价值取向将构建一个完美家庭的理想变成了现实要求。对体面的中产阶级而言，作为一家之主的男性必须是道德榜样和经济支柱。当他无法达到理想的要求时，曼德牧师代表的这种伦理价值取向默认了谎言和欺骗的必要性和合理性。阿尔文太太处理家庭问题的依据是以曼德牧师为代表的传统伦理价值取向，而她本人对这种价值取向却有着复杂矛盾的心理。在阿尔文太太向曼德牧师坦诚地讲述了丈夫生前出轨荒淫的婚姻事实之后，对于阿尔文太太是否应该告知欧士华父亲的真实面目，曼德牧师与她进行了对话：

阿尔文太太　咱们别说这种空话。咱们要问：欧士华应该不应该敬爱阿尔文爵爷？

曼德　难道你做母亲的就忍心破坏你儿子的理想吗？

阿尔文太太　顾了理想，真理怎么办？

曼德　顾了真理，理想怎么办？(251)

这段对话中真理（the truth）和理想（the ideals）① 不是哲学或宗教等范畴内的抽象概念，而是涉及对具体的人和事的评价。曼德牧师没有用肯定句来回答阿尔文太太的提问，而是同样用问句予以回应。对话在句式上的工整突显出他们分别站在两个不同立场来思考问题，并且暗示真理

① 这段引文的英译文中 truth 一词前面有定冠词 the，表“事实；真相；实情”之意。中译版中的“真理”同此义。理想（the ideals）的中英文均是它的本义，即“完美典范”。英译文参见 Henrik Ibsen, *The Works of Henrik Ibsen*, Vol. 7, Trans. William Archer (New York: Charles Scribner's Sons, 1911) 276.

与理想之间存在根本矛盾。阿尔文太太立足于客观事实，质问的是儿子欧士华该不该敬爱荒淫无道的父亲，或者说一个这样的父亲是否值得儿子尊敬。她需要曼德牧师对阿尔文侍从官的真实行为给出道德评价。因此“真理”在这一语境体现了承认现实、尊重现实的道德原则，强调以客观现实为道德判断依据。但是曼德牧师没有做出正面回答，而是提出了另一种判断标准，即“理想”。萧伯纳在《易卜生主义精华》中从历史的角度阐释了理想（ideals），认为理想最初来源于人对现实（realities）的多重恐惧，其中死亡是终极恐惧。人不敢面对现实所以需要给现实戴上面具，这些面具就是理想[①]。换言之，理想虽然以现实为基础，但它是对现实的伪装和矫饰，成为人逃避现实的手段。因此理想的内涵与幻想（illusion）有相通之处。在这个意义上，理想与伦理不应该混为一谈。然而在易卜生的戏剧语境中，“伦理”的涵义多与理想有着重要的关联，伦理不是指生活中引导人向善或者规范人们行为的基本准则[②]。《群鬼》中伦理的意义也与理想有重合，甚至被理想替代。在与阿尔文太太的对话中，曼德以牧师的道德权威身份拒绝对阿尔文荒唐堕落的行为事实做出道德评价，反而肯定了阿尔文太太一直以来的做法——即使采取了欺瞒的手段，她也应当维护欧士华心中完美父亲的理想。在曼德牧师的认定下，建构并维持这种虚伪的假象是她作为妻子和母亲的伦理责任。

曼德牧师的立场代表了现行伦理评价体系的判断标准和价值取舍，“理想”以制度的形式将谎言和欺骗等不道德的行为合理化。这种伦理评价体系不是从客观现实出发，实际上已经背离了其自身存在的基本意义和价值，不能实现劝人向善或规范行为的基本功能。但是它在制度上仍然是衡量和评价个人道德品质和言行的标准。因此当真理与理想发生冲突时，个人将面临一种伦理悖论：如果个人选择坚持真理、坚守诚信就无法达到理想的伦理要求，但是个人达到理想要求的唯一方式只有通过谎言和欺骗来掩盖自身缺陷，这就违背了尊重客观事实的基本道德原则。

阿尔文太太虽心有疑虑但是又自觉地成为了这种“理想”的同谋。

---

① Shaw, Bernard, *Quintessence of Ibsenism*, Boston, MA: Benj. R. Tucker, 1891, pp. 20-21.

② Brynhildsvoll, Knut, "The Claim of the Ideal: Ethics in Ibsen's Dramas," *Foreign Literature Studies* 1 (2005): 12.

她用“群鬼”来形容自己身处的困境，以及仿佛受到某种看不见的外力支配而自身无力与之抗衡的心理感受。易卜生利用戏剧的场景设置将阿尔文太太的这种精神生活体验生动地展现在舞台上。剧情发生的物理空间是阿尔文家，屋子中心（即舞台中央）是一张圆桌，桌上有曼德牧师口里“讲自由、坏心术”的书籍、报纸和杂志，代表着她对“陈旧腐朽的思想和信仰”的反叛。它处于中心最显眼的位置，说明阿尔文太太并不害怕让曼德牧师或其他人知晓她的精神追求。她不是娜拉式的待觉醒的家庭玩偶，而是有批判意识的女性。然而，围绕在中心圆桌周围有象征女性传统家庭角色的针线桌，以及阿尔文侍从官生前与吕嘉纳母亲通奸的养花暖房，也是欧士华与吕嘉纳发生乱伦的地方。四面都是落地大玻璃窗，但是整个屋子被阴雨笼罩。在这个环境中，玻璃窗更像是阻隔个体与外部环境交流的屏障，而非连通外部世界、自由交互的窗口。远处能够看见苍茫的峡湾，成为阿尔文家与外部世界的天然屏障。因此从布景来看，与“讲自由”的舞台中心并置的都是封锁和对抗它的力量，对身处其中的个体产生了强大的禁锢作用。

阿尔文太太要将她的批判思想付诸实际行动面临巨大障碍。她定义下的“鬼”既渗透在周遭的环境中，也存在于她的思想观念里。她站在窗户前回想过往婚姻生活时的一系列动作与她的心理起伏一致。她先站在窗口痛斥法律和秩序“作怪害人”（250），之后舞台指导提示她一边“轻轻敲着玻璃窗”，一边说道：“我不应该隐瞒阿尔文过的是什么样的生活。可是那时我不敢告诉人——一半也是为自己。那时我是个胆怯的人。”（250）玻璃窗这里是法律和秩序的实体化，生动地表现了阿尔文太太内心的障碍。曼德和她的亲人灌输的“理想”观念在阿尔文太太心中建立起的一道透明的屏障。她想要打破伦理传统对她的束缚，揭示她真实的婚姻状态，但是她无法付诸行动。剧情发展至这一刻，读者和观众都期盼她能以某种方式突破那扇玻璃窗，她却“离开窗子”，说道：“我胆子太小。”（250）可见无论是过去还是现在，她在做决定的时候都不能踏出实质性的一步。阿尔文太太一心想要与之斗争的“鬼”就像这扇玻璃窗，看似透明却无法开启。更为重要的是，伦理传统已经内化在她的思想观念之中。玻璃窗展现了伦理传统对阿尔文太太的捆绑，展现了她无力挣脱的思想状态。

易卜生在他的剧作中反复探究“个人在多大程度上能够主宰自己的

命运，决定自己以怎样的方式生存或死去”[①]。易卜生用他的社会问题剧将这个哲学问题置于具体的社会生活领域来探讨，在伦理层面追问个人的存在与伦理之间的关系。《群鬼》将矛头指向了对现行伦理评价体系的合理性的质疑。文学伦理学批评对人的理解本质上是二元辩证的，人是斯芬克斯因子的存在，由人性因子和兽性因子组成，是人性因子和兽性因子对立统一的整体，两者的力量此消彼长，不断发展变化。[②] 人类的进化史和生物属性决定了人不能完全脱离原始的动物性本能，但是在经历伦理选择的历史阶段之后，人身上也有高于动物性本能的伦理性和社会性特征。正是因为人的这种二元辩证属性，人在进行具体的伦理选择时会同时受到自由意志和理性意志的作用，所以个人的伦理化是在不断进行伦理选择的过程中完成的。个人的道德成长应当用动态发展的眼光来衡量。在这个意义上，人是伦理关系中的主体，伦理体系的建构是要以尊重人的本质属性为根本前提的。然而在曼德牧师的标准之下，理想本身是一种完美且相对静止的状态。以理想替代伦理不但无法有效地规范个人的行为，反而会迫使个人制造更多的虚假谎言，用不道德的手段制造理想的假象。阿尔文太太用“群鬼”形象地表明个人不得不面对真理与理想无法两全的生存困境。

三、困境中的道德诉求

剧中除了阿尔文太太之外，欧士华也直接表达了他身处困境的精神体验。他多次提到自己向往“生活的乐趣”，即“光明、太阳，节日的气氛——只看见人们脸上闪耀着幸福”（271），但是这种乐趣“在家永远得不到”（271）。他这种悲观的环境决定论有两个重要依据，一是阿尔文别墅所处的自然环境的封锁，二是保守传统的伦理环境。其中自然环境的作用显而易见，欧士华不止一次抱怨天气，阴雨的低气压让人心情郁闷，他一直渴望见到阳光。自然环境的闭塞是显性的，而以理想为道德准绳

① Arestad, Sverre, “Ibsen's Concept of Tragedy,” *PMLA* 74, 3 (1959): 286.

② 斯芬克斯因子是文学伦理学批评术语，解释了人的本质。斯芬克斯因子由人性因子和兽性因子组成。其中人性因子是指人经过伦理选择的历史阶段获得的理性，它是决定人之所以为人的决定性因素；兽性因子是人身上残存的动物性本能，它是低级因子，所以应当受到人性因子的约束和控制。详见聂珍钊：《文学伦理学批评导论》，北京大学出版社，2014，第 276-277 页。

的伦理环境则是更加隐性且关键的因素。另外，阿尔文侍从官对其生活环境的看法几乎与欧士华一样。阿尔文太太对丈夫生前的荒唐行为深恶痛绝，这段婚姻也使她痛苦不已，但是当她追溯阿尔文的生平时，却将他的荒唐归因于客观环境。在她的记忆中，阿尔文曾经是个“快活的孩子”“生气勃勃，精力饱满”，但是自从他升迁到了这个“不开通的小地方，除了荒唐胡闹，没有别的乐趣”（280）。阿尔文太太肯定了闭塞的自然环境以及传统的伦理环境是丈夫的生活方式、喜好脾性急剧变化的主要原因。

阿尔文太太与曼德牧师的思想交锋说明她对曼德牧师的教导已然产生了质疑，她认识到了真理与理想之间的伦理悖论，并且对伦理传统有着批判性思考。虽然在认知层面，阿尔文太太批判这种伦理传统，强调“真理”即尊重客观事实的道德原则；但是在行动层面，她遵守并践行传统的“理想”观，自觉地建构和维护完美父亲的幻象，忽视了“鬼”的生理隐喻。阿尔文太太的形象预示了斯特林堡定义的现代人物，因为她身上集合了新旧思想、过去和现在等多重矛盾，她被这些矛盾撕裂[①]。她行动的目标与结果也总是相互背离，不断重复“事与愿违”的悲剧。曼德牧师对阿尔文太太的教导是“想在这个世界上求幸福就是反叛精神的表现。咱们有什么权利享受幸福？咱们只能尽自己的义务”（238）。曼德牧师代表的伦理评价体系将追求幸福视为对伦理传统的反叛，完全否定了权利与义务相互依存的二元关系，只强调义务的强制性和权威性。

阿尔文一家有相似的体验，他们求而不得的“生活的乐趣”实际上是个人追求幸福生活的权利，而幸福的前提是个人能够真实地生活。“生活的乐趣”表达了从伦理/义务的伦理传统中解放自我的诉求，而不是仅仅受控于兽性因子的本能感官享乐。在曼德牧师和欧士华关于欧洲大陆婚姻家庭的对话中，欧士华用“伟大、光辉、自由”来形容欧洲大陆艺术圈的同居现象（236），而在曼德牧师看来这是道德堕落的表现。依照曼德牧师一贯的价值评判标准，这种生活方式不可取是因为它不符合伦理传统对于婚姻结合方式必须合法有效的要求，而不是出于保护个人在婚姻家庭中的权利，或是关注个人的道德品性。欧士华提及的同居现象

① 转引自 Penny Farfan,“Reading, Writing, and Authority in Ibsen's ‘Women's Plays’,”*Modern Drama*, 45, 1 (2002): 3.

是不同于传统婚姻家庭的形式，反映了他内心对情感自由和幸福的追求。

“群鬼”的双重隐喻指向了以曼德牧师为代表的伦理传统与人具有斯芬克斯因子的二元辩证属性之间有着根本的结构性矛盾。这种违背客观自然规律的伦理评价体系是造成阿尔文一家悲剧的根源。《群鬼》不是在追究阿尔文太太的过错和责任，而是在给出警示：比起阿尔文的道德堕落，这种错误的伦理传统更具破坏性，而且它更加隐性，恰如“鬼”的意象。《群鬼》深刻探究了一个家庭两代人的伦理悲剧，体现了多层次的伦理内涵。戏剧结尾留下了一个不是悬念的悬念——阿尔文太太是否会兑现她对欧士华的承诺，在他极度痛苦时用吗啡结束他的生命。根据阿尔文太太之前作出的所有伦理选择及其结果可以推断，无论她如何选择都无法改变欧士华病情恶化、逐步走向死亡的结局。正如亚当斯所言，《群鬼》的主题是“遗传的罪恶”①，而这份罪恶不仅体现在生理层面，还包括了扭曲的伦理价值取向。遗传具有从过去到现在以及未来的时间意义。如果这种伦理传统延续下去，类似的家庭悲剧就不会以欧士华的死亡而终结。

《群鬼》在上演之初引发的轰动效应以及易卜生受到的关于本剧道德立场的抨击本身印证了易卜生在这部戏剧中揭露的伦理问题。《群鬼》进一步探讨了《玩偶之家》的主题，曼德牧师的理想要求与海尔茂的名誉观是同一种伦理价值取向。易卜生用阿尔文一家的遭遇更加开诚布公地揭示了以理想替代伦理作为评价标准所造成的严重后果。本剧的结尾，欧士华在他的意识走向消亡之际呼喊着象征光明和希望的太阳。他对生活的乐趣、光明和幸福的向往是他在困境之中的道德诉求，反映出他对改变自身精神面貌的殷切期盼。真实地生活本应是个人的基本权利，尊重客观事实和个人诚信本应是最为质朴的道德准则。在这一点上，欧士华和阿尔文太太甚至道德堕落的阿尔文侍从官都表达了自我解放的诉求。这种自我解放并不是纯粹受到自由意志驱使、理性意志不加以控制、回归动物性本能的原始自由，而是对伦理传统的修正，追求以正确地认识人是斯芬克斯因子的存在为根本前提，以尊重事实为基础的基本道德自由。易卜生用他的作品发声，呼吁道德回归。

---

① Adams, Robert Martin, “Henrik Ibsen: The Fifty-first Anniversary,” *Hudson Review* 10, 3 (1957): 416.

第三节 真理与社会理想

《玩偶之家》和《群鬼》的情节都由一天之内发生在一个家庭内部的事件构成，两个家庭都最终崩溃解体。易卜生用《玩偶之家》和《群鬼》两部戏剧引起社会的关注，娜拉的出走和阿尔文太太的伦理悲剧让家庭问题从私人领域走入公共领域，成为应该被重视和探讨的话题。人们得以对法律、现存的婚姻制度和家庭婚姻伦理是否公平进行反思。

鲁迅先生在二十世纪初曾发表过题为“娜拉走后怎样”的著名演讲，主要从经济权的角度分析娜拉走后可能面对的社会环境和困难，得出了娜拉最终不是在外面堕落地死去就是被迫回到玩偶之家的结论。“娜拉走后怎样”也成了《玩偶之家》最受关注的命题之一。在十九世纪挪威中产阶级的社会文化背景之下，娜拉离开丈夫和家庭等于失去了生活来源和经济支柱。鲁迅先生对娜拉走后的讨论旨在反思当时国内的女性问题，二十世纪初中国女性与娜拉的处境相似，因此鲁迅提出女性要掌握独立的经济权。二十世纪七十年代国外的研究从主流社会学角度出发也得出了相似的结论，认为娜拉离开玩偶之家以后面对的是更多的像海尔茂这样的拥有绝对话语权的男性，这样的社会没有真正的自由，娜拉要想得到自由只能留下与海尔茂一起与资本主义做斗争①。学者们充分论证了娜拉离开家庭之后的前景不容乐观。然而，在《玩偶之家》的结尾，海尔茂微微展露出的转变也让观众和读者思考他是否有可能变换立场，跟娜拉一同“与资本主义做斗争”，跟她一起争取独立和自由。如果以婚姻和家庭的方式获得自由，那么能否实现取决于娜拉和海尔茂双方，而不仅仅是娜拉走或留的问题。娜拉剧末留下的那句“奇迹中的奇迹”所期待的就是海尔茂能理解并认同她独立人格和价值观的存在。

1871 年 1 月 9 日，乔治·勃兰兑斯在给易卜生的书信中写道，易卜生之前信件中提到的“人类精神的革命”让他深思，他继而提出人类要追寻真理和自由。勃兰兑斯指出真理和自由两者本质上是相同的，都是他们所处的时代需要的时代精神，也是易卜生和勃兰兑斯在之后数年一

---

① Rekdal, Anne Marie, “Women, Freedom and Transgression: A Perspective on Ibsen's Plays *A Doll's House* and *Ghosts*,” *Foreign Literature Studies* 6 (2009): 42.

直信奉的理念。他们视“真理”为获得思想解放的前提，没有真理就没有改变，也就没有真正的“自由”①。《玩偶之家》和《群鬼》两部戏剧都反映了传统伦理观念对人的思想精神的束缚。在传统的伦理环境之中，个人的伦理选择受到限制。

一、病态的社会理想

本章涉及的两部剧都勾勒出以“理想”作为伦理标准的病态社会。萧伯纳评论《群鬼》中“鬼”的意象是指人的现实生活被肉体遗传的病毒摧毁②。它展现了一种在整个人类生存的环境中通往死亡直至超越死亡的病态③。《玩偶之家》中的阮克医生也从父亲身上遗传了不可治愈的病症。易卜生用阮克医生和欧士华的遗传病象征着普遍存在的隐性且致命的病态，具有从身体到心理、从个人到社会的道德隐喻。

在《玩偶之家》中，阮克医生的身份是海尔茂和娜拉的家庭访客，也是娜拉的玩伴。与欧士华相似，他自小患有脊髓痨，疾病的根源与父辈不道德的行为有关。阮克医生的父亲是个“吃喝嫖赌的荒唐鬼”(157)。在写给娜拉的最后一封信中，他暗示自己将独自安静地等待死亡的降临。他自己是社会传统荣誉观的受害者，但是他能够客观冷静地认识整个社会尤其是中产阶级扭曲的伦理价值体系。阮克医生对林丹太太说：“我不知道你们那儿有没有一批人，东抓抓，西闻闻，到处搜索别人道德上的毛病，要是让一个有毛病的人，摆开阵势包围他，盯着他不放松。身上没毛病的人他们连理都不爱理……大家都这么想，所以咱们的社会变了一所大医院。”(137～138)他从“病人”的角度，旁观海尔茂家的情况，形象地说出“社会变成了一所大医院”。人们对“没毛病”的普通人不理睬，但是一旦找到“有毛病”，即有道德污点的人，便饶有兴趣地包围和攻击他。柯洛格斯泰被攻击和驱逐的经历证明了这一点。海

① Hemmer, Bjørn, “Ibsen and the Realistic Problem Drama,” *The Cambridge Companion to Ibsen*, Ed. James McFarlane, Cambridge, UK: Cambridge University Press, 1994, p. 68.

② Steiner, George, *Death of Tragedy*, London: Faber and Faber Limited, 1961, p. 86.

③ Adams, Robert Martin, “Henrik Ibsen: The Fifty-first Anniversary,” *Hudson Review* 10, 3 (1957): 419.

尔茂紧握柯洛格斯泰的把柄不放，以此作为开除他的理由。柯洛格斯泰同样拿着娜拉签的借据作为海尔茂“有病”的证据来威胁娜拉，试图改变海尔茂的决定。无论是海尔茂还是柯洛格斯泰，他们的行为准则都不是事情本身的是非对错，而是“名誉”。娜拉没有真正步入公共生产生活领域，她不理解这种价值观念和伦理取向，才会因为受到强烈的情感冲击而实现伦理意识觉醒。另一方面，阮克医生的话还暗示了人们热衷于发现别人的“毛病”这一病态的社会现象。只要抓住了别人的短处，人们会将全部的注意力集中到这些人身上，没有人会再追究自己。

阮克生动地将社会比作医院，身处其中的个人与社会的关系则转化为病患关系。在 1848 年以前的欧洲文坛，个人与社会的关系问题曾是作家们反抗和攻击贵族制度的有力武器，而在易卜生的戏剧中这种社会意识被中产阶级用于自我检验和自我评价①。《玩偶之家》中的名誉观与《群鬼》中的“理想”是同一种社会意识，等同于伦理。易卜生用隐喻的方式将其当作群体性疾病，表明了对它的批判态度。海尔茂深受这种病态的伦理环境的影响，他以是否“有毛病”作为衡量行事的唯一标准。身为一家之主，海尔茂清楚地知道，在外人看来娜拉的行为必然与他有关。因此，一旦娜拉伪造签名的行为为他人知晓，海尔茂就会成为一个“有毛病”的人，受到排挤和非议。海尔茂暴怒并不是因为娜拉伪造签字，触犯法律或是违背了他某种正义的道德观，而是因为这个证据被柯洛格斯泰掌握，柯洛格斯泰可以借此任意摆布海尔茂。海尔茂曾对娜拉说：“你父亲跟我完全不一样。你父亲不是个完美没有缺点的人。我可没有缺点，并且希望永远不会有。”（161）海尔茂口中娜拉父亲的“缺点”是指他因为触犯法律坏了名声，与阮克医生所说的“毛病”是同一个意思，都不是人的性格弱点或违背伦理道德的言行，而是别人眼中的污点和把柄。海尔茂对道德缺陷的评判标准在于是否被他人知晓，损坏个人名声。

在《群鬼》中易卜生用欧士华身上的遗传疾病不仅动摇了中产阶级价值体系的基础，而且他利用同时代人们对这种疾病的病理学困惑揭示

① Lowenthal, Leo, "Henrik Ibsen: Motifs in the Realistic Plays," *Ibsen: A Collection of Critical Essays*, Ed. Rolf Fjelde Englewood Cliffs, New Jersey: Prentice-Hall Inc., 1965, p. 140.

了一套限制性的信仰和习惯[①]。剧中曼德牧师的伦理身份和他在剧中的人物形象代表了传统的信仰和观念主张。曼德是一个天真的理想主义者，他跟海尔茂一样被别人眼中的自己左右。曼德牧师认为孤儿院不应该上保险的理由是那些“真正重要的人物”，也就是“那些有地位有势力的人”会说“保火险就是不相信上帝”(228)。曼德作为神职人员，信仰的不是宗教和上帝，他的行为准则不是宗教教义，而是有地位有势力的人会如何说。他当年不肯把阿尔文太太带离痛苦的婚姻，反而劝她继续留在阿尔文侍从官身边也是同样的原因。不仅如此，曼德牧师的天真还表现在他任由狡诈卑劣的安格斯川操纵而不自知。第二幕安格斯川登场的时候穿着他的“周日服”，把自己包装得正派、体面和虔诚。为博得曼德的好感和同情，他编造自己如何拯救乔安娜，接受吕嘉纳的过往。他的目的是欺骗和操纵曼德牧师投资他的水手公寓，也就是妓院。他向曼德描述的水手公寓是带有慈善性质的收容所，而第一幕中面对吕嘉纳他十分露骨地暗示水手公寓就是供水手消遣的风月场所。两面三刀的安格斯川最后成功地控制了曼德，说服曼德资助他开办水手公寓。为了配合曼德的牧师身份，迎合曼德的喜好，安格斯川用基督教语言把自己比作救世主耶稣，他说：“我知道从前有过一个人把别人的过错担在自己肩膀上。”(277) 这句话有强烈的宗教隐喻，指耶稣基督用自己的血肉替世人赎罪。代表伦理道德、执行宗法权力的牧师最终轻易地被安格斯川这样毫无道德底线的人操纵，这不仅极度讽刺，而且让人深深地为这样一个社会的未来担忧——是否所有代表慈善的孤儿院最后都会变成道德堕落的水手公寓。

安格斯川巧舌如簧骗取曼德的信任，利用他来到阿尔文太太的产业工作，接近吕嘉纳。最后安格斯川设计让曼德以为是自己不小心纵火烧毁了孤儿院。安格斯川抓住这个把柄威胁曼德帮助他开水手公寓。根据剧情走向，曼德直到最后都没认清安格斯川的真实面目，更没有看清安格斯川所谓的“水手公寓”实际上是妓院，充斥着曼德嗤之以鼻的“不合法结合”。曼德这样一个昏庸无知的牧师却因为他的神职身份，始终站在道德和权威的高点，教导其他人的生活。

---

① Soloski, Alexis, "'The Great Imitator': Staging Syphilis in *A Doll House* and *Ghosts*," *Modern Drama* 56, 3 (2013): 288.

《玩偶之家》和《群鬼》都是易卜生较为成熟的现实主义剧作，展现了真实的人物、环境以及事件。娜拉隐瞒她伪造签名的过去被揭露，在真相面前海尔茂也露出真实的想法，振聋发聩的斥责让娜拉实现自我伦理意识的觉醒。在《群鬼》的剧末，所有的假象或事物虚假的一面全部消失或被摧毁：阿尔文太太为维持家庭声誉而建立的阿尔文孤儿院被烧毁；欧士华希望享受生活的乐趣却被遗传病折磨；吕嘉纳渴望进入上流社会而伪装出的高贵以她的堕落为终结；水手公寓最后改名为阿尔文公寓，既是讽刺也可以看作还原了阿尔文生前真实的生活状态。两部戏剧将以“理想”代替真理为伦理标准的社会病态在观众面前展露无遗。

二、婚姻、家庭与伦理选择

《玩偶之家》和《群鬼》两部戏剧都以主人公的婚姻失败和家庭破裂收尾。易卜生受到攻击的重要原因是他毫无保留地质疑婚姻的形式和中产阶级伦理价值体系。虽然娜拉的出走和阿尔文太太的强留最终都没能让她们获得圆满婚姻，但是易卜生创作这两位女性人物并非为了否定婚姻家庭以及伦理道德存在的必要性和合理性，而是在探究怎样的婚姻和家庭伦理才合乎人性，才能真正坚守道德。

《群鬼》中曼德和欧士华就婚姻的结合方式问题产生了激烈的分歧。欧士华在意大利结识了一些自由主义的艺术家，曼德批判他们的婚姻没有经过教堂承认，是“不合法结合”“不正常的婚姻”（235）。欧士华则质问婚姻的道德性是否应该仅凭结合的方式判定，批判以曼德牧师为代表的传统伦理观念过于肤浅。欧士华说道：“我看见不道德的事情是在你们的模范丈夫和模范父亲私自上巴黎开眼界、光顾艺术圈子的时候”，而当他们回到家后又批判外头败坏风俗、道德沦丧（236）。评断婚姻家庭的伦理道德时不应该只讨论其结合形式的合法性。

除了娜拉，《玩偶之家》中另外一个重要的女性人物是林丹太太。如果说娜拉的人物形象体现了女性主义的精神和主张，那么林丹太太的归宿说明了《玩偶之家》并不能简单地被定义为倡导妇女解放的女性主义作品。与启幕时天真稚嫩的娜拉相比，林丹太太是一个深谙世事、饱经风霜的女性。早年间她为了承担照顾病重母亲以及两个年幼弟弟的家庭责任，被迫与当时的恋人柯洛格斯泰分手，嫁给一个毫无感情的陌生人。三年的时间内她的丈夫和母亲相继去世，她的弟弟也可以独立照顾自己，而林丹太太却没有为卸下这些沉重的包袱而感到轻松自由，反而是“说不出的空虚”（129）。林丹太太主动提出要与柯洛格斯泰复合，原因是“一个人为自己工作没有乐趣。尼尔（即柯洛格斯泰），给我一个人，给我一件事，让我工作有个目的……我想弄个孩子来照顾，恰好你的孩子需要人照顾。你缺少一个我，我也缺少一个你”（184）。林丹太太强调的“目的”就是她工作和存在的意义。原本毫无感情基础的婚姻在她失去了丈夫，完成了对母亲和弟弟的责任之后，对林丹太太的束缚也本应就此消失。然而即使是自觉自愿的伦理选择，林丹太太依然要将自己置身于另一个家庭之中，继续承担照顾孩子和家庭的伦理责任，扮演一个母亲、妻子的角色，这与她之前的婚姻生活并无实质性的区别。她只是换了个家庭继续生活而已。可见于林丹太太而言，家庭并不是纯粹的伦理责任和义务，而是她工作和生存的意义，是她生命的乐趣。婚姻家庭可以让女性实现自身价值，对于林丹太太这样的女性，她甚至无法脱离家庭生活而存在。由此可见，女性实现自我价值和个人追求与婚姻家庭并无本质矛盾，也不会必然产生冲突。

另一方面，林丹太太和柯洛格斯泰是彼此需要。如她所述，“你缺少一个我，我也缺少一个你”，即他们的结合才是完整婚姻的状态。存在主义哲学之父克尔凯郭尔认为，婚姻是实现生活中伦理的最好形式①。林丹太太的结局是重新走进家庭，她能在新的家庭里获得生活的乐趣和意义，而柯洛格斯泰在林丹太太的劝说下放弃威胁娜拉，回归理性，完成了他的道德救赎。可见家庭是每个人的正当归属，完整的婚姻对女性和男性都很重要，使双方得以各自完善和升华。可见《玩偶之家》这部作品并没有从根本上否定婚姻家庭的存在，性别问题不是导致婚姻和家庭必然分崩离析的决定性因素。

罗德认为：“《娜拉》（即《玩偶之家》）的中心思想是，婚姻的目标是让夫妻双方的人格得到自由……在男人和女人的关系朝着这个方向发展之前，他们的关系都不能算作爱。”② 娜拉先一步实现伦理意识的觉醒，

---

① Brynhildsvoll, Knut, "The Claim of the Ideal: Ethics in Ibsen's Dramas," *Foreign Literature Studies* 1 (2005): 15.

② Lord, Henrietta Frances, "Henrietta Frances Lord on *A Doll's House*," *The Critical Heritage: Henrik Ibsen*, Ed. Michael Egan, London: Routledge, 2003, p. 59.

因此她与海尔茂的玩偶婚姻也走到尽头。娜拉与海尔茂的冲突是传统理想化的道德标准与人性之间的矛盾。伦理传统不会向人性低头，当传统伦理不能随着社会发展而应变时，它会压抑人性的发展。这是他们生活的世界里的不公正，也是人与人之间的关系包括婚姻关系不合理的根源。

阿尔文太太将她生活的所有价值和意义寄托在欧士华身上，但是她没想到欧士华生来也带着他父亲的基因，带着阿尔文太太最想摆脱的“鬼”。剧本最后一幕是天亮之后“太阳出来了。远方的冰河雪山在晨光中闪耀”(289)。比照全剧的场景和光线变化，结局发生在自然环境最明亮柔美的一个瞬间。虽然欧士华喊出“太阳。太阳”的时候已经痴傻，但是太阳象征着光明和希望，它的到来意味着“鬼”被驱散。欧士华很可能被病魔纠缠，无法康复，但在所有的虚伪、假象连同他的生命一起渐渐消失之时，他如愿看到了太阳。阿尔文一家的结局可以说是一出悲剧，然而全剧以欧士华呼喊“太阳”为结语并非完全绝望。欧士华一直期盼的“生活的乐趣”其实在这个环境之中是存在的，问题在于如何使它合理地存在并成为新的伦理标准。剧作家最终同时把光明和希望以及这个难题留给了观众和读者。

三、真理与道德坚守

雷曼德·威廉姆斯对西方现代戏剧风格的谱系作出了另一种诠释，他没有把戏剧的现实主义与先锋派所反对的保守政治目的联系在一起，而是认为追求真理的热忱才是一次伟大的革命，在这个意义上，易卜生和布莱希特都是参与其中的戏剧家[①]。易卜生的戏剧在探索真理的内涵时常常将它与理想对应。

对于个人而言理想是一种自我保护机制和逃避现实的手段。一个社会的理想是其走向文明后控制身在其中的个体，婚姻家庭制度成为操控个人的有效方式。社会通过婚姻家庭制度给个人设立极度理想化的伦理道德标准，规范个人的一言一行。在这个定义下的理想其本质是虚幻的假象，是为掩盖、逃避现实而建构的替代品，它本身带有欺骗性。阿尔

① Williams, Raymond, *Drama from Ibsen to Brecht*, London: Chatto & Windus, 1968, p. 334.

文太太和曼德牧师把真理和理想完全对立起来，认为它们有如鱼和熊掌，不可兼得。曼德将阿尔文太太在欧士华心中虚构的完美父亲称作“幸福的幻想”(251)，他认为这是阿尔文太太尽了自己做母亲的义务。无论娜拉还是阿尔文太太所处的家庭环境都是建立在虚伪和谎言之上的，没有真理的存在。因此，娜拉伦理意识的觉醒促使她离开玩偶之家，寻找真理和自由。欧士华在阿尔文家感到窒息，他的家庭和他所处的环境没有真理作为基础，所以他意识到在这里没有实现自由的可能性。

人对自我的真实认识以及敢于面对真实的客观环境，在这一点上真理具备道德属性。无论对于个人或社会，追求真理应为基本道德原则。个人诚信即承认现实、尊重事实，属于最基本道德原则，个人的伦理选择不能违背这一原则。阿尔文太太的“道德克制”违背了个人诚信的基本道德原则，她为了理想的假象放弃真理，这是她难逃悲剧的根本原因。娜拉最后的出走是遵从了她实现伦理意识觉醒之后内心的真实想法，具有划时代的重要意义。

易卜生承袭苏格拉底和克尔凯郭尔存在主义思想，强调自知自省的重要性。克尔凯郭尔存在主义思想和苏格拉底的思想都包括真理的主观性，人在认识自我的基础之上自知者就是一个存在的个体①。娜拉从没有自知到建立独立的伦理意识，她靠自己追寻知识和真理检验生活。阿尔文太太对客观现实和自我有较为清醒的认识，但她深陷意识与行动相悖的伦理困境之中，最后也只能跟曼德牧师一样成为理想的傀儡和牺牲品。易卜生敢于揭开理想本质，用他的戏剧作品直言不讳地揭露理想对个人的禁锢和伤害。易卜生剧作中的人物常常面对艰难的伦理选择，在他们具备清醒的伦理意识，认识到自己的处境之后，是继续自我欺骗，浑浑噩噩度日，还是揭露真相，面对事实。前者意味着违心但安全，后者顺从自己的心意却有被社会驱逐的危险，易卜生自己选择了后者。

萧伯纳曾指出：“当你根据自己的立场，认为阿尔文太太是一位自我解放的女性或是一个没有原则的人，阿尔文侍从官是一个道德堕落之人或是一个社会的受害者，娜拉是一个勇气可嘉、内心高贵的女性或是一个令人震惊的骗子和不负责任的母亲，海尔茂是一个自私自利的猎犬或

① Rhodes, Norman, *Ibsen and the Greeks*, London: Associated University Press, 1995, p. 48.

是一个模范丈夫，你的观点既正确同时也是错误的，任何一种情况都同样无效。”① 易卜生塑造出角色的矛盾性，除了使人物本身更加深刻、层次更为丰富之外，目的还在于让观众看到这些人物充满争议的原因。在指责他们个人的道德问题或某一伦理选择的同时，更应该思考其背后源自家庭、婚姻、社会等不同方面的深层原因。理想化的道德要求往往造成悲剧性的后果，人们为了塑造自身和家庭的符合理想的形象而不择手段，不惜说谎或恶意攻击他人来转移别人对自身的注意，用最不道德的方式来伪装符合理想伦理的标准，完全是本末倒置。在这个过程中，人们已经失去了人性基本的真善美。易卜生借他的作品发声，呼吁道德回归。

① McFarlane, James, "Revaluations of Ibsen," *Discussions of Henrik Ibsen*, Ed. James McFarlane, Boston: D. C. Heath and Company, 1962, p. 20.

第二章　伦理选择与自由意志

本章关注的两部作品《海上夫人》和《海达·高布乐》反映了易卜生就个人如何进行伦理选择以及自由意志与理性意志的关系等问题进行深入探讨。与《玩偶之家》的娜拉和《群鬼》的阿尔文太太一样身处婚姻家庭语境之中，艾梨达和海达由于各自的婚姻身份陷入伦理困境。第一章重在论述伦理环境与个人伦理选择之间的关系，而本章将关注两位女性人物在婚姻和家庭生活中探索实现自由的方式。她们都有双重相互矛盾的伦理身份，导致她们面临如何平衡个人自由和家庭伦理责任的问题。文学伦理学批评认为，人的自由意志应当受理性意志控制，并且人应当在理性意志的指导下做出伦理选择。艾梨达最终选择留在房格尔家，实现从海上夫人到房格尔太太的身份转变，而海达选择用自杀的方式保留其高布乐小姐身份的完整。两位女性人物境遇相似却结局迥异，表明易卜生语境中的自由是辩证的。伦理选择的自由与责任相辅相成，不需要承担责任的自由在人类社会并不存在。人通过伦理选择获得自由的同时必然要承担相应的伦理责任。

第一节　“海上夫人”艾梨达的伦理两难[①]

从《海上夫人》的场景设计中能够看到，随着易卜生舞台技巧的运用日臻成熟，他不再满足于将戏剧设置在传统的室内场景之内，而是利用室内场景作为手段，与非自然视角的室外风光进行对比，同时有力反

① 蒋文颖：《论〈海上夫人〉中的伦理两难》，《山东外语教学》2019年第6期，第96-104页。

驳了仅凭简化和浓缩的场景设计就能制造完整的戏剧想象的看法①。此外，本剧的特别之处还在于其结尾的处理。众多学者看到《海上夫人》与易卜生其他的戏剧作品截然不同的是它不以悲剧收场，易卜生没有留给观众未解之谜，而是直接给出了确切的结局。这样的处理方式不免显得平淡无奇。罗森加滕认为，易卜生的戏剧令人心驰神往之处是其魔术师般的戏剧手法，其戏剧思想和主题的模糊性使得他的观众/读者每当以为自己能够完整地解读易卜生的作品时，总能发现他们还差一步②。《海上夫人》明确且皆大欢喜的结局显然有违易卜生一直以来的创作习惯，因此有学者认为这样处理结尾严重影响了本剧的艺术魅力。喜剧收尾不仅是艾梨达和房格尔最终达成和解，艾梨达最终摆脱对陌生人的恐惧，而且剧中另外两对男女阿恩霍姆和博列得、凌格斯川和希尔达也在剧末形成了某种和谐默契的关联。第三方面，《海上夫人》还体现出易卜生有了新的伦理思想。在此之后，易卜生的剧作更加注重对人物心理层面的探究，淡化社会问题在剧中的存在感，它仍然没有脱离现实主义社会问题③。本节将从文学伦理学批评的角度出发，分析艾梨达身处的客观伦理环境，解释艾梨达的心理问题症结源于她的双重婚姻身份，是她的自由意志和理性意志对峙导致伦理两难。

一、海洋与陆地的伦理属性

从中期社会问题剧的创作开始，易卜生常常把故事的重点放在家庭上，故事发生的场景也以家庭室内居多，如《玩偶之家》和《群鬼》两部戏剧的事件从发生到结束都在室内完成。《海上夫人》与易卜生其他戏剧相似，发生在沿海小镇的一个家庭里。不同的是，相比其他戏剧昏暗、沉闷、封闭的环境，本剧中无论是自然环境还是家庭环境都明亮开放。罗尔夫·弗耶德从地形学视角全面剖析了剧中各个层级所处的环境以及时间和空间的展现，详尽分析了这些博大的外部结构如何作用于人物的

① Tennant, P. F. D, *Ibsen's Dramatic Technique*, Oxford, UK: Alden Press, 1948, p. 46.

② Rosengarten, David, "'The Lady from the Sea': Ibsen's Submerged Allegory," *Educational Theatre Journal* 29, 4 (1977): 463.

③ 王忠祥：《易卜生》，华夏出版社，2006，第 147 页。

生活和人与人之间的关系①。易卜生赋予海洋和陆地不同的属性，他用场景的设计和转换使得它们充分展现各自的特点，并且交代了不同人物的性格以及他们的伦理关系。以海洋和陆地为基本参照，本剧的客观环境分为两个部分，一是客观自然环境，高山、大海和峡湾。二是客观伦理环境，以房格尔的家庭生活环境为主。它们之间相互对照，大海的无限对照房格尔家有限的区域，大海的变幻莫测对照家庭生活的简单乏味，大海的波涛汹涌对照家庭生活的平静。

房格尔大夫的住宅周围光线通透、视野开阔，小镇的生活环境舒适宜居。故事发生于夏天，正值旅游旺季，小镇上游人旅客往来不绝，充满生机活力。启幕时首先出现在舞台上的是巴利斯泰和博列得，巴利斯泰在房格尔家附近作画，博列得路过与他攀谈。人与人之间的认识和交流没有疏离感，同时也表现出房格尔家和这个小镇的包容性和开阔性。第一幕和第二幕发生在空旷的户外，其中第一幕建立起了陆地和峡湾的广阔天地，给予人物充分的空间，并且通过空间建构基本交代了人物关系：艾梨达主要在海洋和凉亭活动，她每天都要下海游泳，上岸后主要待在独立于房格尔家主屋之外的凉亭，“碰上有话要说的时候，我们可以隔着花园谈天”②。可见艾梨达与房格尔家格格不入，她与房格尔和两个女儿情感疏离。从她常待的物理空间到她的内心世界，她都没有完全接受自己作为房格尔太太的伦理身份。房格尔的两个女儿主要待在廊下，房格尔在凉亭和廊下来回穿梭，他像桥梁一样联结着艾梨达和两个女儿，维持着家庭的完整；另外作为医生的他也往来于家庭和海峡彼岸的村镇里，表明除了家庭生活，他还有自己的职业，海峡彼岸是他的另一番世界；凌格斯川、巴利斯泰和阿恩霍姆等其他人物没有固定的活动场所，但是整个环境是向外开放的，具有变通性和机动性。

无论是客观自然环境和伦理环境，还是艾梨达的主观感受，大海都是自由的象征，也是艾梨达精神自由的来源。房格尔说自从他和艾梨达襁褓中的孩子去世之后，艾梨达的精神状态萎靡衰弱，“可是只要一下海

---

① Fjeld, Rolf, "*Lady from the Sea*: Ibsen's Positive World-View in a Topographic Figure," *Modern Drama* 21, 4 (1978): 382.

② 亨利克·易卜生：《易卜生文集》（第六卷），潘家洵译，人民文学出版社，1995，第 242 页。此作品引文均出自此译本。此后仅随文标注页码。

她就快活，海是她的命根子”(239)。海洋给予艾梨达短暂的自由。海洋是艾梨达真实自我的存在。艾梨达的亮相，她“身上披一件宽大的薄外套，湿漉漉的头发披散在肩膀上，从凉亭旁边树林里走过来”，被房格尔戏谑称“美人鱼回来了”(240)。

牧师曾经称少女时代的艾梨达为“邪教徒”，她的名字取自一条旧船，而非传统基督徒的名字。不仅响应了艾梨达“海上夫人”的称呼，而且暗示着艾梨达或者说是普遍意义上人的本性，未受基督教伦理道德教化之前的原生状态。阿恩霍姆意味深长地说：“那时候我最想不到的是，今天会在这儿碰见你，看见你做了房格尔太太。”(242) 并且紧接着强调即使房格尔从前的妻子没有去世，艾梨达愿意嫁给房格尔也让他始料未及，因为他跟艾梨达“很不相同”(242)。从字面上看阿恩霍姆表达了他的爱慕之情，回忆起艾梨达多年前曾拒绝他的求爱。他的言外之意是房格尔是一个正派传统的人，成为房格尔太太、两个女儿的继母有悖艾梨达的本性，她的伦理选择出乎阿恩霍姆的意料。

在第一幕，海洋和陆地是一个和谐的整体，但同时暗示了一些潜伏的危机。巴利斯泰的画作以艾梨达为灵感，他打算命名为“美人鱼的下场”，因为“她从海里漂到这儿，找不着回去的路，只好躺在咸水里等死”(232)。艾梨达的命运就像巴利斯泰作品中的美人鱼，喻示着艾梨达的困境。从海洋到陆地，艾梨达进入符合传统价值观念的婚姻，成为房格尔太太，但是这种伦理选择与她的本性相悖。她无法适应家庭和婚姻生活，无法适应房格尔太太的伦理身份。如同童话故事里的美人鱼只能生活在水里，无法在陆地生存，艾梨达长期生活在房格尔家就像美人鱼离开水一样不断消耗自己，最后走向死亡。

相比海洋的无边无际，人类家庭生活具有明显的伦理性界限。第三幕场景由空旷宏大，明亮开阔的海洋和山坡转变为房格尔家“暗沉沉、潮阴阴”的花园，一眼望见的是“一池死水的边缘”(273)。海峡与花园之间隔着矮篱，划分出房格尔家的私人范围。在这一幕中陌生人“从矮篱上爬进花园”(282)。陌生人是用一种胆大妄为、野蛮、非正当、未经允许的方式强行进入房格尔家，表现出这个人物的侵略性和压迫性，也表明陌生人不具备对伦理道德的基本认知。

艾梨达每天在海里游泳可以获得暂时的自由。与海洋相对的是房格尔家的池塘，博列得认为：“我们的生活跟池子里的鲤鱼没多大分别。海峡离它们那么近，成群结队的海鱼在外头悠悠荡荡，来来往往，然而这些安分驯良的家鱼却一点儿都不知道，也没法参加……我们只能安分守己，钻在鲤鱼池里消磨日子。”(275) 与艾梨达出身海上不同，博列得的家庭观念根深蒂固，博列得在母亲过世之后承担着料理家务和照顾父亲妹妹的责任。但是她们都感受到家庭伦理环境的束缚。

艾梨达对海的向往可以理解为她认知中的海洋象征着绝对的自由，不仅是客观空间上的无界限，而且是精神上的豁达，不受任何约束。艾梨达的行为和语言都表现出海洋的气质属性。在陆地上的艾梨达愿意待在开阔的凉亭，而不是房格尔和两个女儿建构的家园之中，她与房格尔散完步兴致高涨，却不愿意坐在石座上，她害怕停下脚步，不能融入安定的家庭生活。她看到开向汪洋大海的轮船会心生羡慕想跟它走，但她不敢走，不能放任自己追求想要的生活。艾梨达进一步阐明：“假使人类一起头就学会在海面上——或者甚至于在海底——过日子，那么，到这时候咱们会比现在完善得多——比现在善良些、快活些”，“我想，人类自己在本能上也有这种感觉——这种感觉又像忧愁，又像悔恨，在暗中跟人类纠缠。人类悲哀的根本原因就在这里”(279)。艾梨达准确地辨析了海洋和陆地本质属性的区别，这是从海洋到陆地的伦理环境和生活方式转变带给她的思考。艾梨达清楚地意识到人的自由意志应当受到理性意志的约束，但是在面临伦理选择的时候，人的自由意志和理性意志往往存在着矛盾，带给人精神上忧愁、悔恨、不自由的感受。

海洋和陆地分别代表着原始自然野性和社会家庭伦理。艾梨达从海洋进入婚姻和家庭，但是她没有适应新的伦理身份。艾梨达表现出郁郁寡欢、心绪难平的精神状态，也就是房格尔诊断的“病态”。她没有承担作为妻子和母亲的伦理责任。艾梨达与房格尔及两个女儿的关系依然十分疏离。艾梨达进入婚姻之后，伦理束缚了她身上的自然属性。她更加向往海洋的自由，但是不能回到海洋，这种矛盾成为艾梨达内心又一重障碍。她每天都必须到海里去游泳，接触大海。全剧基本看不到艾梨达出现在房格尔家内部。凉亭是房格尔为艾梨达新盖的，目的是减轻她的精神压力，让她释怀开心。房格尔建造的凉亭成为她长久停留的场所，那里是她从婚姻家庭伦理身份中脱离出来的自我空间，也是她在家庭伦理和海洋之间能够获得的短暂的平衡状态。艾梨达没有因此而彻底放下心结，凉亭依旧是人造的，与房格尔家的房子和女儿们待的长廊没有本质的区别，都是房格尔家的一部分，她的身份困境依旧存在。艾梨达在凉亭得到短暂的心理安慰不能解决她的心结。

二、艾梨达的双重婚姻身份

艾梨达的心结是她触犯了“一女嫁二夫”的伦理禁忌。她成为房格尔的妻子之前，并没有解除与陌生人的婚约。她背负着陌生人未婚妻的伦理身份成为房格尔太太。这是艾梨达长久以来的心理问题症结所在，也是她不能完全接纳房格尔太太伦理身份的原因。当陌生人再次出现之后，她的担忧变成现实伦理困境。无论做出何种伦理选择都不同程度地违背了伦理道德，她在嫁给房格尔的时候就已经背叛了陌生人，违背了未婚妻的伦理身份；如果她以房格尔太太的身份跟陌生人走，她更加背叛了和房格尔的婚姻。因为艾梨达无论怎样选择，都违背伦理道德，艾梨达的双重婚姻身份成为本剧的伦理结。艾梨达、房格尔和陌生人的三角关系不是情感纠葛，而是伦理身份和婚姻关系合法性的争夺。陆地和海洋的属性分别体现在房格尔和陌生人庄士顿的人物形象上。陌生人出现之前，艾梨达只是不能完全接受房格尔太太的伦理身份。凌格斯川讲述他的艺术作品及创作灵感触发了艾梨达的隐忧，她开始陷入伦理混乱。

因为艾梨达是灯塔管理员的女儿，出生成长在海边，海就是她个性和人格养成的一部分。海代表原始、野性和本真的自由意志。艾梨达与陌生人都具有海洋的属性。陌生人对艾梨达而言就是海的另一种存在。艾梨达崇尚海洋，她被陌生人吸引其实是自由意志对她的控制。本剧中艾梨达的伦理矛盾让她在潜意识中极为不安。在所有的可能引起艾梨达回忆的方式中，易卜生匠心独运地借凌格斯川用艺术作品的梦境来刺激艾梨达的记忆。剧中最接近死亡的人是凌格斯川。他曾经历过沉船事件，海洋差点成为他的葬身之所。他的不治之症也源于这次事故，可以说，海洋终究会夺去他的生命。凌格斯川渴望成为雕塑家，雕塑是艺术作品。他希望完成的一个群像，内容是一个年轻的水手老婆，“睡得异乎寻常地不安宁，一边睡一边做梦。我要把她雕塑得让无论什么人一看就知道她是在做梦”(248)。根据凌格斯川的经历，剧本暗示在海难中救他的人可能就是艾梨达的未婚夫陌生人。凌格斯川只用了几条非常模糊的线索，“美国人”、在丈夫不在家时改嫁的“没良心的老婆”(250)，引起了艾梨达内心最深的恐惧，说明艾梨达的潜意识中一直都认同自己是陌生人未婚妻的伦理身份。

第二幕发生在山坡上的眺望台，观众的视线范围内可以看见界址标和风信标。可以看见海峡外部的岛屿和凸出的海角，但是看不到大海。可见这片山坡是陆地与海的界限，也是人类社会和海洋的分割线。艾梨达在这里向房格尔交代了她与陌生人相识和订婚的过去，也坦诚了在失去孩子之后不愿意跟他做夫妻的根本原因是她怕孩子会长着陌生人一般的眼睛。根据艾梨达的回忆，孩子的眼睛会随着海洋发生变化，“要是海峡里风和日暖，波平浪静，孩子的眼睛也就明亮安静。要是海里起了风暴，他的眼睛也跟着变样儿”(271)。艾梨达记忆中的陌生人是跟海一样变化莫测，深邃而不可知。艾梨达看到孩子长着陌生人一样的眼睛，就像时刻提醒她背弃了婚约。这一幕结束的时候，艾梨达无法面对房格尔仓皇离开。易卜生将艾梨达向房格尔吐露真相的场景设定在海洋与陆地的分界线上，象征着艾梨达无法解开心中的矛盾和她的伦理困境。两年前承受的丧子之痛让艾梨达确信这是她背叛陌生人而遭受的报应。她既不能离开房格尔，而与陌生人之间悬而未决的婚约又让她感到强烈不安。

易卜生将陌生人的形象塑造得十分抽象，来历、去处、家庭、姓名都不确定，使他成为如海洋一般无形神秘却又无所不在的力量，艾梨达对他既恐惧又着迷。陌生人的外貌轮廓在艾梨达的记忆里都是模糊不清的。艾梨达回忆他的样子时说：“我看得最清楚的是他领带上的别针，上头镶着一颗淡青色大珍珠。那颗珍珠像死鱼的眼睛，好像在瞪我。”(270～271) 这是艾梨达第一次作出与他外表相关的描述，她记得最清楚的只是他的一个身外之物——别针，而且她记得别针是因为那颗像死鱼眼睛瞪着她、让她感到害怕的珍珠。所以艾梨达对陌生人的记忆仅仅是她的心理感受，而非陌生人的明确特征。

陌生人出现在舞台时的样子是“他的须发浓密，略带红色，头上戴一顶苏格兰便帽，肩膀上用皮带挎着个旅行袋”(281)。他浓密的须发和帽子遮挡了他的面部特征，观众看不清他的样子，读者更加无法想象他的长相。他行踪飘忽不定，他可能居无定所，这样一个“无根”的人却可以牢牢地控制艾梨达，这是他作为未婚夫对艾梨达的影响，也是他身上的海洋属性对艾梨达自由意志的召唤。

通过凌格斯川的描述，陌生人对艾梨达背叛他们的婚约充满怨恨和愤怒，艾梨达对陌生人充满了恐惧，这些都让读者和观众相信陌生人的形象是冷酷无情、残忍杀戮、暴力和充满威胁性的。但是当陌生人真正登场后，他的外形以及他对艾梨达的态度都俨然一副仁慈深情的形象。他没有过激的言语指责艾梨达违背誓言，也没有对房格尔表现出过度敌意，这与读者和观众的期待大相径庭。陌生人的出现并没有让房格尔感到害怕，陌生人的长相没有任何让人感到恐惧的地方。陌生人没有做出任何有意伤害艾梨达或房格尔的行为，他只是不停地提醒艾梨达他们之间的婚约。观众和读者对陌生人的感受主要来自艾梨达极度惊恐的表现，艾梨达的心结在于她的双重婚姻身份。

三、理性意志：艾梨达的伦理选择

易卜生对陌生人与房格尔的刻画，传递了海洋和陆地的不同属性。他们分别是海洋和陆地的人格化存在形式，因此艾梨达的伦理身份的矛盾从根本上说是两种不同生活方式的选择问题。根据文学伦理学批评的基本观点，人是斯芬克斯因子的存在，包括人性因子（即人头脑中的伦理和理性，是将人与动物区别开来的属性）和兽性因子（即人无异于兽的本能），当人性因子控制、引导兽性因子时，也就是由理性意志主导非理性意志和自由意志时，人才是有伦理意识的人，做出符合伦理道德标准的判断和正确的伦理选择①。对于艾梨达而言，海洋/陌生人与陆地/房格尔分别对应自由意志与理性意志在她身上的作用。在第五幕，艾梨达不得不做出决定之时，她的出场不同于前几幕她从海里游泳回来身上还带着水珠。她一改往日“美人鱼”自由散漫的状态，头上蒙着围巾亮相，反映出在面临选择的时刻她心理状态的改变。

希尔达提示读者和观众，所有的人物都是以“一对”的形式出现在舞台上，当一对上来之后，之前的一对就会离场。直到陌生人的出现打破了这种规律。陌生人登场之后，没有直接闯入房格尔家的范围内，而是在矮篱外便道上站住。他的出场方式表现出他给艾梨达自由选择的姿态，但是他的言语却透露出艾梨达一定要跟他走的决心，并且他最终还是跨进花园，不断地给艾梨达施加压力，甚至用自杀威胁艾梨达。他对艾梨达的控制力是对她本性和自由意志的召唤，而没有尊重她的决定。

① 聂珍钊：《文学伦理学批评导论》，北京大学出版社，2014，第38-39页。

陌生人始终在宣告他对艾梨达的所有权[①]。房格尔则不断地试图唤起艾梨达的理性意志。

总体看来，作为艾梨达的丈夫和医生，房格尔在整个剧目中的行为是诊断和救治艾梨达的精神困扰。在此过程中房格尔逐渐加深对艾梨达的了解。艾梨达起初的异常表现在房格尔眼里逐渐变成他熟悉的模式，他越来越能站在艾梨达的立场，找到理解她的语言和行为的方法[②]。全剧艾梨达面临的问题是“适应”，她应该如何适应家庭生活，相较于海洋而言，平淡沉寂的小镇生活，以及她的伦理身份，作为妻子和母亲的伦理责任。房格尔帮助她实现用理性意志做出伦理选择，从“美人鱼”到真正的房格尔太太，艾梨达适应了伦理身份的转变。

起初房格尔以为艾梨达放不下过去与阿恩霍姆有关，因此写信邀请他回到这个小镇。这是房格尔医治艾梨达的“处方”。艾梨达在伦理意义上已经成为两个女儿的母亲和房格尔的妻子，其家庭结构是完整的。但是阿恩霍姆和陌生人的出现打破了他们家庭结构的稳定和平衡。阿恩霍姆和陌生人都是从艾梨达的过去而来。阿恩霍姆的出现开启了艾梨达的记忆，并且第一次给艾梨达的生活增加了紧张感，使艾梨达主动跟阿恩霍姆谈起和陌生人的往事，为艾梨达决定向房格尔坦白埋下伏笔。

房格尔对艾梨达十分了解，他知道艾梨达的出身决定了她的性格，海上生活的人保持着海的特质，也就是人本真的状态，未经太过修饰矫正。像“美人鱼”一般到陆地之后，艾梨达的病根源于家庭的伦理关系有违她的本性。房格尔在得知艾梨达与陌生人有婚约之前，他观察到自然环境对艾梨达的限制，让她感到精神压抑：

房格尔　我知道。是这么回事：你不能忍受此地的环境。此地的高山压迫着你的心胸。此地的光线不足，天地不够开阔，空气太稀薄，不能振作你的精神。

艾梨达　你完全说对了。一年四季，日日夜夜，我心里老甩不

① Andreas-Salome, Lou, *Ibsen's Heroines*, Trans. Siegfried Mandel, New York: Proscenium Publishers Inc., 1985, p. 105.

② Barr, Richard L, "Metaphor and Community in *The Lady from the Sea*: Remitting Impediments through the Marriage of Skewed Minds," *Modern Drama* 34, 4 (1991): 472.

掉怀念海洋的相思病。(261)

另外，房格尔认为伦理环境也不利于他与艾梨达的婚姻。问题在于他和女儿们的家庭生活不能完全摆脱故去的前妻，博列得和希尔达不会停止对母亲的思念，所以房格尔提出搬家作为解决方案，他认为找一个靠近大海、远离两个女儿的地方就能彻底解开艾梨达的心结。继修建凉亭之后，房格尔又一次试图通过转换外部环境帮助艾梨达摆脱困境。

房格尔对艾梨达心理状态的关注表现了他的理性认知和道德自省。在陌生人出现之后他认识到了艾梨达本真的一面，她身上的海洋属性不是只有每天必须接触海洋那么简单。他对阿恩霍姆说："他们的生活几乎好像就是海的生活。在他们的思想感情里都有汹涌的大浪——有时涨潮，有时退潮。他们禁受住换地方。这一层我从前没有想到。我把艾梨达从海上带到这儿来，简直是对她犯了一桩大罪。"(297) 房格尔因此感到自责并且进行深刻的自我反省，他忏悔道："我是异乎寻常的自私。"(297) 在对待婚姻的问题上，房格尔表现出比易卜生剧作中其他男性人物更加理性的一面。如《玩偶之家》的海尔茂从未了解过妻子娜拉的精神世界，甚至从未考虑过娜拉有自己的精神世界。房格尔密切关注艾梨达的精神状态和心理动向，他对自己在婚姻关系中的表现保持着自省的态度。他认为艾梨达离开她熟悉的地方而产生的抑郁情绪，他对这个太过自私的决定负有责任，是对她的犯罪。房格尔一直在积极地想办法，甚至写信请来"情敌"阿恩霍姆，希望帮助艾梨达解决她的精神问题，将她的伦理结彻底解开，使她既不再害怕陌生人离开，也不再害怕他留下。

虽然房格尔比海尔茂等男性人物更为关心和尊重妻子，但是他伦理身份的认识也有一个显著的探索和提升的过程。同易卜生其他戏剧中的男性人物一样，房格尔也认同作为丈夫，他对于妻子有教导和保护的伦理责任。在进行自省时房格尔谈道："我应该又像父亲又像导师那么对待她。我应该尽我的力量启发、提炼她的智慧。然而可惜我并没那么办。"(298) 他没有意识到，他的想法一方面对艾梨达不公平，他是艾梨达的丈夫，而不是她的父亲和导师。所谓的"启发、提炼她的智慧"其实是将他的想法强加在艾梨达之上，他把艾梨达当作心智不成熟的孩子，或是低他一等的生命个体。

第四幕的场景设置在房格尔家内部，这是剧情发展到目前第一次完全回归家庭内部环境。艾梨达在这里直接提出要求，她想让房格尔还她自由。房格尔却坚持：“艾梨达，我绝不能让你走，这是为你打算。我必须使用我的权利和责任保护你。”（308）这一段对话与娜拉出走前跟海尔茂的对话在争论的焦点上是一致的，都是关于夫妻双方是否互相了解，婚姻的基础是什么，以及作为妻子的娜拉和艾梨达要求彻底解除夫妻双方的责任与义务。房格尔要执行丈夫“保护”妻子的权利和责任也是海尔茂挽留娜拉的理由之一。娜拉不愿再接受海尔茂的“保护”而要求离开。“保护”是带有男权意识的语汇，丈夫对妻子行使保护权力的前提是对他们妻子的所有权。从这个角度看，娜拉和艾梨达都要求解除他们的责任和权利，因为她们不希望自己被当做丈夫的财产。

托莉·莫伊认为自由和选择是能够促成婚姻蜕变的原动力，对婚姻中的女性尤为重要，而在这个问题上房格尔和艾梨达完成了《玩偶之家》中娜拉和海尔茂未竟的事业①。艾梨达当初嫁给房格尔是为了生存，她谈到自己跟房格尔的婚姻是一桩买卖。艾梨达需要一个合乎伦理的身份，这是她生存的基本条件，与此同时房格尔需要一个妻子组成完整的家庭，双方犹如买卖双方形成了供需关系。艾梨达用“交易”形容她与房格尔的婚姻。所以艾梨达认为自己与房格尔的婚姻不完全出于自愿，而只是出于求生的本能，出于社会对她作为女性的伦理要求。她向房格尔要求解除婚姻时强调：“我不愿意拿我是别人的老婆或者我自己无权选择这一类话当作护身符，因为不自由的决定不能解决问题。”（306）艾梨达当时的伦理选择不是出于自愿而只是迫于现实压力的无奈之举。这是艾梨达无法融入婚姻家庭生活的根本原因。艾梨达企求的自由不是海洋代表的终极自由，而是她能够自行把握的自愿。这里的“自愿”是自由选择的权利和结果。艾梨达要求的自由就是自由选择的权利。她希望自主地决定是否跟陌生人离开。艾梨达的伦理诉求也是娜拉在玩偶之家求而不得的自由选择。

许多戏剧评论家以及观众和读者不认为本剧的结局是乐观的。从性别角度看，无论艾梨达还是博列得都是通过男性的理解和赐予才能实现

① Moi, Tori, *Henrik Ibsen and the Birth of Modernism: Art, Theater, Philosophy*, Oxford: Oxford University Press, 2006, p. 297.

自由。她们最后仍然要通过婚姻才能获得合理的伦理身份。然而单就婚姻的性质而言，婚姻是人与人之间的契约关系。与血脉亲缘等天生的伦理身份不同，婚姻是个人伦理选择的结果，所以缔结婚姻的基础如何具有重要意义。婚姻关系同人类社会的其他契约关系一样应当建立在平等自愿、自由选择的基础之上。

艾梨达最终是在房格尔引导下用她的理性意志做出伦理选择。房格尔并非以丈夫的身份赐予或施舍艾梨达权利。他首先将艾梨达从婚姻关系中解放出来，使得艾梨达不会成为背弃婚姻的过错方。当她不是以房格尔太太的身份做出走或留的选择时，她的选择不会违背伦理道德。此时艾梨达做出的选择与之前为了生存与房格尔结婚的婚姻基础有着本质的区别。艾梨达只需要判断是否情愿，而不受迫于生存的需要，所以艾梨达发现“一切都不一样了”。

艾梨达与房格尔、陌生人之间婚姻身份的合法性问题也是理性意志与自由意志之间的对抗。艾梨达之前一直处于被动的位置，无论走还是留都会触犯伦理道德。房格尔用理性意志帮助艾梨达做出最后的伦理选择，解决了艾梨达的伦理两难。他已然超越了法律和文化传统意义赋予他的“丈夫兼父亲”的角色定位，使得艾梨达能够将他看作一个善良的人而非充满控制欲的父权角色①。艾梨达在自由意志和理性意志的博弈之中获得平衡。

第二节　海达·高布乐的伦理困境②

《海达·高布乐》是易卜生创作于1890年的作品，作为易卜生晚期象征主义戏剧的代表作，它一经问世便引起了强烈的社会反响。迄今一百多年的时间里这部戏剧不仅被无数次地搬上舞台，经久不衰，而且关于这部戏剧文本的讨论和研究也从未停止。中外学者对《海达·高布乐》剧的中心人物海达·高布乐做了多种诠释。从文学和文化的角度，海达

① Wicklund, Beret, “Friendship versus Love in Ibsen's Dramas,” *Nordlit: Tidsskrift I litteratur og kultur* 34,2 (2015):217.

② 蒋文颖：《“女儿”或“妻子”：论海达·高布乐的伦理身份和伦理选择》，《外国文学研究》2015年第4期，第63-71页。

的性格“反映出19世纪末欧洲文学典型特征的‘颓废’精神”[①]。从审美通感的角度，年轻的海达已经感受到“生命的荒谬”，她的内心里隐藏着一首“深沉阴郁的诗”[②]。从女性主义视角看，海达是深受父权制度压迫却有着“强烈的叛逆性格的女人”[③]。托莉·莫伊从波伏瓦（Simone de Beauvoir）和卡维尔（Stanley Cavell）的哲学思想出发，聚焦海达在全剧中三个沉默的时刻如何表现以及这三个时刻与海达最后选择自杀之间的关联[④]。从易卜生时代至今，众多读者、戏剧观众甚至批评家都对海达这一人物持反感态度，萧伯纳认为她善妒、懦弱，缺乏良知，总是残忍地破坏他人的幸福[⑤]，亚瑟·甘兹将她视为“魔鬼”[⑥]。大卫·理查德·琼斯却认为海达既是易卜生所谓的“伟大的人类自由”的创造者也是其产物[⑦]。这些研究视角多元、成果丰硕，但是尚未从伦理角度分析海达的形象或针对《海达·高布乐》剧所折射出的伦理问题做出更加深入的探讨。

易卜生在1890年写给友人的信中说道：“我给它(《海达·高布乐》)取这个名字意在表明，海达作为一个人与其说是她丈夫的妻子，不如说仍然是她父亲高布乐将军的女儿。”[⑧] 这句耐人寻味的话语表明海达的伦理身份在此剧中至关重要。本节将运用文学伦理学批评的方法，着重探究海达的两重伦理身份，即泰斯曼的妻子与高布乐将军的女儿之间的关系，以及海达根据这两种身份做出的伦理选择，阐释海达看似缺乏动机的行为背后的伦理成因。

---

① 何成洲：《论海达·高布乐是一个颓废者》，《外国文学评论》2004年第3期，第138页。

② 汪余礼：《“深沉阴郁的诗”与“不可能的存在”——对〈海达·高布乐〉的审美感通学批评》，《武汉大学学报》2014年第3期，第93页。

③ 徐燕红：《海达·高布乐的女性视角透视》，《外国文学研究》2000年第1期，第41页。

④ Moi, Toril, "Hedda's Silences: Beauty and Despair in Hedda Gabler," *Modern Drama* 56,4 (2013): 434.

⑤ Shaw, George Bernard, *Quintessence of Ibsenism*, London: Constable and Company Ltd., 1913, p. 110.

⑥ Ganz, Arthur, "Miracle and Vine Leaves," *PMLA* 94,1 (1979): 19.

⑦ Jones, David Richard, "The Virtues of 'Hedda Gabler'," *Educational Theatre Journal* 29,4 (1977): 447.

⑧ 亨利克·易卜生：《易卜生书信演讲集》，汪余礼、戴丹妮译，人民文学出版社，2012，第314页。

一、海达伦理身份的转变

不论古今中外，一般的女性在家庭生活中同时充当女儿和妻子的角色不足为奇，但是文学伦理学批评强调还原客观伦理环境，通过对十九世纪末挪威社会的分析不难发现，海达肩负的这两重身份却有着本质的不同。当时的挪威社会结构与德国相似，有着严格的阶级差异，作为高布乐将军家的千金小姐，海达属于社会最上层的贵族，拥有显赫的地位，享有更多的权势和自由①。嫁给属于新兴资产阶级乔治·泰斯曼之后，“泰斯曼太太”的伦理身份则降低了海达的社会地位，并且限制了她的自由。第一幕中，泰斯曼提到他和海达度蜜月归来，对他有养育之恩的朱黎阿姑姑到码头迎接他们，却因为要迁就海达带了“一大堆箱笼物件”而不能请朱黎阿姑姑跟他们一起坐马车回家②。而第二天一大早，也即本剧开始的时候，朱黎阿姑姑到访这对新婚夫妻的别墅。为了“一块儿出门的时候不至于给她（海达）丢脸”，朱黎阿姑姑特意买了一顶新帽子(340)。他们之后的一段对话则更加明确地说明了海达不同寻常的身份地位：

泰斯曼小姐　你想，现在你是娶了亲的人了，乔治！把海达·高布乐——那么个美人儿——抢到手的人居然是你！你想，像她那么个四面八方都有人捧的女人！

泰斯曼　（嘴里哼哼，心满意足地微笑了一下）不错，我想本地很有几个好朋友羡慕我，对不对？(341)

朱黎阿姑姑很意外最终能娶到海达的人会是“你”——乔治·泰斯曼，她的言语之间流露着惊喜和激动。泰斯曼对此表示认同，他那“心满意足的微笑”证明他为赢得海达而自鸣得意。对泰斯曼来说，他能娶到海达是极大的幸运与荣耀。由此可见，泰斯曼与海达的婚姻是他高攀

---

① Kildahl, Erling E, “The ‘Social Conditions and Principles’ of *Hedda Gabler*,” *Educational Theatre Journal* 13, 3 (1961): 207-208.

② 亨利克·易卜生：《易卜生文集》（第六卷），潘家洵译，人民文学出版社，1995，第 339 页。此作品引文均出自此译本。此后仅随文标注页码。

海达。这段对话还透露出作为高布乐小姐的海达更为自由，而这种自由主要是指情感选择。朱黎阿姑姑口中“四面八方都有人捧”的海达，婚前有如自由驰骋的骏马，出入各种舞会和社交场合。她还曾经与其他人眼中的“浪子”乐务博格有一段情。而成为泰斯曼的妻子之后，海达不可能再继续这种生活方式。因此，从社会地位和情感选择两方面来说，“泰斯曼太太”的伦理身份降低了海达的阶级地位，也限制了她的自由。

除此之外，“泰斯曼太太”这个伦理身份给海达带来了更加深刻的影响——它赋予了海达作为“妻子”的伦理责任和道德束缚，而海达却十分抗拒传统的伦理价值观、家庭观和婚姻观。易卜生曾在书信中写道：“乔治·泰斯曼、他的两个年迈的姑母和忠诚的女佣柏蒂一起组成了一个完整的实体。他们的思维方式相近，共享着同样的回忆，保持着同样的人生观。对海达来说，他们构成一股陌生的、反对她的基本人性的敌对力量。”[①] 泰斯曼一家代表的是忠诚、奉献、体谅等传统的伦理价值取向，两个姑姑肩负了泰斯曼父母的责任，尽心尽力地照顾他，帮助他成家立业。海达作为泰斯曼太太理应成为泰斯曼家的一员，按照泰斯曼家的传统，承担起相夫教子的责任。从更深层的意义上看，泰斯曼一家还代表了当时普遍存在于挪威城镇社会的典型的中产阶级道德传统[②]。与之相对立的海达的“基本人性”，即她身为高贵的高布乐小姐，不愿受这种道德传统的控制，逃避家庭伦理责任的本性，驱使海达不断地与泰斯曼划清界限，抗拒一切与“泰斯曼太太”有关的联系。当泰斯曼激动万分地把朱黎阿姑姑专程从家里带给他的拖鞋给海达看时，海达立刻避开他走到炉火边，对他说：“谢谢！我实在懒得看。”（347）这双拖鞋是泰斯曼病重的吕纳姑姑为他绣的，象征着对他的疼爱和他们泰斯曼一家的亲情。海达的态度表明她拒绝了解泰斯曼的过去，拒绝成为泰斯曼家的一份子。此外，朱黎阿姑姑小心翼翼地暗示，她却坚决否认怀上了泰斯曼家的孩子，这也间接地否认她“泰斯曼太太”和“孩子的母亲”的身份。海达抗拒泰斯曼太太的伦理身份，不能顺应由“高布乐将军的女儿”到“泰

---

① 亨利克·易卜生：《易卜生书信演讲集》，汪余礼、戴丹妮译，人民文学出版社，2012，第316页。

② Olsen, Stein Haugom, "Why does Hedda Gabler Marry Jorgen Tesman?" *Modern Drama* 28, 4 (1985): 595.

斯曼的妻子”的伦理身份的转变，因为这两种身份对海达而言，不仅关乎地位和自由的差异，它们还具有不同的，甚至可以说是相互矛盾的伦理内涵。

虽然海达无法接受这样的身份转变，作为高布乐小姐的海达最终成为“泰斯曼太太”却有其必然性，从而形成了海达身上解不开的伦理结。一方面，高布乐将军的突然离世没有给海达留下多少财产，海达不能凭她一己之力维持其高布乐小姐的贵族身份和相应的物质生活。另一方面，海达到了适婚年龄，她承认“我的时光已经过去了”(374)。虽然海达不愿意受迫于传统伦理价值观的压力，但是她也必须顾及公众的舆论和眼光，找到合适的结婚对象。就在此时，即将升任大学教授的泰斯曼承诺愿意不顾一切地供养海达。因此，嫁给泰斯曼是“高布乐小姐”海达的合理出路，是海达做出的符合其伦理身份的伦理选择。可是海达不能承受伦理身份的变化，这就使得海达陷入了伦理困境。

二、海达解决伦理矛盾的方法

剧中高布乐将军除了以肖像的方式出现在舞台上，他留给海达的两支手枪在剧中多次出现，是非常关键的物件。它们是海达父亲的遗物，标志着海达高贵的出身。除此之外，手枪作为一种武器，象征着死亡、暴力和掌控他人与自己生命的权力。父亲的手枪可以看作是海达面对以泰斯曼、勃拉克和乐务博格为代表的男性权利时表达自我情感和无力抗争的一种机制或者说是手段，代表了海达与生俱来的权力但同时又缺乏权力的悖论①。另一方面，海达使用父亲的手枪也是她自身内部矛盾激化且无法找到合理出路的极端行动。全剧海达共五次使用或试图使用父亲的手枪。按照时间顺序，海达第一次使用手枪发生在本剧启幕之前，她将枪口对准乐务博格并威胁要打死他，以此结束了她与乐务博格的恋人关系（这些细节是在第二幕中由海达和乐务博格的对话引述出来，而不是在舞台上演出让观众看到的实质性事件）；海达第二次举起父亲的手枪出现在第一幕的结尾，泰斯曼告诉她暂时他们没有足够的经济能力在家

① Lingard, Lorelei, “The Daughter’s Double Bind: The Single-parent Family as Cultural Analogue in Two Turn-of-the-Century Dramas,” *Modern Drama* 40,1 (1997): 126.

里招待宾客，他们也不能购买她想要的马以及雇佣穿制服的听差，海达说她可以玩枪来“消磨时间”（369）；第三次海达用装上子弹的手枪瞄准勃拉克推事，警告他不应该从别墅花园的小路进来；海达第四次拿出父亲的枪是在乐务博格为丢失书稿而内疚，产生轻生念头之时，海达把枪作为纪念品送给乐务博格，从而导致乐务博格的死亡；在本剧的尾声，海达最后一次举起父亲的手枪结束了自己的生命。

海达这五次举枪的行为从动机看，都是为了维护其高布乐小姐的伦理身份。从直接结果看，海达朝着泰斯曼和勃拉克举枪没有造成任何实际后果，只是表达她对现实的愤懑或厌倦，而她对待乐务博格和最后开枪自杀的后果显然更加严重。从对象来看，海达第一次和第四次用枪都针对乐务博格。它们不单有时间上的先后关系，更加有逻辑和情感上的连贯一致，可以说第一次是第四次的序篇和基础。从性质上看，海达拿枪吓唬泰斯曼和勃拉克的行为略带戏谑性，而她用枪促成乐务博格和自己的死亡则更为复杂和深刻。

海达因为泰斯曼无法提供她要求的物质生活，所以用枪来恐吓泰斯曼以发泄内心的气愤。无论是马还是穿制服的听差都是海达认为能够继续做高布乐将军女儿的外部条件。朱黎阿姑姑对柏特描述出嫁前的海达：“她是高布乐将军的小姐！你想，当初她父亲在世的时候她过的是什么日子。你不记得从前咱们时常看见她骑着大马，跟着将军在大路上飞跑吗？她穿着那身套黑的骑马装束——帽子上还插着翎毛。”（338）海达的这一形象生动地体现了她作为高布乐小姐的特征，她的着装硬朗，风姿飒爽，骑着马跟在她父亲身后奔跑。作为一个旁观者看海达，朱黎阿姑姑的语气还透露着惊讶和仰视。而泰斯曼不能买马给她，对于海达来说，就意味着她不再拥有作为高布乐小姐时那样的自由和高贵。结合整个第一幕发生的事件来看，海达在这一刻既清晰地认识到了“泰斯曼太太”这个身份给予她的伦理责任，而这些责任是她不愿承担的，与此同时，物质生活标准的降低又提醒着她自己已经不再是贵族高布乐将军的女儿，所以她走向自己的房间，想要拿枪对着她认为的“罪魁祸首”——泰斯曼，当然海达不会仅仅就这个原因而真的开枪，触犯谋杀亲夫的伦理禁忌。所以从客观效果上看，海达这一次用枪威胁泰斯曼只是一次极度消极的反抗，泰斯曼仍然不能满足她提出的物质条件，它更不能改变海达与泰斯曼的婚姻事实。

如果说海达吓唬泰斯曼证明了她对婚姻状态的不满，对泰斯曼太太这一伦理身份的抗拒，那么海达用枪警告勃拉克推事不要“走后门”进入别墅的行为则显得有些矛盾。她此举似乎表明了她谨记自己是泰斯曼太太，她明白在泰斯曼不在家的时候勃拉克这样的不当行为可能会招致非议，所以用枪来维护泰斯曼太太的声誉。然而，结合下文海达与勃拉克的互动分析，海达此举的动机仍然只是出于自我保护。海达不认同妻子的身份，但是这并不意味着她愿意承受任何公然出格的言行可能对她造成的流言蜚语和中伤。在当时男权至上的社会里，出身贵族阶级的海达受到严格的伦理道德观念的控制，她害怕出丑，正如得知她儿时的旧识泰遏为了不做丈夫的“产业”而逃离丈夫时，她的直接反应是“你想到没有，人家会怎么说你?”(360) 海达始终惧怕的是公众的眼光和舆论的压力，因此她恐吓勃拉克依旧是看重名誉的表现，而不是出于对泰斯曼和对婚姻的忠贞。从另一个角度来看，如果海达此时已经完全接受了泰斯曼太太的身份，她就不会在第二幕中同意勃拉克推事提议的“三角交情”(375)。

在海达的立场上，“三角交情”的本质是她在单调乏味的婚姻生活中的一剂调味品，是她试图在婚姻中短暂地逃离“妻子”伦理身份的方式，也是她为了化解自身伦理困境的一次尝试。勃拉克推事在第一幕中，泰斯曼在场的情况下称海达为“泰斯曼太太”，而到了第二幕与海达独处的时候却改用“海达太太”，这个称呼并不符合常理和语言习惯，表明勃拉克推事有意忽略海达已婚的身份。海达不但默许了这个称呼，还在与勃拉克的交谈中表示愿意与他这个“亲密的朋友”谈论“各种有趣的题目”，并且“丝毫没有专门学者的气味!”(376) 前文中海达抱怨泰斯曼是一个乏味、无趣的“专门学者”，因此这段话里海达暗示她和勃拉克的聊天能让她感受不到泰斯曼的存在(“丝毫没有专门学者的气味”)，在他面前海达只是与他有着共同话题的海达太太。海达还向勃拉克坦承，她在蜜月中感受到自己“最无法忍受的是——一天到晚永远跟一个人在一块儿”，她在下文中再一次强调了“永远”(373)。事实上，海达是在坦诚她根本无法适应正常的婚姻生活，因为婚姻的承诺和伦理责任就是跟一个人永远相守。这也说明海达需要勃拉克推事不仅是为了漫谈“各种有趣的题目”，而且是因为勃拉克已经成为海达逃脱婚姻的一种手段。海达的这种态度更加纵容了勃拉克推事以“亲密的朋友”的角色游离于海达与泰斯曼之间。海达没有意识到这样的逃脱只是暂时性的，它不能根本解决海达的伦理困境，海达的手枪也没有真正达到威慑勃拉克的目的。相反，十分讽刺的是勃拉克通过这次机会接触海达的手枪，在乐务博格死后立刻掌握了海达与这起案件相关的重要证据——海达的手枪打死了乐务博格。勃拉克利用海达的把柄逼迫她成为自己的秘密情人，可以说勃拉克最后成功地跨出了之前海达用枪警告他的界限。托莉·莫伊用心理分析的理论解释海达自杀的动机，她甚至认为勃拉克对海达的操纵足以让海达为“保持自己独立的女人的地位而采取最后手段”①。虽然勃拉克是否对海达最终决定自杀有如此重大的影响还有待进一步论证，但是可以明确的一点是海达所能容忍和接受的“三角交情”最终破裂。所以从这层意义上说，海达这次用枪维护其自由和期望摆脱“泰斯曼太太”的努力仍以失败告终。

虽然海达针对泰斯曼和勃拉克的举枪行为都没有从本质上解开海达的伦理结，但她还是在两重伦理身份之间找到了一种平衡和稳定。一方面，泰斯曼不能强迫她接受“妻子”的伦理身份，就如同他不能说服海达用表示亲切的“du”（你）称呼朱黎阿姑姑。她可以疏离泰斯曼一家，继续做她的高布乐小姐。另一方面，海达还能利用勃拉克提议的“三角关系”，在他面前只是海达太太，以此来麻痹自己，短暂性地脱离她的婚姻。然而，乐务博格的出现彻底打破了这种平衡，使得海达最终意识到她无法解决自身的伦理困境从而走向毁灭。

三、乐务博格的非理性意志与理性意志

前文提到，海达第一次和第四次用枪的对象都是乐务博格。那么海达这两次使用手枪的情况有何异同？她为什么要教唆乐务博格自杀，而且强调要死得“漂亮”？这与海达的伦理身份有怎样的关系？乐务博格的死亡与海达的自杀又有怎样的联系？要回答这些问题，必须先理解乐务博格的人物形象，以及他与海达之间的关系。在第一幕中，从朱黎阿姑姑和勃拉克推事的描述中我们知道，乐务博格过去是个酗酒成性、狂傲不羁、身败名裂的浪子。乐务博格的所作所为显然是受到他自身非理性

① 转引自何成洲：《论海达·高布乐是一个颓废者》，《外国文学评论》2004 年第 3 期，第 42 页。

意志的支配。不论是从乐务博格的出身，还是从他受教育的程度来看，乐务博格都应该有明确的伦理意识。勃拉克推事与泰斯曼的交谈中提到“他（乐务博格）的亲戚很有点势力”，他在某一个时期是“他们家族的希望”，但是后来“人家对他抱的希望都断绝了”（366）。由此可以推断乐务博格可能出身于有一定社会地位的家庭，他的言行举止应当受过严格的管束。另一方面，乐务博格与泰斯曼是同行，他们的研究兴趣都集中在人类文明史以及相关的领域。朱黎阿姑姑称乐务博格为泰斯曼“最厉害的对头”，泰斯曼本人也对乐务博格的新书表示相当的认可（344）。作为一个潜心研究文明史的学者，乐务博格一定深谙人常伦理，为人之道。因此，他的越矩行为显然是明知故犯，放纵自己，任由非理性意志主导自己的结果。

然而乐务博格的狂放不羁却深深吸引了海达。在第二幕中，乐务博格应泰斯曼的邀请来到别墅，在众人一阵寒暄之后，泰斯曼和勃拉克进入里屋喝酒，而海达借着给乐务博格看照片的名义，跟他坐在沙发上秘密地交谈。在乐务博格的追问下，海达向他道出了她与乐务博格三年前那段关系的本质：

海达　要是一个年轻女孩子——在有机会的时候——在没有人知道的时候——

乐务博格　怎么样？

海达　——偶然想偷看一个新世界，那个世界——

乐务博格　那个世界怎么样？

海达　那个世界的内容是人家不让她知道的。（391）

对海达而言，她只想要“权力”（power），而不愿意承担任何责任，这是她“邪恶本质”最核心的体现①。在这个意义上，乐务博格完全代表了一个海达向往的世界，它由人的非理性意志支配，充满了新鲜、刺激、未知和冒险，并且不受现实社会伦理道德的约束。海达用一种猎奇的心态，透过乐务博格窥视、了解这个世界，乐务博格成了当时海达放逐自

① Spacks, Patricia Meyer, "The World of Hedda Gabler," *The Tulane Drama Review* 7, 1 (1962): 157.

己，追求自由的途径。易卜生也非常巧妙地设计他们之间的对话，让观众或者读者逐渐窥探到他们的过去。他们那种偷偷摸摸、虚虚实实的说话方式是海达刻意要掩人耳目。正如海达不愿让人知晓三年前她与乐务博格的这段秘密关系一样，海达不敢公然地进入乐务博格的世界。乐务博格因为他放纵不羁的行径令他的家族蒙羞，家人与他断绝了关系。海达却不能承受失去高布乐小姐这一身份的后果，她只能远远地、间接地"偷看"乐务博格的世界。海达明白一旦她曾经跟声名狼藉的乐务博格在一起被公开，她也可能被贴上行为不检的标签，这会对她造成不可估计的恶劣影响。所以当乐务博格试图强迫她走进他的世界，"公然欺负"她时，这样的行为彻底越过了海达的底线（391）。海达对此进行了坚决的反抗，她选择用枪来维护自己的名誉和贵族身份，这是第一次海达举枪，她的动机仍然是要维护她高布乐小姐这一伦理身份。

乐务博格与海达的伦理身份有着千丝万缕的联系。当海达在婚姻和她的双重伦理身份的困境里越陷越深的时候，乐务博格的再次出现让"过去"回到了海达的生活中，使海达燃起希望，她试图利用乐务博格来解决现实的伦理困境，即通过还原乐务博格来重塑其高布乐小姐的伦理身份。在泰遏的帮助下，乐务博格成功地改造自己，并出版了一部广受好评的专著，但是海达却不断地暗示、提醒并极力促成乐务博格拾回"过去"的自己。他进入别墅后，海达问他是否要陪泰斯曼和勃拉克一起喝凉果子酒。海达知道乐务博格曾有酗酒的习惯，她这样做是在试探和引诱乐务博格。她与乐务博格坐在沙发上借着看照片的机会密谈，就像高布乐将军在世时他们秘密交往的重演。海达还故意用激将法，让乐务博格改变主意，同意参加勃拉克家的派对。她希望乐务博格故态复萌，想象着他在派对上一定是"头发里插着葡萄叶子"（398）。这个形象可以联系到希腊神话中的酒神狄俄尼索斯，象征着狂欢、放纵，完全不受理性意志的控制，这也正是乐务博格过去的样子。

表面上看，乐务博格诚如海达期望的那样，在勃拉克家的派对上醉酒，并且丢失了新书的手稿。泰斯曼惋惜地说："（乐务博格）虽然一肚子才学，竟会没法子挽救……他一味寻欢作乐，不懂得节制。"（404）但是海达却得出了完全相反的结论。她听了勃拉克的描述，"瞪眼直望"地说："他头发里没插葡萄叶子。"（411）海达之所以这么说，是因为她发现乐务博格已经完成了伦理选择，成为有着强烈的伦理意识和道德责任感的人。这一点体现在他对手稿和泰遏的态度上。这部关于人类文明发展未来的新书是乐务博格和泰遏共同完成的。乐务博格曾说:“在这本书里，我把自己整个儿都放进去了。”(384)这本书也寄托着泰遏的“灵魂”，乐务博格和泰遏把它视为他们的“孩子”(416～418)。在这个意义上，乐务博格主动承担了对于泰遏和他们“孩子”的伦理责任。当他丢失手稿后，他认为是卖唱女黛安娜或她的朋友偷了手稿而闹得翻天覆地，旁人只当他发酒疯，但是乐务博格的反应也可以被解读为他极为重视手稿，丢失它就如同父亲遗失了孩子一般，他为自己的失职而深深自责。海达的那句“他头发里没插葡萄叶子”可以有两重含义:第一，“葡萄叶子”是海达带有浪漫主义色彩的期待，是一种美好的、理想化的情感，跟乐务博格与警察发生争执，与人打斗的场面形成鲜明的反差，海达因此感到失望;第二，此时海达已握有乐务博格的手稿，她明白了乐务博格看似酒后胡作非为的举动其实是出于沉重的责任感，她因此感到惊讶。无论如何，海达都觉察到乐务博格与过去不一样。之后乐务博格与海达的对话更加印证了这一点。海达不解为什么乐务博格欺骗泰遏，谎称稿件被他撕毁并扔进了大海，乐务博格告诉她，比杀婴更残忍的罪行是让一个孩子的母亲知道她的孩子，她的灵魂，她的未来被遗弃，并且不知道会落在什么人手里，命运如何，而遗弃孩子的人还是孩子的父亲(418)。乐务博格说谎是为了保护泰遏，不至于让泰遏彻底绝望，就像一个痛失孩子的父亲要克制自己的悲伤，选择尽力保护孩子的母亲。由此可见，乐务博格已经有了明确和成熟的伦理道德观，他的一言一行完全受理性意志的支配。他不能原谅自己丢失手稿，把它看作等同于“杀婴”一般严重触犯伦理禁忌的行为，他甚至有了结束生命来赎罪的想法。至此，海达试图利用乐务博格重塑“过去”的努力彻底失败，乐务博格已然不再代表着曾经的海达向往却又不敢进入的那个世界。相反，他蜕变成了海达一直试图摆脱的现实伦理的卫道士，海达不可能通过乐务博格来保持她高布乐小姐的伦理身份，解决她的伦理困境。

四、海达自我毁灭的伦理启示

在海达与乐务博格的关系中，不论从他们的对话还是行为来看，海达一直是处于控制、操纵乐务博格的主导地位。即使是乐务博格洗心革面，再次出现在众人面前后，海达也是千方百计诱导乐务博格恢复过去的样子。当这一切失败之后，海达第四次用到手枪，她将其中一支交给乐务博格，让他结束自己。她想用这把代表父亲、身份、权力和社会地位的枪，最后一次控制乐务博格。海达不仅限定了乐务博格自杀的武器，还交代了他要“做得漂亮”，暗示他应该要将子弹打在头部，高贵地死去(419)。这与她作为高布乐小姐时对待和处理同乐务博格关系的行为模式一致，或者说是这一行为的延续，因此这可以看作海达试图利用乐务博格回到过去的最终尝试。

乐务博格的死亡方式对海达的意义重大，他的死亡直接导致了海达的自我毁灭。首先，乐务博格没有遵照海达的嘱咐，他不但不是出于自愿地、漂亮地将子弹打在太阳穴或者心口，而是意外地让它打在肚子上，他还居然死在了身份低贱的卖唱女黛安娜的屋里。这个事件的全部过程完全背离了海达对他“做得漂亮”的要求。压垮海达的最后一根稻草就是海达赠予乐务博格的枪，那支象征她家族荣誉和高贵出身，维护她身份的枪，最终成了勃拉克胁迫她的把柄。她用尽全力，不但不能保持高布乐小姐伦理身份的完整，连基本的自由也即将失去。海达最终绝望而漂亮地用另一把枪打向自己的头部，这是海达第五次使用父亲的手枪，表明海达认清了她的失败和对现实的无奈。结合海达之前四次的举枪分析，海达的动机和目的都是保护她高布乐小姐的伦理身份，尤其在她的婚姻赋予了她另一重身份的复杂情况下，海达选择这种极端却无力的方式来面对她的伦理困境。

易卜生将此剧命名为《海达·高布乐》而不是“海达·泰斯曼”，可见海达作为全剧的中心人物，她究竟是谁，她的伦理身份如何无疑是全剧的核心问题之一。萨阿丽指出，《海达·高布乐》的结构跟所有易卜生的成熟的戏剧作品一致，即都是从过去的错觉（delusion）或幻想(illusion)走向承认现实（recognition）的转换过程[①]。海达从“女儿”成为“妻子”，但是她没能正视自己，顺应伦理身份的转变，更没能依据伦理身份的转变进行相应的、正确的伦理选择。她始终沉浸在幻想中，做了许多不切实际的努力，结果显然是失败的。海达的结局说明伦理身份是客观的、不以人的意志为转移的。任何伦理身份都受到客观伦理环

① Saari, Sandra E, "*Hedda Gabler*: The Past Recaptured," *Modern Drama* 20, 3 (1977): 299.

境和道德规范的制约，人必须依据自身伦理身份承担相应的伦理责任与义务。

与易卜生中期创作的女性人物所表现出的强烈的女性主义倾向相比，海达的人物形象和最终结局则更加复杂和引人深思，同时也流露出易卜生创作晚期伦理思想的转变。虽然《海达·高布乐》是易卜生晚期象征主义创作阶段的重要作品，对它丰富的象征手法和主题可以进行深入的探讨，对海达的解释也可以有无限的可能性，但是易卜生通过此剧传递的伦理价值是不容忽视的。

第三节　伦理选择：自由与责任的辩证关系

本章关注的两部戏剧虽然均以女性人物命名，剧情展开也均以艾梨达和海达两位女性人物为核心，但是相比《玩偶之家》和《群鬼》着眼于家庭问题和家庭人物关系，《海上夫人》和《海达·高布乐》的人物设置及主题背景更为宏大，涉及人类的进化过程。从海洋到陆地，人类建立了属于自己的文明，生存繁衍，生生不息。随着文明的发展，人类社会的伦理道德体系也逐渐完善。《海上夫人》中艾梨达的经历说明人对于海洋的向往来源于人的本性，是与人类社会的伦理道德相对的属性，但不是非此即彼的关系。《海达·高布乐》中的海达渴望重塑过去却以失败告终，正如人类的历史进程不能倒退回到原始最初状态。个人只能在伦理道德框架内来探寻自由。这种自由的权利和义务不可分割，不是自由意志控制下的任意妄为。个人自由是伦理选择的自由，一旦进行了选择就必须接受和承担相应的伦理责任。

一、从自然选择到伦理选择

从最初抗拒家庭婚姻生活，必须每天在海洋中徜徉才能生存到最终适应和回归家庭，艾梨达的伦理选择也可以视为整个人类历史进程从自然选择到伦理选择的缩影。文学伦理学批评认为，人类的进化是先通过自然选择获得人的形式，再经历伦理选择成为真正意义上有伦理意识的人①。

① 聂珍钊：《文学伦理学批评导论》，北京大学出版社，2014，第 32-33 页。

海洋是生命的摇篮，象征世界起初鸿蒙肇判。易卜生出生成长于海洋环境，对海洋有着极为深刻的认识和深厚的感情。海洋文化对于出生成长于挪威的易卜生而言无疑十分重要。自易卜生创作现实题材戏剧之始，沿海小镇是绝大部分戏剧故事发生的地点。他在创作札记中写道：

> 海的强大磁力，向往海洋，人与海洋的联系，人被海洋包围，对海洋的依赖，必须回到海洋中。人从海洋到陆地是进化过程中决定性的一步。人的大脑中是否还有海洋生物的雏形存在？或者是一部分人存在？海洋里丰富多彩的生命意象以及“什么是人永远失去了的”。海洋对人心情的起伏变化有一种神奇的力量。它像一种意志力作用于人。海洋能够催眠……①

《海上夫人》中的海洋就有它自己的生命力和原始动力。海洋的意志力参与人物的塑造和情节的推进。易卜生将艾梨达的形象与美人鱼神话传说进行了融合，使得她的经历和个性都增添了一抹远古神秘的色彩，探究了人与海洋之间神秘的联系。海洋塑造了艾梨达的个性，影响了她的精神世界。艾梨达的出身也让人联想到人类的起源。她是灯塔管理员的女儿，生于斯长于斯，如同整个人类物种是从海洋而来。艾梨达对海洋的依恋象征人身上残存的兽性因子。艾梨达在婚姻中感到恐惧和不安，因为婚姻的源头不是自觉自愿的伦理选择。做出决定的时候，艾梨达处于伦理混沌状态，对婚姻和家庭伦理没有足够的认识。她在不具备完全伦理意识的情况下嫁给房格尔。他们的婚姻与尚未觉醒的娜拉和海尔茂的婚姻性质相同。娜拉被定义成玩偶，艾梨达则被称为“海上夫人”。艾梨达在剧中经历的困惑、恐惧到最后豁然开朗，在一定程度上折射出人类整体的文明进程与伦理自觉。海之深和山之高的配景隐喻了一个灵魂世界，它的历史应该回溯到生命起源②。艾梨达的艰难适应过程表明人类社会的家庭结构、伦理、文明对人的限制是客观存在的，由此引发出伦

① 转引自 Ibsen, Henrik, "The Lady from the Sea," *Ibsen on File*, Ed. Michael Meyer, London: Methuen London Ltd, 1985, p. 46.

② Johnston, Brian, *Text and Supertext in Ibsen's Drama*, University Park, PA: Pennsylvania State University Press, 1989, p. 194.

理选择之后的人是否拥有自由和如何获得自由的问题。

《海达·高布乐》虽然不涉及海洋，但是其他意象，如故事发生在象征收获的九月、泰遏头发的生长和海达想毁灭它的欲望、酒神的形象等，都可以看作文明的延续过程[①]。除了象征手法之外，在人物的塑造方面易卜生也别具匠心。剧中两位主要男性人物泰斯曼和乐务博格都是历史学家，他们研究的领域都是人类文明史。他们是彼此的镜像，过去和将来在他们身上没有明显界限。从他们各自的专业来看，泰斯曼的研究成果是关于过去一个特定时期特定地方的阶段性文明，而乐务博格的研究是展望人类全景的将来。从他们迥异的人物形象来看，泰斯曼一身学究气，平淡无趣，传统家庭观念深重，因而他的研究也是中规中矩地沿袭传统历史研究。乐务博格是游戏人间的浪子，不羁于条条框框，可以冲破传统的樊篱。泰斯曼代表的传统是人类文明进化、经过伦理选择逐步确立建构的伦理道德体系。乐务博格放眼人类的未来，但是他不受理性因子控制的状态亦如同人类伦理混沌之初。剧中海达·高布乐是把两位历史学家联系起来的关键环节。易卜生让他们分别出现在海达生命的不同阶段。乐务博格是海达感兴趣的对象，是时过境迁和未知的将来，让海达留恋曾经的伦理身份；泰斯曼是海达选择的丈夫，能给她安稳的生活，是她合理的归宿。海达希冀重塑过去但不能回到过去，同时她也不能接受现在。海达与两个男性人物的关系象征着她对现实的无力，在现实中无法找到自身的位置。

根据剧中其他人物的评价，乐务博格的前一部著作已经得到学界的认可和好评。从研究格局和才能上判断，他的学术成就应该会在泰斯曼之上。乐务博格的死亡是一桩意外，充满荒诞的色彩。海达烧毁了他的手稿，但是在他死后，泰斯曼决定放下他自已的研究，转而致力于修复乐务博格的书稿，泰遏会协助他完成这项工作。由于泰遏曾全程陪伴乐务博格的研究，在她的帮助下乐务博格最重要的学术成果很可能终将面世。两位历史学家最后在学术研究上走向一致，过去与现在也用这种方式实现统一。另一方面，泰遏与泰斯曼达成的共识使他们填补了各自的空白。泰斯曼也是博学之士，他将继续乐务博格的未竟事业，泰遏在协

---

① Fuchs, Elinor, "Mythic Structure in *Hedda Gabler*: The Mask behind the Face," *Comparative Drama* 19,3 (1985): 11.

助他的同时，他也会延续乐务博格在泰遏生命中的角色。剧作以海达自杀结尾，然而无论是乐务博格的研究人类未来事业还是其他人物的生活，都没有因为海达和乐务博格的死亡而有实质的改变。海达和乐务博格的死亡没有影响其他的人物以及他们将来的生活，说明个体生命的渺小，当个人消亡之后，人类的历史进程不会停滞。

这两部戏剧反映了易卜生站在人类文明进化的全局，从历史的角度对“自由”这个概念的思考。当人类社会进化到十九至二十世纪初时，自由对于个人而言的意义是什么?《海上夫人》表明，人依然残留着海洋般的自然属性，人受到自由意志的驱使，对自由的向往接近本能。《海上夫人》中的海洋意象所代表的自由可以看作一种玄学概念，它代表了个人内心的一种自我沉浸（self-immersion），但同时要求个人放弃全部自我（to relinquish all hold on selfhood）以达到至高的自由和快乐，如印度教和佛教中的涅槃（Nirvana）[①]。这种意象代表生老病死的循环往复，获得终极自由的时刻意味着死亡的到来。人类经过自然选择获得人的生物形态，经过伦理选择建立起家庭和婚姻制度。在一定的伦理语境下，人的自由以怎样的方式实现是这两部戏剧的核心问题。

易卜生通常让次要人物说出富有哲理性的话[②]。《海上夫人》中巴利斯泰就是说出全剧主旨的人物。从全剧开篇巴利斯泰已经做了铺垫，他总是把“适应”这个词说错，生动地暗喻了这一过程不是简单地接受和改变。“适应”是如何在不同的环境中生存下来，其中涉及复杂的伦理问题。他在剧末说道：“美人鱼离开海就得死，人却能应适——适应他们的新环境。”（330）巴利斯泰和艾梨达都不是当地人，巴利斯泰甚至在语言上不太适应。他最初跟着剧团演出来到这个边陲小城，随后决定定居于此。他为了生存做各种零工，替人理发、卖理发用品、教人跳舞、当导游等。他说不好“适应”两个字，但是他真正做到了适应此地的生活。威廉姆斯认为“当所有人物都采纳了巴利斯泰的意见，做到适应的时候，

---

① Gray, Ronald, *Ibsen: A Dissenting View*, Cambridge, UK: Cambridge University Press, 1977, p. 125.

② Lowenthal, Leo, "Henrik Ibsen: Motifs in the Realistic Plays," *Ibsen: A Collection of Critical Essays*, Ed. Rolf Fjelde, Englewood Cliffs, New Jersey: Prentice-Hall, Inc., 1965, p. 145.

这部剧也就结束了"①。"适应"既是过去与现在的融合，也是人类从自然选择到伦理选择的必然要求。

二、自由的形式

本章关注的两部剧都以女性人物命名，艾梨达和海达是深陷婚姻不得自由的女性。她们在各自的婚姻家庭中尝试可能实现自由的方法。《海上夫人》中博列得的人物形象有她们两者结合的特点。两部剧作中三位女性人物分别用自由意志、死亡和伦理选择三种形式追求自由。

本章第二节论述了海达双重伦理身份的矛盾以及她试图解决伦理困境的方式。海达坚持自己高布乐小姐的身份是因为这重身份赋予她更多自由。有学者认为《海达·高布乐》记录了一系列个人争取控制力和主导权的行为②。海达受她自身自由意志的驱使，希望通过掌控他人命运的方式为自己获得自由。本章第二节详述了海达每次使用手枪均是在伦理矛盾无法调和之时，而最后也是同样的原因导致她举枪自杀。海达追求自由的方式和结果显然是失败的。海达手握父亲的枪试图控制她身边的人均以失败告终，最终只有死亡才能给予她想要的终极自由。

《海上夫人》中海洋有两重象征意义，分别是自由意志和死亡。死亡的意象贯穿全剧，但它是内化的，主要作用于艾梨达的内心感受，而对剧中其他人物没有明显影响。易卜生还将海洋的这两层意义融合在一个人物身上——陌生人就是海洋的化身。在挪威文化中有一个关于男性人鱼的传说，他被称为"死神"③。陌生人象征着海洋的属性，既有自由意志的影响力也是死亡的威胁。易卜生巧妙地用陌生人的人物形象表现出艾梨达追求自由的全部过程。通过他与艾梨达之间的人物关系，将艾梨达的精神世界更加清晰地展现在观众和读者眼前。

人的梦境通常是模糊不清的，陌生人的形象就如梦境一般。易卜生谈到陌生人的形象时说道："而现在，他已经不是船员，只是游船上的一

① Williams, Raymond, *Drama from Ibsen to Brecht*, London: Chatto & Windus, 1971, p. 62.

② McFarlane, James, "Introduction," *Henrik Ibsen: Four Major Plays*, Oxford: Oxford University Press, 2008, p. xi.

③ Leigh, James, "Ebb and Flow: Ibsen's *The Lady from the Sea* and the Possibility of Feminine Discourse," *Modern Drama* 41, 1 (1998): 9.

名乘客；他穿着随便，像个游客，但不是穿着旅游服。谁也不知道他是干什么的，同样也不必知道他是谁，他的真名是什么。他的这种不确定性正是我有意选择的创作方法中的本质要素。”① 陌生人可以是任何人，他没有清晰的伦理身份，甚至没有确定的名字。他再次出现时，只说他现在不叫庄士顿，曾经叫这个名字而已。他游历世界，没有确定的职业。除了他早年间的航海经历，他整个人的形象以及艾梨达对他的恐惧使得他和海洋之间有某种神秘的联系。艾梨达回忆与陌生人的相处时说道：

> 我们谈到海上的暴风恶浪和风平浪静的光景。我们还谈到海上有时黑夜沉沉，星月无光；有时旭日悬空，光辉万丈。谈得最多的还是鲸鱼、海豚、海豹什么的在赤日当空的时候爬在礁石上取暖的事儿。我们还谈鸟儿，什么海鸥、海鹰以及各色各样的海鸟。并且，现在回想起来真奇怪！我们谈论那些事儿的时候，我好像觉得海鱼、海鸟都跟他有密切关系。(266)

艾梨达在心智上犹如未经世事的天真孩童，她没有能力面对生活，但是另一方面她充满了丰富的想象力，不似成年人的实际和教条。艾梨达能够用生动形象的语言表达海洋与陌生人之间的联系。在她的视角中，陌生人与自然环境和海洋生物之间存在着天然联系，构成他身上一种神秘的吸引力。这是陌生人引导艾梨达身上自由意志作用的表现。

在陌生人还没有登场之前，易卜生安排了凌格斯川引起艾梨达的记忆。他与海洋和陌生人也都有着密切联系。他曾经遭遇海难几乎丧命，因此留下病根。根据房格尔的诊断，他已病入膏肓。观众对陌生人的了解以及艾梨达与陌生人的过往都是通过凌格斯川和艾梨达的陈述而获知的。陌生人对于艾梨达而言有一种难以言说的控制力。艾梨达从凌格斯川那里听到陌生人的消息便心绪难平。她承认每当陌生人出现的时候她会不自觉地向他靠近。在订婚时陌生人强调，他们是一起“跟海结婚”(266)。整个订婚过程艾梨达一直是被陌生人牵制，在不自觉的状态下与他完成婚约。每当陌生人出现的时候，艾梨达的意识就不受她自己控制，

---

① 亨利克·易卜生：《易卜生书信演讲集》，汪余礼、戴丹妮译，人民文学出版社，2013，第288页。

不由自主地被陌生人左右。然而艾梨达对他的感情十分复杂，他对艾梨达有吸引力但是更加有威慑力。艾梨达害怕陌生人在她“精神上那种莫名其妙的控制”（267）。由于陌生人身上带有海洋属性，他对艾梨达而言，既是自由意志的驱使也是死亡的威胁。艾梨达被称作“海上夫人”，在心理上强化了她与陌生人的婚姻关系，以及她与海洋之间的关系。

陌生人如海洋一般有着死亡属性令艾梨达无比恐惧。陌生人向艾梨达承认他曾杀死船长。他还以自己的生命威胁艾梨达，如果不随他走，“我就从此不再上你们的这个国家来了。你永远不会再看见我，我也永远不再给你写信了。我就好像是个死人似的，跟你永远断绝了”（286）。艾梨达显然不愿意，但是仿佛又有种力量让艾梨达非跟他走不可。她央求房格尔：“你务必把我从那人手里救出来！”（287）但是凌格斯川提到陌生人发誓报仇的一番话又使她央求：“（发抖，低声）房格尔，把我从我自己手里救出来吧。”（288）从“那人”到“我自己”，艾梨达意识到困扰她的心魔不是陌生人，而是她自己，具体来说是她对死亡和未知的恐惧。陌生人的存在如同一面镜子，时刻照出艾梨达内心对死亡的恐惧。

韦根认为《海上夫人》首先是一部心理剧，易卜生探索潜意识冲动如何迂回地作用在人身上，以此来探寻他笔下人物的行为依据①。死亡在弗洛伊德的精神分析学说以及心理学界是一个特殊的命题。心理学家对于死亡对人心理的影响有不同看法，对于死亡究竟是否是人的源动力(general motivations of life)这一点也未能达成共识。弗洛伊德的学说和他个人自身信仰之间对死亡的态度都存在矛盾之处，但多数学者认为死亡在人的精神世界无足轻重，或是被忽略，或是被扭曲②。

死亡既是人的终极自由也是人恐惧的极致。死亡的焦虑感对于个人的影响在其他领域，如哲学、宗教和艺术等，众多理论建树不是本节关注的焦点。巴尔认为，关于死亡的讨论虽然属于精神分析范畴，有助于理解艾梨达的心理问题，但对艾梨达的心理分析所得出的结论将更大程度上揭示研究者的自我认知，而不是深化我们对艾梨达这个人物精神结

---

① Weigand, Hermann J, *The Modern Ibsen: A Reconsideration*, Salem, New Hampshire: AYER Company, Publishers, Inc., 1984, p. 213.

② Razinsky, Liran, *Freud, Psychoanalysis and Death*, Cambridge, UK: Cambridge University Press, 2012, p. 4.

构的认识[①]。换言之，艾梨达的心路历程实际上对于个体来说具有启发性的普适意义。死亡的威胁将艾梨达逼迫至精神崩溃的边缘。她紧张、脆弱、敏感，一旦感受到死亡的迫近或因死亡产生焦虑就会出现失去理智、逻辑混乱的行为或语言，由此可见死亡对每个人都能够产生巨大的影响。

海达和艾梨达都尝试通过自由意志和死亡这两种方式探索自由。自由意志源自人的动物性本能，必须受到理性意志的引导和控制。任由自由意志驱使只能够让她们获得短暂的自由。海达通过死亡获得了终极自由，但是这种自由是毁灭性的。艾梨达对死亡的极度恐惧说明这种自由对人而言是消极的。在这两者之外，易卜生还提供了第三种自由的形式——伦理选择。艾梨达的伦理选择使她获得了新生。她不需要求助房格尔将她从陌生人那里“救出来”，而是能够直面陌生人。但是这种自由是伦理范畴内选择的自由。

《海上夫人》中房格尔的大女儿博列得被看作是艾梨达的镜像，她和阿恩霍姆的关系也常常与艾梨达和房格尔的关系进行比较。与艾梨达相似的是博列得最终也通过伦理选择获得自由。与艾梨达不同的是，艾梨达从海上而来，从自由走入婚姻的牢笼，而博列得从家庭的禁闭走向自由，婚姻是她的阶梯。博列得在第三幕中说：“一个人总想知道点儿世界大事。我们的生活跟外面的事完全或者几乎完全隔绝了。”（275）博列得表达了对知识的强烈渴望，也充满了对未知世界的好奇。家庭伦理责任限制了博列得的生活范围，封锁了她的精神世界。阿恩霍姆鼓励博列得做出忠于自己的选择，“要不要出去见见世面，学习你想学的东西；要不要参加你在家里一心盼望的工作；要不要过比现在更幸福的日子：这些事都靠你自己”（316）。阿恩霍姆提醒博列得在决定自己未来生活这件事情上她自己占据主动权。

在博列得面前，阿恩霍姆是她曾经的老师也是她未来的伴侣。博列得认为她不能离开家庭和父亲，阿恩霍姆告诉她：“你的命运完全而且只掌握在你自己手里。”（287）这是对博列得思想观念的启发，他鼓励博列得做出忠于自己的选择。只有博列得自己先从家庭责任的观念里解放出来，才能获得自由。易卜生的剧作中，婚姻中的伦理责任和伦理义务往

① Barr, Richard L, "Metaphor and Community in *The Lady from the Sea*," *Modern Drama* 34, 4 (1991): 5.

往给予剧中人物沉重的负担，往往是束缚人的自由的枷锁。但是《海上夫人》中博列得答应了阿恩霍姆的求婚之后却说："我居然尝着了自由的滋味——可以走进新鲜世界了。"（320～321）博列得通过自主的伦理选择获得自由，与剧末艾梨达在房格尔指引下用理性意志做出伦理选择而获得自由的性质一致。

婚姻在文明社会是一种契约关系，与其他的契约关系一样，都应该以双方平等自愿为原则。婚姻成为博列得追求自由的方式，并非因为"妻子"的伦理身份比房格尔的女儿更加自由，而是因为博列得做出这个伦理选择是出于自愿。血缘身份不能由博列得选择，但是妻子的伦理身份是由博列得自由伦理选择而获得。再次说明自由不取决于婚姻本身，而取决于双方以怎样的基础缔结婚姻。阿恩霍姆向博列得强调"靠自己"，其中包含了自由与责任的辩证逻辑。一旦博列得选择离开房格尔家，她就从与世隔绝的池塘中、从作为女儿的家庭责任中解脱，获得她走向外部世界的自由。阿恩霍姆的劝告与剧末房格尔对艾梨达的嘱咐是一致的。她们能够通过伦理选择获得自由，但是这种自由需要承担相应的伦理责任。

人类从海洋到陆地的进化过程中建立了家庭、部族和社会。人与人之间也建立了千丝万缕、不可分割的伦理关系，形成了伦理道德规范。在这个意义上，人类社会没有不受任何约束的绝对自由。《海上夫人》和《海达·高布乐》两戏剧中的人物用自由意志、死亡和伦理选择三种形式探索在家庭伦理道德体系中如何获得自由。自由意志是人身上兽性因子的表现，是人在进化过程中低级的动物性本能发出的意志。道德的人要用理性意志指导和控制自由意志，弃恶从善。海达十分警觉理性与非理性之间的界限，她只能间接通过乐务博格的自由意志远远地窥探自由。死亡代表着终极自由，但是也意味着生命终结。艾梨达和博列得通过伦理选择实现她们对自由的渴望。

三、伦理选择的自由与责任

在《海上夫人》和《海达·高布乐》中，易卜生以历史的眼光思考自由的意义和范畴。两部剧作的剧情犹如泰斯曼的研究一样，都是具体、微小、地方性的。然而正是个人婚姻家庭生活折射出何为自由这一重要命题。从人类文明之初至十九世纪末物质文明和精神文明的高峰，人经过自然选择到伦理选择，自由的意义产生了变化。自然选择阶段的人不具备思考“自由”这一哲学命题的能力。经过了伦理选择，人有了伦理意识，开始分善恶、辨是非。自由的涵义和范围进入人类的思考。《玩偶之家》《人民公敌》和《野鸭》等剧作主要在意识形态层面探讨自由的涵义，延续了浪漫主义对个人精神解放的探索。《海上夫人》和《海达·高布乐》则进一步探讨如何实践。

易卜生用海洋象征了无拘无束、野性、原始的自由，这种自由的状态先于生命起源，或者说孕育了生命；与之相对的是陆地，以房格尔一家为代表的人类文明、家庭、社会，人有了伦理身份和对他人的伦理责任，也正因为如此，人的行为和选择受到了限制。从海洋到陆地，人类完成了根本性的转变和进化，不能再倒退回原始的状态。人类想要的自由并不是不受任何控制的为所欲为。

自由不仅是思想自由，若没有付诸实践，自由只是空洞宽泛的概念，它对个人而言并无实际意义。个人受制于伦理道德的约束，但是依然是可以通过伦理选择实现自由。人类社会的自由具有相对性，自由的另一面是义务和责任。伦理选择的完成包括做出决定并承担结果。片面地强调其中一面并不是真正的自由。“海上夫人”艾梨达通过伦理选择最终接受了她的婚姻身份。《海上夫人》最后一幕，房格尔提醒艾梨达，她一旦做出了自由选择，就要自己负责。《海达·高布乐》中没有人物谈论对自由的看法。易卜生让剧中人物对于自由的感受都付诸行动中，呈现在观众面前。在表现上，海达是剧中最有控制欲和野心的人，她用各种隐秘的手段操控丈夫泰斯曼、情人乐务博格、发小泰遏和法官勃拉克，但是观众仍然能感受到海达的精神极度不自由。嫁给泰斯曼看似为海达的无奈之举，但是婚姻仍然是海达自由且自主的伦理选择。海达不想承担相应的伦理责任，她也无法感受伦理选择的自由。两部剧作在家庭语境中探讨个人自由，再次体现易卜生人文主义关怀，将这一抽象的哲学问题具体到个人的生活中，探讨个人应该以怎样的形式实现自由。易卜生的戏剧作品一直致力于维护个人追求自由和真理的权利，甚至将其视为基本道德，但这两部剧作都强调了个人自由不能脱离伦理道德的约束，自由与责任是辩证统一的关系。

第三章　伦理选择与追求真理和自由

易卜生批判虚伪扭曲的伦理价值取向，倡导对真理和自由的不懈追求。本章将探讨真理和自由作为个人进行伦理选择的动机的正义性问题。《人民公敌》和《野鸭》两部戏剧主人公斯多克芒和格瑞格斯都是激进的理想主义者。他们与易卜生早期诗剧《布朗德》中的主人公布朗德有相似的性格品质和价值追求。他们都以“全有或全无”为行动原则，不与现实妥协。《人民公敌》展现了不同阶级身份和政治立场的人企图利用科学真理谋取个人私利，使得真理和自由沦为政治口号。斯多克芒的伦理选择是为科学真理牺牲一切，他认识到思想自由应当是真理的基础，也是民主的道德原则。悲喜剧《野鸭》的情境设置再次回归家庭，在两个家庭、两代人的矛盾冲突中反思个人对真理的坚持是否正当以及如何改变人的精神面貌等问题。《野鸭》中自认为掌握真理的格瑞格斯一手制造了艾克达尔家的伦理悲剧。斯多克芒和格瑞格斯的人物形象对比说明了真理和自由不是无条件、绝对正义的道德力量。个人追求真理和自由的行为是伦理选择，应当受到伦理道德的约束。

第一节　《人民公敌》中斯多克芒的伦理诉求

《群鬼》出版后仅一年时间，易卜生便创作完成了五幕剧《人民公敌》，打破了以往两年为一个周期的创作规律。易卜生通过细致、准确的笔触勾勒出这个致力发展经济的挪威沿海小镇所遇到的生态问题。因此，《人民公敌》常常被定义为一部生态剧，有生态批评家将它看作是欧洲生态戏剧的开端，认为本剧揭露了人类十九世纪的生态问题，预见了二十世纪的生存困境。易卜生关注到环境与经济之间的密切联系，申明了作为公共知识分子所应承担的道义与社会责任①。浴场医官汤莫斯·斯多克芒通过科学实验证明浴场的水源被污染，威胁到人民的身体健康和周围环境。斯多克芒抱着绝不妥协的态度坚持揭露真相，受到以他的兄弟彼得市长、中小资产阶级代表阿斯拉克森、媒体《人民先锋报》编辑霍夫斯达等人的阻挠和攻击，最后在公民大会上被认定为“人民公敌”。胡适对斯多克芒敢于说真话的精神大为赞赏，认为他的形象反映了易卜生主义的核心精神——写实主义②。斯多克芒的结局显示了“经济利益对环境道德的胜利”③。易卜生的前瞻性备受推崇，他预言了二十世纪以来人类面临的生态和环境问题。

从戏剧结构看，环境污染是引发戏剧冲突的导火索。就戏剧主题而言，《人民公敌》还是一部关于政治斗争的剧目。虽然易卜生关注挪威的政治动向，但是《人民公敌》是他少数以政治为主题的剧作。十九世纪挪威加快了政治体制改革步伐，形成了议会民主制。挪威人民对这一进程大体上持两种截然不同的态度，一方坚持民主独立，另一方主张接受瑞典君主统治，奉瑞典为宗主国，两种政治立场在挪威国内引发激烈争论④。在此时代背景下，加之因创作《群鬼》遭受攻击辱骂而积攒的不满情绪，易卜生仅用了一年时间便完成了《人民公敌》的剧本，以表达他对政治时局的看法，并且回应扑面而来的舆论攻击。易卜生敏锐地洞察到自由的概念在特定社会和文化语境中，一旦被滥用或被有心人加以利用就会沦为政治口号和标语。《人民公敌》中众多人物都在谈论自由，斯多克芒与不同阶级身份的代表之间展开了一系列关于自由民主、“多数派”与“少数派”关系等问题的激烈争论。斯多克芒与他们斗争的焦点从环境污染的治理转移到社会制度和民主机制，最后上升到民主的道德基础必须是公民的思想自由。

---

① 姜小卫：《绿色易卜生：“人民公敌”的社会良知与责任》，《外国文学》2011年第1期，第144页。

② 详见胡适：《易卜生主义》，《现实主义批判——易卜生在中国》，陈惇、刘洪涛编，江西高校出版社，2009，第23-32页。

③ 王晓兰：《〈人民公敌〉中“道德人”与“经济人”的冲突及其当代意义》，《戏剧文学》2010年第5期，第33页。

④ Ferguson, Robert, *Henrik Ibsen*, London: Richard Cohen Books, 1996, p. 277.

在戏剧技法上，《人民公敌》在戏剧基调上是一部热闹的喜剧，但是为了展现戏剧冲突，易卜生独具匠心地整合了喜剧和悲剧元素，既丰富了戏剧情节，也使得人物塑造更加鲜活，主题思想更加突出。核心人物斯多克芒的身上同时具备悲剧英雄和喜剧人物的特征。斯多克芒的身份是一个医生、科学家，同时也是一个作家、宣传策划者，剧末当他最终知道他自己的使命之后，他成为了一个教育工作者①。斯多克芒实现身份转变是他对科学真理和政治现实的理解逐渐深入的结果，通过从喜剧人物逐渐向悲剧英雄的形象转变展现出他的进步思想。他与次要人物阿斯拉克森、毕凌、基尔等碰撞出的喜剧效果是对资产阶级、政治投机分子和自由派等人口中虚伪的民主的辛辣讽刺。也正是在同一群人物的衬托之下，他持心公正却被判定为“人民公敌”的遭遇突显了他高大的悲剧人物形象，批判了当时挪威资产阶级掌控下的民主和自由不过是为维护少数人的私利、愚弄民众的统治工具。

一、科学真理与政治身份

在十九世纪的欧洲，随着第一、第二次工业革命的爆发，科学技术的突飞猛进，科学发现被认为是客观真理。《人民公敌》中的斯多克芒是一位浴场医官，也是一位科学家。他本着尊重科学真理的原则，毫不迟疑地希望将浴场受到污染的事实告知公众。作为一位政府公职人员，斯多克芒的医官身份还有政治属性。他本着知识分子的社会良知和公民的社会责任感，坚持披露浴场污染的真相反映了他对民主政治的态度，即人民才是民主的主体。浴场污染妨害了公民最基本的生命健康权，对此公民有知情权。政府须对公民负责，充分保障公民的权利。这是斯多克芒对自己科学家以及医官身份所承担的伦理责任的认知，也是他做出伦理选择的依据。

然而斯多克芒的政治立场与现实的民主政治有着根本性冲突。在十九世纪的挪威，能够拥有投票权，做出政治决策的人有两类，一是拥有土地和资产的男性，二是受过良好教育，具有较高文化涵养的统治精英，

① Yde, Matthew, "Messianism and the Third Kingdom: Intimations of the Twentieth Century in *Ibsen's An Enemy of the People*," *Modern Drama* 58,2 (2015): 160.

而大多数公民只能依附于这两类人行使政治权利[1]。因此，绝大多数公民不具备参与社会和国家层面政治决策的资格，所谓“民主”并不是真正意义上全民的民主。因此，斯多克芒掌握的科学真相触碰了他的哥哥彼得市长代表的当权者的利益。

在英文翻译和中文翻译中，彼得的身份都被译为“市长”，他实际上的职责范围是执行中央政府的命令，指挥当地警察以及充当初级刑事法官，相当于一名内政部公务员[2]。这决定了彼得的政治伦理观念是自上而下，优先考虑维护当权者的利益。在第一幕他与霍夫斯达的交谈中，他所关心的是地方建设、经济发展、财政收支等。浴场不仅为地方创收，还能拉动旅游业发展，创造就业机会，并且调整税收结构。面对斯多克芒，彼得市长表明他的政治立场是“个人应该服从社会，或者说得更具体些，个人应该服从照管社会利益的当局”[3]。这里的“当局”是指以彼得市长为首的市政府，而他们所代表和服从的是如基尔那样的大资产阶级的利益，而非人民群众的利益。彼得将市长身份的首要职责定位为既得利益者的治理工具。

因为彼得市长和斯多克芒对他们各自政治身份的理解和定位相互对立，他与斯多克芒对浴场污染事件的政治立场完全不同。斯多克芒坚持揭露真相，其背后的政治伦理是人民对关系自身切身利益的公共事务具有知情权，尤其是这类侵犯生命健康权的重大事件。他们应当在知晓这个浴场潜在的健康隐患之后，再通过民主的方式决定是否整修。斯多克芒浴场的医官身份与他科学家身份的诉求是一致的，他服务的对象是人民，职责是保证浴场的干净和人民的身体健康。但是在彼得看来，斯多克芒建议将浴场关闭整治一方面会影响市长个人的政绩，另一方面对城市的经济也会造成一定损失。彼得不认为斯多克芒的科学真理以及人民

---

① Rønning, Helge, "'Individualism and the Liberal Dilemma: Notes towards a Sociological Interpretation of *An Enemy of the People* by Henrik Ibsen," *Contemporary Approaches to Ibsen*, Ed. Harald Noreng, etc. Oslo, Norway: Sverre Johansen Boktrykkeri, Sparsborg, 1977, p. 102.

② Downs, Brian W, *Ibsen: The Intellectual Background*, Cambridge, UK: Cambridge University Press, 1946, pp. 8-9.

③ 亨利克·易卜生：《易卜生文集》（第五卷），潘家洵译，人民文学出版社，1995，第 304 页。此作品引文均出自此译本。此后仅随文标注页码。

的健康福祉是当政者需要考虑的首要因素，而仅仅将它们当作一种伦理价值取向，是斯多克芒个人的价值观。他告诫斯多克芒："作为一个公务员，你不配有个人信念。"(333) 彼得强调斯多克芒的个人信念与公务员身份的矛盾，指向的是个人意志与集体意志的矛盾。但是讽刺的是，斯多克芒的个人信念才是以人民的基本健康生存权利为本，而以彼得为首的市政府所代表的"集体意志"实际上只服务于社会的既得利益集团。他们的政治立场不同，导致了不可调和的矛盾分歧。

斯多克芒关心当地的民生生活，常常给《人民先锋报》投稿，其中不乏批判时事的论述，矛头实际上对准了以彼得为首的当地政府。他在地方事务上尽心尽力，浑然不知自己触碰了社会当局的利益。易卜生用喜剧的滑稽展现了斯多克芒的认知偏差。第二幕中斯多克芒穿上彼得的衣服，戴上他的帽子，行军礼对他说："彼得，拿出规矩来！现在我是本地掌权的人了"，并且宣称："明天地方上就要革命了……我要把你的重要职务全部都撤销——"(356～357)。斯多克芒希望他所掌握的科学真理足以带来颠覆性的改变。纵观全剧，他"扮演"市长这一戏谑诙谐的场面并不是他对权力欲望的表达，而是他作为一个理想主义者，毫不隐藏地表露自己的政治理想和抱负。但这一幕在旁观者的视角里只是一场滑稽的玩笑，预示了斯多克芒的理想不会变为现实。

易卜生在第一幕就为斯多克芒的人物形象转折埋下伏笔。启幕时，斯多克芒热情善良，待人大方真诚，对他生活的城市充满热爱和希望。在评价伦理环境时他说道："在这朝气蓬勃、新芽怒发的生活里，我心里说不出的快活。咱们这时代真了不起！好像咱们周围正在出现一个新世界。"(301) 对于身边的人他的评价是："在偏僻地方住了那么些年，现在我觉得必须结交一批开通活泼、热爱自由、勤劳工作的年轻人——现在在饭厅里吃得那么起劲儿的正是这么一批人。"(303) 而正是同样一群人站在了斯多克芒的对立面，最后将他定性为人民公敌。亚里士多德在谈悲剧的结构时强调，一个合理的情节布局应当给人物设置一个转折点，让他由顺境转入逆境，而"这不是由于人物的堕落，而是因为他犯了某些错误"①。悲剧人物通常具备善良的品质，他们"犯错"不是因为道德

① 亚里士多德、贺拉斯：《诗学·诗艺》，郝久新译，中国社会科学出版社，2009，第35页。

上有缺陷，而是常常在没有认清情况的时候无意识地犯错，因冲动鲁莽行事而产生负面效应。斯多克芒从顺境转入逆境的节点是他揭露浴场污染的文章不能发表。他过于天真的理想主义和对伦理环境、政治身份和人的认知存在偏差，导致了他逐步成为人民公敌。

二、科学真理与政治目的

柏格森对正剧和喜剧的区别做出辨析，他指出："正剧总是写个人的；真正的喜剧总是写典型和阶级的。"① 正剧和悲剧关注个人的思想、命运和发展，而喜剧关注普遍性的存在，包括人物、社会问题和风俗习惯等。因此，喜剧常常没有明显的主人公，而是由一群不分主次的人物组成。在这一点上，易卜生在《人民公敌》中设计了分属社会各个阶层的代表人物，塑造他们各自的典型阶级特征。在斯多克芒发现浴场污染之后，所谓的"多数派"各怀鬼胎，盘算如何利用斯多克芒发现的真相达到他们个人或某个阶级的政治目的。易卜生塑造的这些喜剧人物站在斯多克芒的对立面，反衬出斯多克芒对科学真理的坚持和大无畏的个人主义精神。

易卜生因《玩偶之家》和《群鬼》两部作品深受新闻媒体的攻击，他对本应负责客观新闻报道和评论的新闻出版业大失所望。加之易卜生原本对政客充满了不信任，在受到媒体的恶评和抨击之后对所谓的"舆论自由"更加反感。在《人民公敌》中，他毫不隐讳地将当时的新闻传媒比作扭曲政体的寄生虫，这些传媒永远谈论自由却害怕真正的自由，永远宣称独立却甘愿成为大众观念的奴隶，只为当权集团和发行量服务②。剧中自诩民主派的新闻记者霍夫斯达作为《人民先锋报》的编辑，他掌握着话语权，可以引导社会舆论，但是恰恰是狡诈地利用这份权力达到他个人自私龌龊的政治目的。霍夫斯达出身低微因而不能实质性地参与政治，但是他的政治野心使他在知道浴场被污染之后立刻痛斥地方上的官僚、财阀和乡绅，企图利用这件事情打击他们的势力。他高喊着要扫除资产阶级官僚主义的口号，叫嚣着"打破'官僚神圣'的迷信传

① 转引自阿·尼柯尔：《西欧戏剧理论》，徐士瑚译，中国戏剧出版社，1985，第239页。

② McFarlane, James, *Ibsen and Meaning*, Oslo: Norvic Press, 1989, p. 254.

统”(321)。他也毫不掩饰自己的权力欲望，他说：“参与了政治，才可以发展他们（下层社会）的才干、知识和自尊心——”（321）他想让本城的政治权力分配甚至是阶级结构重新洗牌，出身下层社会的他得以借机上位。在这一点上，霍夫斯达的政治野心已经盖过了一个新闻人基本的职业操守。他抛弃了尊重事实的基本原则，为了达到目的可以随意变换自己的立场。因此，霍夫斯达一开始支持斯多克芒并不是因为科学家发现的真相，而是看到了浴场污染事件可能带来的契机。当他发现事态的发展不如他所料，又用“贵族”和“革命家”讽刺斯多克芒。

斯多克芒看穿了个人一旦被贴上“多数派”的标签就会丧失自主性。他们的思想和行动完全被个别野心家牵制掣肘。第四幕不明真相的群众面对即将开始的人民大会，并没有对会议内容感到好奇，而是已经开始商量如何表态：

> 一个人　　（在另一群人中间）这回咱们跟谁走？
>
> 另一个人　（也在那一群）咱们留神着阿斯拉克森，他怎么办，咱们也怎么办。(361)

这些不具名的“一个人”“另一个人”和“一群人”可以是任何人，只要他们统一意见即可。他们决定跟随的对象阿斯拉克森号称他所代表的中小资产阶级分子是“结实的多数派”，从这段对话可以看出他在民众之中的威望。然而阿斯拉克森的态度是“要是你攻击政府，这至少对于社会没坏处，因为政府那批人不怕人攻击，他们照样干他们的。地方当局可就不一样，他们可能被人轰出去，换上一批不会办事的新人物，那时候房主和别的人都会吃大亏”(343)。他的这段话表明该镇的中小资产阶级与彼得口中的“地方当局”是唇齿相依、相互勾结的利益共同体。中小资产阶级拥护地方当局的立场，而地方当局保护、照管中小资产阶级的既得利益。所以当彼得市长随口清算改造浴场需要付出的经济代价时，阿斯拉克森立刻反对斯多克芒的主张。阿斯拉克森反复提醒斯多克芒做事必须“稳健”，说明他以及他代表的中小资产阶级不可能参与任何可能动摇他们利益的社会变革。

多数派里除了盲从的民众和目光短浅的小资产阶级，还有以毕凌为代表的投机分子和根基深厚的大资本家基尔。他们同样毫不在意斯多克芒坚持的真理。毕凌不服务于特定阶级或群体。他本想借此机会发动阿斯克拉森的房主联合会攻击市议会，表现他的“反抗精神”，为他争取在市议会秘书的职位增加砝码。但他在看清风向之后立刻改变站队，加入声讨斯多克芒的队伍中。大资本家基尔抱着看热闹的心态，在一旁说：“要是你有本事让市长和他手下那伙人栽个筋斗、丢个脸，我愿意马上捐一百克罗纳救济穷人。”(318) 然而斯多克芒回应了一句之后，基尔的“马上”变成了等到“圣诞节”，一百克罗纳变成了五十克罗纳。易卜生用喜剧的方式，通过基尔的形象辛辣地讽刺了大资产阶级的善变刻薄与全无诚信。

在第四幕的人民大会上，斯多克芒想拆穿“多数派”和自由党的真实面目，让民众能够认清他们的虚伪和自私。斯多克芒的不依不饶让他们无法收场，在他们的煽动和诱导之下，斯多克芒被判定为“人民公敌”。这场人民大会最终使得斯多克芒看到了被愚弄和摆布的民众。在原本紧张、肃杀的氛围中，一个醉汉在三个关键时刻打断了会议的正常秩序，制造出轻松喜剧的瞬间，将这场全民审判荒诞的一面展现得淋漓尽致。醉汉在无意识的情况下响应了斯多克芒的主张，成为全民大会上除斯多克芒之外唯一说出真相的人。由他传递真相有着强烈的喜剧效果，极大地讽刺了表面上意识清醒的民众。觉悟后的斯多克芒认识到自由党才是最危险的敌人。他奉为至上原则的客观真理成了“自由党”和“多数派”手中的利器。这些人并不在意浴场污染以及它的危害，无视它对社会和人民造成的影响。他们试图以浴场污染为契机大做文章，打压迫害持不同政见者，以达到他们个人或某一利益集团的目的。这些利欲熏心的多数派原本相互倾轧，错综复杂的矛盾因浴场改造触及他们共同的经济利益而暂时放下成见，把矛头转向斯多克芒。这些人物具有典型的喜剧人物特征，他们是没有高尚信念和原则的“墙头草”，只有趋利求生的本能。本剧的喜剧成分在一定程度上抵消了悲剧色彩，但从另一个角度看，喜剧人物更加能够衬托出悲剧男主人公斯多克芒形象的严肃和高大。

三、“悲剧英雄”斯多克芒

易卜生在戏剧中常常运用一体化的手法，使男主人公代表某种理想、信仰或阶级[1]。这种象征手法是内在的，因赋在人物身上而具有普遍性和强大的感染力，因此它适用于塑造悲剧人物。《人民公敌》在主题上探讨了严肃深刻的政治问题和生态问题，易卜生借斯多克芒之口表达自己的态度、主张甚至是愤怒，但是这不影响斯多克芒身上悲剧人物式的崇高品质。斯多克芒总体上是一个理想主义者，他的人物轨迹是从喜剧开始，但是他有着悲剧男主人公对信念的坚守。随着情节的层层推进和戏剧冲突的爆发，他的思想和人物形象逐渐转变，直到被认定为“人民公敌”时达到了悲剧精神的崇高。他对真理和自由怀有敬畏之心，体现出悲剧英雄的庄严气概。

斯多克芒从敢于揭示真理到呼唤思想自由，从一个喜剧人物成为悲剧英雄。就浴场污染这一中心事件所涉及的层面来看，生活在小镇上的普通民众以及来小镇旅游的游客是最直接的受害者，他们最基本的健康和生存权利受到了威胁。从第一至第三幕各方对这件事情的态度和行为动机来看，斯多克芒是唯一没有个人私欲，真正将民众的生存问题置于个人利益之上的人物，但他最终被判定为“人民公敌”，被群起而攻之。

在《群鬼》搬上英国戏剧舞台之后，众多戏剧评论家大肆用各种与传染病相关的语汇批评易卜生和《群鬼》的思想内容[2]。易卜生在《人民公敌》中真正以大规模传染性疾病为戏剧主题，讽刺回击了诟病他的评论。威廉·阿契尔评价这部戏剧从头到尾只看易卜生在用幽默的方式发泄不满[3]。虽然到第四幕斯多克芒已经成长为严肃的“教育家”，但是他“人民公敌”称号的由来仍然充满幽默讽刺意味。

一个人　（在人群中）嘿，这家伙的口气简直是人民公敌！

毕凌　对，这句话要不是人民的公敌才怪呢！

整个会场　（大声）对！对！对！他是人民公敌！他恨国家！他恨全体人民！(376)

---

① 阿·尼柯尔：《西欧戏剧理论》，徐士瑚译，中国戏剧出版社，1985，第139页。

② Matos, Timothy Carlo, “Choleric Fictions: Epidemiology, Medical Authority, and *An Enemy of the People*,” *Modern Drama* 51,3 (2008): 354.

③ McFarlane, James, *Ibsen and Meaning*, Oslo: Norvic Press, 1989, p. 252.

这场戏中，易卜生再次安排了在场的任何“一个人”发声，他偶然性地用“人民公敌”形容斯多克芒。阿斯拉克森立刻随声附和，全体与会人员一致通过，把斯多克芒称为“人民公敌”。此时斯多克芒已经认识到所谓的“多数派”只是一群顺民，他们不能代表真理。真理是客观存在，它与人的多数或少数没有根本因果关系。斯多克芒之所以会说真理掌握在少数派手里，是因为他看到多数派自身的虚伪和不可靠。为了坚持自己的立场，斯多克芒说出：“世界上最有力量的人正是最孤立的人。”(400) 他成为有坚定信念、执着精神和强大勇气来以一敌众的英雄人物。

斯多克芒的亲身经历证实了不顺从的后果。他自己受到社会的排挤和驱逐，他的家人也要为其伦理选择付出代价。第五幕，房东“不敢不”让斯多克芒全家立刻搬走；裴特拉和霍斯特的雇主“不敢不”解聘他们；市长“不敢不”解除斯多克芒浴场医官的职务；人民“不敢不”在传单上签名。斯多克芒清醒地认识到“自由派是自由的最狡猾的敌人；他们的党纲是新生有力的真理的刽子手；权宜主义是颠倒道德正义的武器”(398)。彼得先是以当权者和上司的身份压制他，后试图用亲情影响他，引发他对妻子儿女的负疚，以阿斯克拉森为代表的中小资产阶级对他进行封锁和抵制，以基尔为代表的大资产阶级利诱他。至此，斯多克芒挑明最终的既得利益者是自由派政党。市长、《人民先锋报》、阿斯克拉森其实都只是自由派手中的利器和统治工具。他们打着民主自由的旗号控制人民，实则腐朽贪婪、虚伪专制。所有人的“不敢不”都嘲弄了所谓的民主自由和多数派，充分印证了斯多克芒在大会上的批判。

易卜生在书信中曾写道：“具有奴隶的灵魂的人，是不会运用他所拥有的自由的。”[①] 自由党不能代表自由，也不能领导人民获得真正的自由。自由党人只是在愚弄、摆布人民。不但不能启发民智，反而形成一种高压统治。斯多克芒没有放弃自己的信仰，没有被出卖他的人击垮。他反而更加坚定自己的信念和主张。斯多克芒如同古希腊悲剧中的英雄主人公受到各种形式的考验，最终他都恪守自己的原则，坚持他作为科学家和一个公民的社会良知和道德责任，表现出强大的意志力和高尚的品格。

① 亨利克·易卜生：《易卜生书信演讲集》，汪余礼、戴丹妮译，人民文学出版社，2012，第 206 页。

四、民主的道德原则

易卜生的《人民公敌》在一定程度上延续了他现实主义戏剧对“病态”的存在形式的探讨，他用浴场的环境污染可能造成传染病的潜在危险隐喻人的思想病态和社会的病态。浴场医官斯多克芒说：“这个浴场像一座外头刷得雪白、里头埋着死人的坟墓——肮脏到了极点的害人地方。”(311) 他通过科学证明了浴场被污染，严重威胁当地人的身体健康。出于作为医官的职业道德以及信奉科学的原则，斯多克芒坚持公开真相，让人们知晓客观真理。但是在他追求真理的过程中，斯多克芒发现自由是真理的基础。通过与市长等人的斗争，他发现比浴场污染得更严重的是当地人的“心”和“脑”。

在人民大会上斯多克芒主要抨击了两点：第一，社会的民主制度存在严重缺陷。全剧由毕凌代表直述了民主的内涵，他说：“社会就像一条船，人人都该去掌舵。”(306) 这种观点看似无懈可击，概括了民主的核心精神。人人都应该具备主人翁意识，然而并不是人人都具备掌舵的主观能力和客观条件，“群众、普通人、平庸的人，是人民的精华——他们就是人民——一个没有知识、没受过培养的寻常人跟少数优秀知识分子同样有权裁判、批准、建议和管理”(371)。斯多克芒没有否定民主精神，而是在批判性地看待民主制度。民主不是简单的、绝对的人人平权。斯多克芒的观点重在少数服从多数的条件，“多数”应该是思想自由的多数，而不仅仅是人口的多数。第四幕公民大会上民众的反应说明他们没有鉴定斯多克芒的陈述，只是随声附和，顺从霍夫斯达等人的观点。真正的多数其实是缺乏民主自由意识，思想陈旧，被少数人利用和误导的对象。这种对民主的肤浅认识实际上完全违背了民主的精神和伦理。斯多克芒道出了民主的道德原则，即“思想自由、胸襟宽阔几乎就是道德”(372)。他的政治思想已然超越民族和国家，将思想自由看作任何一个民主社会的公民应该具有的基本伦理和权利。

斯多克芒认为“思想自由”和“胸襟宽阔”是道德，呼吁人的解放。与易卜生同时代的美国作家爱默生（Ralph Waldo Emerson）著书立说，系统阐释了个人的权利和自由。爱默生对于“自立”的界定与斯多克芒认定的思想自由的意义一致，他对顺从的批判呼应了斯多克芒对多数派的抨击。在《论自立》中爱默生说道：

谁要做人，决不能做一个顺民。谁要获取不朽的荣耀，决不可被善的空名义牵累，而必须弄清它是否就是善。归根结底，除了你自己心灵的完善，没有什么神圣之物……顺从是求之不得的美德，自立则是它深恶痛绝的东西。社会喜欢的不是实情和创造者，而是名义和陈规陋习。①

他将顺从作为阻碍社会进步的重要因素，而自立不仅是真正的善，更是为人的基本道德原则。《人民公敌》中斯多克芒造成公众平庸的根本原因是"陈旧衰朽、没有精髓的真理"（371），并且人们对此不假思索地全盘接受。

爱默生是一个坚信个人内心道德平等的超验民主人士②。与易卜生的观点高度契合，爱默生重新归置和强调"善"的道德内涵建立在自立的基础上。成为人民公敌的斯多克芒不只在意浴场污染这一个科学真相，他开始思考关于真理被认识和接受的机制问题。斯多克芒说："我想世界上只有一条确定的真理，就是：一个社会决不能靠着那些陈旧衰朽、没有精髓的真理，去过健康的生活。"（371）真理和自由是建立在自立的基础之上，自由的人必须有独立的人格和伦理意识以及批判性的思考能力。换言之，公民的自我道德判断是民主的伦理基础。

斯多克芒论证了思想自由是追求真理的基础，是道德力量的彰显。斯多克芒自己选择不做顺民而被顺民们孤立驱逐。无论是社会、政治、宗教还是法律都应当将个人独立的道德判断放在首要位置，保证一个国家或一个社会的活力和生机。反之，严酷的枷锁只会教育出丧智或反智的顺民，而由顺民构成的民族和国家无法迈向未来。

不同于易卜生惯用的回溯法，《人民公敌》全剧的戏剧动作都在画面内完成，这与它的喜剧特质有密切关系。易卜生在《人民公敌》中巧妙地运用戏剧技巧将悲剧的崇高和喜剧的普遍性融为一体，让全剧富有层

---

① 拉尔夫·沃尔多·爱默生：《论自立》，蒲隆译，法律出版社，2009，第6页。

② Rautenfeld, Hans von, "Thinking for Thousands: Emerson's Theory of Political Representation in the Public Sphere," *American Journal of Political Science* 49, 1 (2005): 185.

次感。生态环境问题是《人民公敌》中的显性事件，也是引发所有冲突的导火线。它是易卜生探讨“真理”和“自由”这两个更为深刻的问题的载体和象征性手法。受污染的浴场象征着当地人精神生活的根源，而在此基础上建立的整个社会和国家机器都是病态的。易卜生在《人民公敌》中毫不留情地揭露了政客的狡诈、新闻传媒的虚伪自私、小资产阶级的昏庸和人民的冷漠麻痹。在这一系列的社会、政治、经济、环境问题和冲突之中，易卜生最关心的还是个人的精神状态。公众消极被动地接受，不要求付出智力。这只会造成一种普遍的“丧智状态”以及道德上的低能。易卜生借斯多克芒之口提出了伦理诉求，恢复个人思想自由，建立自我道德判断，强调个人忠于自我、忠于真理的道德责任。

第二节　《野鸭》中格瑞格斯的理想要求

《野鸭》是易卜生戏剧创作生涯里程碑式的转向，该剧与《罗斯莫庄》之间究竟哪个是易卜生最优秀的作品，一直是易卜生研究者热衷探究的命题。在人物形象和主题方面，《野鸭》既是《人民公敌》的延续也是对它的反转。

相较众多令人印象深刻的女性人物，易卜生鲜少以男性人物为绝对主角。父亲角色（Fatherhood）虽然无处不在，但常常被谨慎地隐藏在故事背景之中①。如《海达·高布乐》中高布乐将军的形象只是以客厅的肖像、手枪和海达的姓氏等形式出现。正因如此，《野鸭》是易卜生中期和晚期剧作中十分特殊的一部，剧情以两个家庭中两对父子之间的伦理关系为基本结构。在一个家庭里父亲的地位如同上帝之于新教的地位，不仅有义务维护基督伦理，而且在一定程度上要执行基督教义以及维系信仰②。父亲即是权威，象征着一个家庭的至高权力，维持家庭的稳定平衡。然而维多利亚时期父亲的形象发生了巨大转变，虚构作品中父亲形象普遍是施虐典型，好像被刻意塑造成魔鬼，是阻止妻子和孩子自我实

① Lorentzen, Jorgen, "Ibsen and Fatherhood," *New Literary History* 37, 2 (2006): 817.

② Lorentzen, Jorgen, "Ibsen and Fatherhood," *New Literary History* 37, 4 (2006): 820.

现的元凶[1]。父权受到质疑和挑战，与当时世界剧变、家庭观念和女性意识觉醒等时代背景有关。《野鸭》中老威利、老艾克达尔和雅尔马三位父亲在各自家庭的地位都受到来自不同方面的挑战和冲击。老威利在格瑞格斯眼中是个罪恶的父亲，格瑞格斯以拒绝继承家产的方式对抗自己的父亲。老艾克达尔因为一场牢狱之灾彻底失去面对生活的勇气，他终日沉溺于扮演“猎人”的游戏之中，无力承担一家之长的伦理责任。雅尔马个性庸懦懒惰，没有实际履行父亲义务的能力，只能沉溺在不切实际的梦想之中。在得知妻子基纳与老威利曾经有过不正当关系、女儿海特维格可能是老威利的私生女之后，他把全部责任归咎于基纳的欺骗，导致海特维格为了挽回失去的父爱而最终选择自杀。海特维格的死亡唤醒了艾克达尔一家的亲情，也使得理想主义者格瑞格斯开始反思自己所谓“理想的要求”。悲喜剧《野鸭》中三位父亲都反映了维多利亚伦理体系对传统伦理定义中父亲形象的挑战。这种对父子等级观念的颠覆相较易卜生之前的剧作有了显著突破[2]。

本节通过分析格瑞格斯提出理想要求的伦理条件和影响以及野鸭的伦理象征意义，解释他所谓理想要求的实质是他个人挑战父权和传统家庭伦理道德、试图建立个人权威的私欲，结果造成了艾克达尔家的伦理乱混和海特维格之死的悲剧结局，说明追求真理和自由的动机并不是无条件的伦理正义。

一、理想要求的伦理条件

执行“理想的要求”和“做人的使命”是格瑞格斯在剧中反复重申的个人立场。表面上看他提出自己要求和使命的动机是纠正父亲老威利曾经对艾克达尔一家犯下的错误。然而，他提出“理想的要求”的伦理语境是老威利在艾克达尔家有着绝对的权威，他的真实目的是取代父亲老威利。因此他提出的“理想的要求”是他为自己的私心所编织的借口，用来掩盖他真正的行为动机。

---

① Sanders, Valerie, *The Tragi-comedy of Victorian Fatherhood*, Cambridge, UK: Cambridge University Press, 2009, p. 5.

② 王宁：《易卜生研究的后现代视角：对“世纪末”的新解释》，《易卜生与现代性：西方与中国》，王宁编，百花文艺出版社，2001，第 45 页。

老威利和老艾克达尔曾是生意伙伴，由于老威利的出卖导致艾克达尔家经济和信誉破产。老威利的儿子格瑞格斯声称为纠正父亲的错误，不惜一切要让雅尔马·艾克达尔知晓真相。《野鸭》中几乎所有的戏剧动作都是在格瑞格斯的操纵和指挥下发生的。在为他接风的晚宴上，格瑞格斯遇见雅尔马，他推断出父亲老威利曾经对艾克达尔家犯下了不可饶恕的罪过。于是格瑞格斯搬进艾克达尔家，决心改造他们的生活。格瑞格斯看似正义的理想要求以及看似正当的伦理依据实际上都是出于他反抗父亲的私心。《野鸭》中格瑞格斯介入艾克达尔一家的私事有两个伦理依据：第一是纠正老威利犯下的过错，他发现老威利曾利用老艾克达尔，导致现在的艾克达尔家颜面尽失且经济困窘；第二个伦理依据是他发现基纳向雅尔马隐瞒了当年与老威利的婚外情。格瑞格斯出于“正直”，想要引导他们拆穿谎言，重新将婚姻建立在真实的基础上。这两个伦理依据成为他做人的意义，也就是理想的要求。

格瑞格斯与老威利的矛盾由来已久，主要源于家庭关系失衡。从格瑞格斯当年因为惧怕父亲老威利而眼看他陷害雅尔马的父亲，导致他自己的良心生病，背上沉重的道德包袱。格瑞格斯指责老威利：“你摧折了我的整个儿生命。”[①] 格瑞格斯在偏远的林区自我流放多年后决定回归，弥补自己良心的不安。流亡归来之后，格瑞格斯表面上是要纠正他对艾克达尔家犯下的过错，实际上他想报复老威利，推翻老威利的父权。他拒绝了继承人的身份，也就是否认老威利父亲的身份。另外，他希望取老威利而代之，树立在艾克达尔家的权威。

格瑞格斯是一个理想主义者，与易卜生在《人民公敌》中塑造的斯多克芒十分相似，他们秉持非黑即白的伦理观。格瑞格斯满怀对母亲炽热的爱以及对父亲深切的恨。老威利认为他“有病的良心”遗传自他的母亲，而他母亲怀着对老威利的仇恨离世。格瑞格斯自然而然地将母亲的离世归咎于父亲的出轨，他和母亲的病源都出自老威利。他医治良心的方法是替母亲伸张正义，向父亲讨回公道。基纳是当年老威利出轨的对象，因此他必须向雅尔马揭露真相，使雅尔马逼迫基纳承认错误。问题的症结依然在于格瑞格斯对老威利的仇视。他看似正直的初衷其实是

① 亨利克·易卜生：《易卜生文集》（第六卷），潘家洵译，人民文学出版社，1995，第74页。此作品引文均出自此译本。此后仅随文标注页码。

出于发泄对父亲私愤的欲望以及一厢情愿的偏执。他看似公正的“理想”是被仇恨蒙蔽之后的扭曲认知。

他眼中的老威利是一个罪人和暴君式的家长。他刚刚回家就对老威利恶言相向地说：“我一想起你从前干过的事情，眼前就好像看见一片战场，四面八方都是遍体鳞伤的尸首。”（26）格瑞格斯眼中的父亲是一个道德堕落的恶人，但他没有采取直接反抗的方式，而是把目光投向受老威利照顾的艾克达尔家。格瑞格斯搬入艾克达尔家以后，隐秘地引导雅尔马实现伦理转向，诱导海特维格杀死象征老威利父权的野鸭。格瑞格斯没有意识到他一切行动的根据只是他需要发泄私愤，结果对艾克达尔家造成了毁灭性的打击。另一方面，艾克达尔家父权的弱化甚至是缺失是他们面对外来者格瑞格斯毫无招架能力的根本原因。雅尔马和老艾克达尔无力担当父亲的伦理身份，承担作为父亲的伦理责任。他们麻木的精神世界和避世的态度让格瑞格斯大行其道，任其插手艾克达尔家的家庭私事。自启幕以来，剧情画面内的老威利虽然一直掩盖但也致力于弥补当年对艾克达尔一家犯下的过错。老威利的人物形象不是一个人格扭曲的父亲。老威利迫害老艾克达尔和婚内出轨基纳的不伦行为是格瑞格斯憎恨他的原因，更是他强迫雅尔马面对现实的依据。他自己无法重生，彻底摆脱自己的父亲，随着母亲的离世，他与父母之间的亲子关系也不能修复。格瑞格斯对艾克达尔家的所有行为都投射了自己的理想和要求。

《野鸭》的情节融入了易卜生个人生活经历。童年时期易卜生经历了父亲的破产，使他年幼之时饱尝人情冷暖，给他留下了不可磨灭的记忆，而且他对自己的母亲也一直怀有深深的思念。除此之外，《野鸭》里还能看到易卜生对自己身世的怀疑。易卜生父亲证明他出生在其好友温柏格（Wamberg）家中，但易卜生怀疑他出生在斯多克曼格尔顿（Stockmannsgarden），并且父亲总是或有意或无意制造易卜生出生地前后不一的言论，导致易卜生对自己的出身存疑[①]。从海特维格的身上能够看出身世疑云对于一个孩童造成的心理伤害。可见在当时的时代背景下，父亲的权威虽然受到冲击和挑战，但父亲的伦理身份依然有无可取代的重要地位。因为父亲在伦理意义上是生命的来源，父亲的道德品质和个

① Tennant, P. F. D, *Ibsen's Dramatic Technique*, Cambridge, UK: Bowes & Bowes, 1984, pp. 24-25.

人生活对子女有着强大的影响力。

二、“野鸭”的伦理象征

易卜生赋予野鸭三重伦理象征意义，不仅使它折射出人物的形象特征，而且通过野鸭的象征意义揭示了人物之间的伦理关系和伦理矛盾。首先，野鸭象征了艾克达尔家的精神状态。易卜生用遗传性疾病象征所有能够摧毁人类的决定性力量，如同在他的诗作中，受尽折磨的动物象征着人类的挣扎①。折翼的野鸭象征精神家园的荒芜，它生活在非自然的环境中。艾克达尔家的人因为受挫而无法面对现实，只能生活在被构建的谎言里，因此他们每一个人都活得像野鸭。老艾克达尔不复年轻时的意气风发，像囚禁在阁楼的野鸭一样逃避生活。雅尔马躲进“发明家”的白日梦里；基纳与野鸭的相似之处在于，野鸭只具备动物性本能，它只求生存而非生活；海特维格的眼疾使她即将失明，如同野鸭折断的翅膀。格瑞格斯对艾克达尔家提出“理想的要求”实质是他试图摧毁父亲的权威，目的是用他的“理想的要求”取而代之。他改变艾克达尔一家的行为和目的是推翻父亲老威利的地位。他以儿子的伦理身份挑战和反抗父亲。

老艾克达尔是这个家庭里与自然最亲近的人物，他与自然有着某种静谧的关系。他跟阁楼里的野鸭一样被人为的环境驯化。第二幕格瑞格斯一来到艾克达尔家，就强势介入他们的个人生活。他从最年长的老艾克达尔开始，引导他重拾坐牢以前的生活。格瑞格斯反复提起老艾克达尔曾经工作的赫义达工厂，提醒他过去是个出色的猎人，过着海阔天空的日子。他对老艾克达尔说：“你惦记不惦记那些从前跟你离不开的东西：凉爽的清风，在树林里和高原上跟鸟兽做伴的逍遥生活?”（43）格瑞格斯要求的第一步是老艾克达尔放逐自我回归森林，远离艾克达尔家。老艾克达尔在家里的角色是雅尔马的父亲，格瑞格斯的诱导可以理解为希望老艾克达尔回到曾经的生活中找回自我，但另一方面说明他并不希望在他重塑艾克达尔家时候有“父亲”的角色。格瑞格斯的目的是在艾克达尔家建立权威，而老艾克达尔一家之长的身份会阻碍他。格瑞格斯

---

① Bradbrook, M. C, *Ibsen the Norwegian*, London: Chatto & Windus, 1946, p. 90.

很快发现阁楼就是森林的替代品，老艾克达尔终日沉醉于阁楼打猎的游戏，完全丧失了作为父亲的领导权。因此他放弃劝说老艾克达尔，转而把目光投向雅尔马。

本剧中的女性人物形象与易卜生其他剧作有明显区别。基纳的务实表现在她缺乏理解抽象语言的能力。基纳听不懂任何修辞性语言。当格瑞格斯观察到真相大白后雅尔马和基纳的婚姻关系与他的理想大相径庭，他用“沉闷、忧郁和阴暗”形容他们的婚姻。基纳完全按照字面意思理解格瑞格斯的话，继而把灯罩摘下。基纳没有任何想象力，她的生命中最重要的事情一直是生存问题。全剧看不到基纳高亢激动的情绪，即使被格瑞格斯揭穿她过去与老威利的关系，即使雅尔马对她横加指责，基纳也没有表现得尴尬难堪或不知所措。基纳极度现实的处世态度与其他只能活在幻象之中的艾克达尔一家人形成鲜明对比，而另一方面，折翼野鸭的象征意义在基纳的身上体现在其缺乏抽象思维能力上。

基纳是与剧中只能活在幻想世界里的雅尔马、格瑞格斯、老艾克达尔和莫尔维克相对的另一面。她只能够理解现实的世界，象征和比喻性的语言对基纳来说没有意义。抽象的伦理道德观念也超出了基纳的理解范围。她做的一切只为了活着。她不憎恨老威利对她的羞辱，虽反感但没有阻止格瑞格斯介入她的家庭生活、拆穿她的过往，在她自己的女儿海特维格死的时候也没有流露过度的悲伤。折翼的野鸭在基纳的身上是她精神生活和生命意义的缺失。另一女性人物是年幼的海特维格。她是剧中无辜牺牲的人，也是唯一一个真正表现出高尚品质和道德情操的人物。她不愿伤害野鸭而选择放弃自己的生命。她的死震撼了白日做梦的雅尔马和自以为是的格瑞格斯。

其次，由于野鸭源自老威利的馈赠，它象征着老威利对艾克达尔家的帮助和价值输出，因此它也成为格瑞格斯致力毁灭的对象。老威利通过在生活上帮助艾克达尔一家实现自我救赎，弥补他的道德亏欠。他是老艾克达尔家的经济来源，也是其价值观的建立者和输出者。对艾克达尔一家而言，老威利替老艾克达尔和雅尔马履行作为父亲的伦理责任。也正因为老艾克达尔和雅尔马原本就无力承接父亲的角色，老威利的父权得以在艾克达尔家存续，并且维持他们的正常生活。格瑞格斯强迫雅尔马接受他的“理想的要求”实际上是不惜一切推翻老威利在艾克达尔家的权威。

格瑞格斯带着“使命”进入艾克达尔家，他总是有目的地接近每个人物，从他们那里获得信息。他说话的方式总是试探性的，格瑞格斯向海特维格详细打听了阁楼里摆放物品的细节。他紧接着抛出他最关心的问题：“那些好玩的东西都是哪儿来的?”（59）格瑞格斯心中已有判断，他知道整个阁楼都是来自他的父亲老威利。格瑞格斯意味深长地说：“我要做一条十分机灵的狗，野鸭扎到水底啃住海藻海带的时候，我就钻下去从淤泥里把它们叼上来。”（48～49）格瑞格斯明白了野鸭来自他父亲之后，立刻对野鸭表现出攻击性。格瑞格斯在野鸭的身上投射了对父亲老威利的敌意和他要取而代之的野心。

第三，野鸭还是海特维格最心爱的东西，象征海特维格的伦理身份——老威利的私生女。海特维格肯定了野鸭的地位比其他动物更加高贵。当雅尔马带格瑞格斯第一次参观阁楼时，海特维格便强调：“是我的野鸭。这只野鸭是我的。”（45）第三幕里格瑞格斯再次提起野鸭，海特维格还是坚定地说“野鸭是我的”，重申了野鸭的归属权（60）。海特维格很可能是老威利的血脉，所以她和野鸭都是老威利留在艾克达尔家的遗产。格瑞格斯后来千方百计要求海特维格杀死野鸭，他想要彻底摧毁父亲在艾克达尔家的权力体系。

瑞凌揭露格瑞格斯“他在乡下挨家挨户索取他的所谓‘理想的要求’”(70)。瑞凌用“索取”一词表达了他对格瑞格斯强人所难，向他人提出不合理要求的批判。但是与其说“索取”，不如说格瑞格斯是在强行输出他的理想。格瑞格斯说野鸭到过“海洋深处”，增加了野鸭象征的神秘色彩。事实上野鸭也是被老威利打伤之后，由老威利的狗从沼泽里救回，跟老艾克达尔的经历一样。“海洋深处”是格瑞格斯的视角，他用“沉入泥沼”“海底”“霉气”等词语形容艾克达尔家的生活，都是在批判父亲老威利为艾克达尔一家构建的精神世界。在美学意义上，野鸭是他们自我精神状态的投射，使得观众/读者更加清楚地感知艾克达尔家人物的心理活动。在伦理意义上，野鸭最终差点成为格瑞格斯“理想要求”的牺牲品，老艾克达尔以及替代野鸭牺牲的海特维格是雅尔马的“伟大发明梦”的实际受害者①。因此，剧中野鸭具有多重功能和复杂的象征意义，与剧情的走向、人物的发展和主题思想的表达有着本质关联。

---

① Price, Rachel, “Animal, Magnetism, Theatricality in Ibsen's *The Wild Duck*,” *New Literary History* 37, 4 (2006): 812.

格瑞格斯坚持向雅尔马道出事实的真相本身没有错误，但是他认定的真相与雅尔马一家的问题根本无关[①]。正是这个原因，得知真相的雅尔马滋生出对基纳和老威利的仇恨，另一方面这个真相动摇了雅尔马作为父亲的伦理身份以及他与海特维格的父女关系。这两方面使他的基本物质生活和父权伦理遭遇严重危机。因此在这个意义上，格瑞格斯的“理想的要求”进一步打破了艾克达尔家原本平衡的父权体系。

格瑞格斯成功地改造了雅尔马之后，他医好了自己的良心，却把仇恨的种子播撒在雅尔马原本平静的内心，彻底颠覆了雅尔马的伦理认知。第四幕中索比太太的到访让雅尔马得知老威利即将和她结婚的消息。想到他们的婚姻能够建立在坦诚和宽恕的基础上，雅尔马忿忿不平地说：“我觉得真好像老天瞎了眼，世界上没有公道了。”（93）可见此时雅尔马原本平静的情绪转化为强烈的怨恨。但想到老威利将要失明，又仿佛得到一丝安慰，这是“冥冥之中，天不饶他，要搞瞎他的眼睛”，“间或钻研一下世上的神秘事情也有好处”（93）。神秘事情指因果报应，超自然的神秘力量在主宰人的命运，不同于宗教神明。这种观念的产生说明雅尔马已经深受格瑞格斯的影响，他想掐死全家视若珍宝的野鸭，象征着雅尔马的观念发生转向。他开始站在格瑞格斯的立场，想要推翻由老威利建立的权力体系。

格瑞格斯为了一己私利而介入雅尔马的家庭生活，他要以自己的价值观取代老威利在艾克达尔家的地位，实现父权的更迭。当雅尔马知道真相躲到瑞凌住处之后，格瑞格斯得意地对瑞凌说：“经过了这么个紧要关节，整个生活换了新的基础，他（雅尔马）会没有精神激动？”（104）曾经的“基础”是老威利奠定的，格瑞格斯的目的就是取而代之。他认为自己为雅尔马选择的新基础，也就是“理想的要求”在道德上远比父亲老威利奠定的基础更加高尚，结果却造成雅尔马彻底失去生活的信念，转而产生对妻子基纳和女儿海特维格的怨恨。

格瑞格斯试图用他空洞抽象的“理想的要求”取代老威利在艾克达尔家的地位。从他的语言可以看出，他期望达成的理想和真相不切实际。在最后一幕索尔比太太送来支票，当雅尔马知晓真相后虽然痛恨老威利

---

① Machiraju, A. F, “Ideals and Victims: Ibsen's Concerns in *Ghosts* and *The Wild Duck*,” *The Modern Language Review* 87, 1 (1992): 137.

和基纳的欺骗，但他无法放弃老威利给海特维格的支票。格瑞格斯的“理想的要求”对艾克达尔家的帮助远不如父亲老威利的金钱来得实际有效。

与格瑞格斯一样，雅尔马也有身为人子的使命感。他念叨着“日日夜夜在我面前摆着的是我做人的使命”——恢复家族尊严和老艾克达尔的自尊心（65）。他完成使命的方法就是他寄予厚望的发明。但他庸碌无为，他可以随时放下自己的正经工作，陪老艾克达尔在阁楼打猎。他陷入无尽的延宕和自欺欺人，不停自我暗示“发明主要依靠灵感，依靠直觉，灵感什么时候会来简直没法预料”（66）。

整部剧的基调是阴郁沉闷的，在格瑞格斯介入之前，艾克达尔家的生活处于静止、停滞甚至可以说是苟且的状态。他们日复一日地过日子，在精神上和物质上没有任何实质性的追求。尽管雅尔马有着成为发明家的梦想，但他并不具备那样的能力，他的所谓梦想实际上是他逃避现实的方式。雅尔马是个身处悲剧情境的喜剧人物，观众和读者能够清楚地看到他的辞令与现实情况不符，如他的发明家梦想，以及他明明贪图安逸和饮食享乐却自称为重振家声而忍辱负重。没有靠自己的能力承担他应当承担的责任，但他直呼“累得直不起腰”，“我不能在一天里头把这些担子都挑在肩膀上”（114）。他总说要承担责任，但是他从未行动。

在物质生活方面，艾克达尔家的物质生活都得依靠老威利的馈赠。雅尔马既离不开老威利的金钱，也离不开基纳的照料。于是呈现在观众和读者面前的雅尔马的人物形象显得可悲亦可笑。他声称希望通过自己的能力获得尊重和肯定，恢复父亲和家庭的名誉，重新被社会承认和接纳。然而他始终没有实践为子、为夫、为父的伦理责任。艾克达尔全家只能依靠老威利的道德觉悟和自我救赎生活。在他收拾东西准备离开基纳的时候，他看到了被他撕碎的字据，舞台指导是“他把几封旧信搁在一边，找着了昨天撕碎的那张赠予字据，拿起撕碎的两片细瞧，看见基纳走进来，赶紧把字据放下”（111）。他惦记着老威利的钱，他亲手把字据复原的同时却声称：“（剪纸，刷脱水）不是我的东西我绝不想沾光——我尤其不想沾一个苦老头子——和——和那个人的光。”（114）他离家走出的过程也十分荒诞，基纳帮他收拾行装，他吃着基纳准备的黄油面包，喝着基纳为他倒的咖啡。他丝毫没有意识到自己没有自食其力的能力，衣食住行完全依赖基纳。他知道真相之后，依然在躲闪逃避，特别是当他真的想离开基纳，脱离老威利的钱生活时，他根本寸步难行。

在艾克达尔家，老威利替代老艾克达尔和雅尔马承担了最重要的伦理责任，使得艾克达尔家男性地位处于边缘化。格瑞格斯成功地瓦解了老威利在雅尔马身上的权威。面对可能失去物质生活保障以及父亲的伦理身份的残酷现实，雅尔马在精神上遭到了重创，他生存的意义和价值面临全面崩溃的危机。另外雅尔马对老威利失去信任，他怀疑海特维格的身份，为海特维格最后羞愤自杀埋下伏笔。格瑞格斯造成这一系列的严重后果只为满足他自以为是的理想要求。

三、海特维格之死的伦理反思

海特维格是全剧中最无辜的人物，德巴赫认为其他戏剧作品中很少有孩童的死亡比海特维格更令人悲痛①。她的死亡是《野鸭》中艾克达尔一家悲剧的高潮，净化并提升了雅尔马和格瑞格斯的个人道德。海特维格先天有眼疾，但她却是艾克达尔全家最具洞察力的人。老艾克达尔浑浑噩噩地藏在空中阁楼打野鸭，雅尔马沉溺于不切实际的发明里，基纳只顾操持家务，海特维格是这个家中精神最健全的人。因此，当她知道自己的身份可能是私生女的时候，海特维格无法承受真相而选择自杀。她的死令雅尔马放下怨恨与基纳和解，也触发了格瑞格斯的伦理反思。

易卜生延续了对“病态”的关注，海特维格和欧士华、阮克医生一样，他们的存在是父辈曾有过不道德行为的证据。在之前的戏剧作品中，“病态”往往给剧情走向或人物命运带来毁灭性打击。《野鸭》中的“病态”更加辩证。海特维格的病使她豁达明智，而剧中其他健康的人在精神上或道德上都有缺失。病态可以是显性的，也可以是隐性的。往往后者危害更大，且更不易被察觉。

海特维格最终选择自杀与她的伦理身份困惑有直接关系。剧中没有明确指出她到底是谁的女儿。与她身份有关的线索有两条：一是海特维格的眼疾，既可能遗传自老威利，也可能来自雅尔马的母亲；二是老威利每年以送她生日礼物的名义在她名下存钱，可以解读为老威利知晓海特维格的身份，他的这一行为是履行父亲的抚养义务。但是无论是哪一

---

① Durbach, Errol, *Ibsen the Romantic*, London: Mcmillan, 1982, p. 92.

条都不足以作为确凿的证据。海特维格可能是老威利的女儿、格瑞格斯的亲妹妹，也可能是雅尔马的女儿。格瑞格斯显然明白海特维格身份的双重可能性，但是他并没有以兄妹亲情对待海特维格。在她害怕失去雅尔马，被雅尔马遗弃之时，格瑞格斯利用她对自身身份的困惑和对雅尔马的敬爱，引诱她杀死野鸭，“（走近些）看在你父亲分上，你自愿地把那只野鸭牺牲了吧”，并且要求她在基纳面前一个字都别提（100）。这一刻海特维格在情感上十分无助、脆弱，格瑞格斯面对一个患有眼疾的十四岁孩子，并且他已然知道这个孩子可能是他的亲妹妹，依然毫无同情怜悯之心，利用她达到自己的目的。另一方面，格瑞格斯引起雅尔马对老威利的仇视，实际上也引发了雅尔马的生存危机，并且使雅尔马将他的仇恨转嫁到老威利的私生女海特维格身上。格瑞格斯对野鸭的仇视究其根本来源于它所代表的权力关系。这只野鸭象征着老威利对艾克达尔家的影响、权威和价值输出，是老威利在艾克达尔家建构的权力体系。继告发基纳之后，摧毁野鸭就是他为了推翻父亲权威所作的尝试。

海特维格和雅尔马的父女关系对他们双方而言都意义重大。构成雅尔马精神生活意义的是成为发明家的梦想。然而它并不是雅尔马出于自我价值实现的理想，而是承载了海特维格对他作为父亲的身份的认同。他坦诚：“发明不发明倒还在其次，我最快活的是海特维格真相信这件事——她用小孩子的全副热情相信这件事。”（116）海特维格一直对雅尔马充满爱和敬重，这是对他父亲权威的确认。雅尔马知道他的梦想遥不可及，但海特维格真挚的感情和信任构成了他作为父亲的认同感。所以海特维格可能是老威利的私生女这一点动摇了雅尔马作为父亲的伦理身份，他立刻怀疑海特维格对他的尊重也只不过是假意讨好。在海特维格收到生日礼物时，格瑞格斯暗示老威利的钱财是有预谋的圈套。另外，他告诉雅尔马，老威利说雅尔马“不是你想象中的那等人”。老威利了解雅尔马的庸懦，他不是格瑞格斯想象中能够鼓起勇气改变现状的“那等人”。由于与父子之间存在严重隔阂，格瑞格斯曲解了老威利的意思，但在此时的情境和语境中，格瑞格斯的话无疑起到了煽风点火的作用，让雅尔马原本的愤怒达到最高点。

雅尔马不承认海特维格是他的女儿，否定了她的身份，对海特维格而言是最致命的打击。雅尔马声称对海特维格的怨恨是她的不明身份。他借海特维格和基纳的婚前过失推卸自己的责任，认为“阻碍我前程的是海特维格。她会把我一生的光明全都遮住”（116）。当雅尔马说：“我不愿意让外头人搅我。”（111）海特维格从雅尔马的语言和态度中敏感地意识到，父亲口中的“外头人”是她。这也让她绝望地相信格瑞格斯的话，用杀死野鸭挽回雅尔马。本来海特维格已经对格瑞格斯的话产生了怀疑，她对格瑞格斯说：“我今天早晨醒来的时候，想起了咱们昨天谈过的话，我觉得那些话非常奇怪。”（107）但雅尔马对她的态度冷漠坚决，让她失去思考能力，她再次天真地以为杀死野鸭可以解决雅尔马要离家出走的问题。海特维格并不了解格瑞格斯的动机，但摆在她面前的是必须在她心爱的野鸭和父亲雅尔马之间做伦理选择。老艾克达尔的意志和精神被摧毁，他喜欢在家庭节日时穿上中尉军服，但只要听到敲门声就立刻躲进自己的屋子。他的行为表现与阁楼的野鸭一样。野鸭对于海特维格而言也是家庭成员，是她和爷爷的承诺。因此她选择用自我毁灭的方式解决伦理困境。在老艾克达尔宣判入狱之时，他和雅尔马先后拿着象征他们家族荣耀的手枪，动了自杀的念头，但是最后拿枪自杀的是海特维格。

海特维格的自杀过程没有在舞台上演绎，观众通过观察在场人物对这件事情的反应得知海特维格自杀的事实以及给其他人物造成的影响。易卜生让众多人物共同发声，制造复杂的情绪效应[①]。事实上，海特维格在自杀之前，她有怎样的心理活动，观众和读者不得而知。海特维格为什么会想杀死野鸭也是由格瑞格斯转达的：“她愿意为你牺牲她最心爱的东西，她想，这么一来，往后你一定会再爱她。”（118）这是格瑞格斯的想法，而不是海特维格真实的想法。毫无疑问，海特维格对父亲雅尔马有着深深的爱和敬重。格瑞格斯这番话又感动了雅尔马，他对海特维格的怀疑立即消散。海特维格的死唤醒了雅尔马的道德情感。他与基纳达成和解，重新开始生活。

雅尔马和格瑞格斯在个性上都表现得极端自我。瑞凌对雅尔马的诊断准确无误。海特维格的死纵使让他很难过，但他难过的首要原因不是失女之痛，而是即将折磨他，让他不安和负罪的良心。他说：“（呜呜咽咽哭起来）我不能向他赎罪了！我不能再告诉她——！（攥着拳，仰着

---

① Foster, Verna A, “Ibsen's Tragicomedy: *The Wild Duck*,” *Modern Drama* 38, 3 (1995): 290.

头，大声）喔，老天！假如你真有灵验的话！你为什么让我遭这个殃?”(121)。雅尔马一直强调他要实现发明，完成重振家庭声誉的责任。然而从他对海特维格死亡的反应判断，雅尔马是一个以自我为中心的人，与格瑞格斯无异。雅尔马的世界里只有他自己的存在，他的发明、责任、感受最重要。基纳和他的父亲都只是他的负担。雅尔马和格瑞格斯都缺乏同理心和同情心。

《野鸭》中的“命运”主题早在第一幕中就露出端倪，老威利暗示雅尔马是格瑞格斯请来的第十三个客人，是不祥预兆。格瑞格斯临近剧终的时候意识到他的命运才是“做饭桌上的第十三个客人”(123)。易卜生戏剧对人物“命运”的安排与古希腊传统概念一致，强调对过往罪行的报应，同时也符合基督教道德传统①。格瑞格斯早已察觉海特维格可能是老威利的私生女，也就是他同父异母的妹妹。海特维格沿用格瑞格斯的语言，把阁楼和阁楼里的东西比作“海洋深处”，在语言层面强化了两个人物之间的关联。然而他对待海特维格没有亲情，只是将海特维格看作老威利出轨间接导致他母亲含恨而终的罪证。这是海特维格在他眼里的“原罪”。在第五幕枪响之后，雅尔马和基纳以为海特维格不在家，格瑞格斯在一旁说：“（静静地）我早就知道。我知道她会改过赎罪。”(119)格瑞格斯早以审判者身份自居。格瑞格斯一直认为海特维格有罪要赎，她的罪是可疑的出身。海特维格可能是父亲老威利和基纳出轨的结果。格瑞格斯以审判者的心理，一路秘密地诱导着海特维格实施自我惩罚。他冠冕堂皇地提议为了雅尔马杀死野鸭。他选定海特维格执行，实则是惩罚海特维格。纵观全剧，野鸭与雅尔马的关系并不密切。相较之下野鸭是海特维格的心爱之物，也是老艾克达尔的精神支柱。利用可能是私生女的胞妹杀死象征着老威利权威的野鸭，格瑞格斯将最终矛头指向自己的父亲。海特维格之死让雅尔马与基纳和解，也让一直以来最自我中心的格瑞格斯在死亡的极致力量感召下有所醒悟。他意识到了自己给雅尔马一家带来的不幸，这是全剧格瑞格斯唯一一次表现出自省和自我批评的态度。

在戏剧内容上海特维格替野鸭死去，实际上是替老威利完成他的终

① Tennant, P. F. D, *Ibsen's Drmatic Technique*, Oxford, UK: The Alden Press, 1984, p. 86.

极道德救赎，因为海特维格是他的私生女。在呈现方式上，《野鸭》是第一部现代悲喜剧，它开创了悲喜剧的范式和传统，喜剧元素的加入使得人类经验的悲剧性有了美学归宿①。海特维格之死释放出最大的悲剧能量，不仅对雅尔马和格瑞格斯的道德产生了提升作用，而且给读者/观众带来强烈的思想和情感波动。格瑞格斯怀着自私狭隘的个人目的，挑战以父权为主导的传统家庭伦理，却给他不道德的动机披上一层正义的外衣。然而他认定的真理只不过是他自以为是的理想，与真理没有任何关系，而是极具破坏性。《野鸭》没有妖魔化理想主义，而是批判某些自称理想主义者的要求②。在《人民公敌》之后，易卜生通过格瑞格斯的形象自我反思，也再次提醒世人对高呼理想和真理的人应当保持警惕。

第三节　真理和自由的伦理维度

《人民公敌》中易卜生的斗争精神被舆论激发到前所未有的高度。威廉·阿契尔认为《人民公敌》情节交织得不够复杂，也不够有深度，从头到尾只是易卜生用幽默的方式发泄不满③。在《人民公敌》之后的戏剧作品中，易卜生一向推崇的真理和自由不再是无条件的至上原则，而是必须在一定的伦理框架下对其进行考量。与其说易卜生从原来的战斗状态向后撤退，不如说他进一步解释和丰富了真理和自由的内涵——追求真理的动机和方式也必须符合伦理道德。《野鸭》是易卜生紧接着《人民公敌》创作的戏剧作品，易卜生在这部作品中为真理和自由设定了伦理维度。这并不意味着自《野鸭》起易卜生推翻或者否定了之前作品中的精神内涵，而是给《人民公敌》中斯多克芒提出的“思想自由几乎就是道德”设定了明确的前提。

《人民公敌》和《野鸭》的气氛基调截然不同。《人民公敌》是一部热闹的正剧，《野鸭》是一部压抑低沉的悲喜剧，但它们都探讨了个人应当如何追求真理和自由以及如何改变人的精神面貌的问题。不论戏剧的

---

① Foster, Verna A, “Ibsen's Tragicomedy: *The Wild Duck*,” *Modern Drama* 38, 3 (1995): 287.

② Northam, John, *Ibsen: A Critical Study*, Cambridge, UK: Cambridge University Press, 1973, p. 142.

③ McFarlane, James, *Ibsen and Meaning*, Oslo: Norvic Press, 1989, p. 252.

主题是政治斗争还是家庭矛盾，易卜生都在反复思考应当如何以真理和自由作为依据，引导人们做出正确的伦理选择。易卜生的戏剧作品中有一个惯性主题——使命的意义，“自由的精髓是完成我们的绝对使命”，另一个反复出现的主题是现实与理想之间的关系①。《人民公敌》和《野鸭》对于这两个主题同时进行了探索。斯多克芒和格瑞格斯都认为自己有某种正义的绝对使命，都致力于改造他人的精神面貌。然而，他们对于使命的界定和执行在本质上都是个人的伦理选择。他们各自的主观认知将自己的绝对使命置于至高无上的地位，但是客观上他们的伦理选择都不是必然的道德正义。

一、斯多克芒和格瑞格斯的救世主义情结

两位主人公斯多克芒和格瑞格斯都是激进的理想主义者，他们与易卜生早期诗剧《布朗德》中的牧师布朗德有相似的价值取向。他们都以“全有或全无”为行事准则，绝不与现实妥协。斯多克芒和格瑞格斯都曾长期生活在相对偏远的地方，他们都缺乏对“现实原则”的正确认识，以致他们对自身行为的可行性一无所知②。他们都自认被赋予绝对使命，有自我牺牲、饶恕和提升他人的救世主义情结。

斯多克芒以坚持科学真理和捍卫思想自由为绝对使命。从行为动机看，他是无私且品德高尚的人。他为了真理，也是为了尽其作为科学家的伦理责任，选择与当权者斗争。斯多克芒为了真理和自由斗争，因为真理与自由是他的信仰。在这一点上，他继承了布朗德的精神。布朗德对上帝崇高和抽象的宗教信仰在斯多克芒身上体现为对科学真理的信仰。当他发现民主制度的弊病之后，又树立了解放人们的思想，实现思想自由的理想。他投身于对真理和自由的追求，如同信徒般虔诚。他确认了科学家为他最重要的伦理身份，而非丈夫、父亲和为当权服务的医官。家人和其他任何人的态度都不能左右或改变他“全有或全无”的原则。他基于对自己身份的认知而做出伦理选择。大卫·托马斯评论道：“斯多

① Williams, Raymond, *Drama from Ibsen to Brecht*, London, England: Chatto & Windus Ltd., 1971, p. 32.

② McFarlane, James, *Ibsen and Meaning*, Oslo: Norvic Press, 1989, p. 256.

克芒失败的喜剧性在于他用缺乏自控且夸张的方式攻击官方的虚伪。”[①]斯多克芒最初是想在报纸上公布结论，后召开人民大会直接与全体公民对质，彰显了斯多克芒的勇气和决心，但是也暴露了他作为理想主义者的天真和不切实际。他认为他的语言能够直接表达出真理，让人民大众认清浴场污染的危害。

在《人民公敌》第四幕中，斯多克芒发表演说，论证思想自由的重要性。他直到最后仍然不屈不挠，致力于唤醒人们的独立思考意识。斯多克芒提出思想自由是真理的基础，他直接站在人民的对立面，决心与腐朽的旧思想和保守的多数派对抗到底。斯多克芒的使命没有完成，直到剧终他留给观众的只是他自我牺牲和捍卫真理自由的精神。

如果《人民公敌》塑造了一个与没有自由的社会进行斗争的英雄人物，那么《野鸭》就展现了普通人如何以一种自欺欺人的自由立足于一个不自由的社会[②]。格瑞格斯不再是斯多克芒式的悲剧英雄。虽然《野鸭》中格瑞格斯的父亲老威利是一个唯利是图、奸诈狡猾的商人，对雅尔马一家犯下了严重的罪行，但是相比之下格瑞格斯的人物形象更加令人生厌。克勒曼评价道：“格瑞格斯是平庸的、掺了假的布朗德。”[③] 易卜生曾说过布朗德是他最好的自己，格瑞格斯则是布朗德形象的荒诞化呈现。布朗德的理想虽然不与基督教理想等同，但也不失改良宗教理想的愿景。格瑞格斯在与其他人物的交谈中经常使用基督教语汇，使他的“理想要求”听上去富有神圣的道德感。

格瑞格斯在剧中多处将自己比作耶稣。老艾克达尔经历牢狱之灾后失去了经济能力，也丧失了生活的信念。老威利给予他们经济支持，并且让雅尔马组建新的家庭，使得艾克达尔一家得以展开新的生活。格瑞格斯说老威利“简直像上帝似的照顾你”（14）。格瑞格斯将他一向厌恶的父亲比作上帝，以他的伦理身份格瑞格斯就成了“上帝的儿子”。他对艾克达尔家的家务事进行干预，源自他这种“救世”的优越感和使命感。格瑞格斯一直在强调牺牲，传递基督教的奉献伦理。野鸭是海特维格最

---

① Thomas, David, *Henrik Ibsen*, London: Macmillan, 1983, p. 18.

② Hodgson, Terry, *Modern Drama from Ibsen to Fugard*, London: B. T. Batsford, 1992, p. 20.

③ 哈罗德·克勒曼：《戏剧大师易卜生》，蒋嘉、蒋虹丁译，湖南人民出版社，1981，第169页。

心爱之物，格瑞格斯像上帝一般考验她的忠诚。格瑞格斯占据道德高地，在向海特维格和其他人索取理想的要求。格瑞格斯很快意识到仇恨让雅尔马无法平静，他不能原谅基纳的欺瞒，不能原谅老威利的羞辱，更加不能接受海特维格可能不是他亲生女儿的事实。雅尔马不愿意再与基纳住在同一屋檐下，这一点让格瑞格斯始料未及。他说："要是你们真想达到牺牲自己和饶恕别人的境界，你们三个人一定得在一块儿住着"（97）。"牺牲自己和饶恕别人的境界"听上去是高级的道德标准，但是实际上依旧是格瑞格斯仅凭个人的主观判定，强加于雅尔马一家的要求。格瑞格斯的动机和出发点依然是自私的。

格瑞格斯如布朗德一般高呼理想，并且试图改造他人的思想意识，但是他们有本质的不同。格瑞格斯自认为拥有绝对崇高的信仰，理直气壮地介入雅尔马家的生活。他"传教"式的影响集中体现在雅尔马身上。格瑞格斯带雅尔马出去散步，告诉他老威利与基纳的过往。当雅尔马再回到家里，他如鹦鹉学舌般使用格瑞格斯的基督教语言。他让海特维格出门散步，以此躲避家里的"霉气"，他还批评瑞凌"你从来不懂什么叫理想的要求"（87）。引文显然是格瑞格斯的语汇，雅尔马复述着格瑞格斯的语言。雅尔马此时已经接受格瑞格斯的思想"洗礼"，格瑞格斯如传教士一般劝说雅尔马皈依"理想的要求"。即使他没有全然理解格瑞格斯，雅尔马已经使用格瑞格斯的语汇和信仰来批评瑞凌。

格瑞格斯提出的"理想的要求"是死亡性真理，而基纳散发出自我克制却充满爱的善良人性，用她的行动展现了生存真理，只有基纳代表的生存哲学才能填补生命和艺术的空虚①。表面上格瑞格斯对基纳的敌意来自他母亲的死以及对老威利的恨。格瑞格斯将自己代入雅尔马的位置，他无法接受基纳对雅尔马婚前的背叛和婚后的隐瞒。当他告诉雅尔马有关基纳和老威利曾经的不正当关系之后，他骄傲地说："世界上什么快乐都比不上饶恕一个犯过错的女人，并且还用爱情把他提得像自己一样崇高。"（85～86）格瑞格斯认为对一个女人的过错予以宽恕不仅能让男人获得最崇高的快乐，更是对这个女人的救赎和升华。他所谓的"理想的要求"的本质是通过饶恕他人的罪过来升华他人。把他们"提得像自己

① Harmer, Ruth, "Character, Conflict, and Meaning in *The Wild Duck*," *Modern Drama* 12, 4 (1969): 427.

一样崇高”的前提是自己首先是崇高的。格瑞格斯的“理想的要求”是将他自己置于道德高点，认为自己有权利饶恕他人，而非平等公正地对待他人。

易卜生倡导的自由不是个人救世主义，而是每个个体不断自我解放、追求自由的精神。当公众麻木地任由彼得等人煽动之时，斯多克芒将矛头指向束缚人的旧思想。但斯多克芒并未提出解决之道，即如何解放思想、如何让思想自由。在这一点上，《野鸭》是《人民公敌》的延伸。艾克达尔一家的表现则说明人的精神解放必须是自我解放而不能由他人代劳。

二、真理、自由与戏剧空间

人物在具体不同的戏剧空间有着不同伦理身份，并且与人物之间的伦理关系、伦理冲突的展现有直接关系。戏剧空间的界限与转换对两部戏剧中真理和自由两大主题的揭示起到重要作用。《人民公敌》中斯多克芒家、《人民先锋报》编辑室、召开人民大会的旧式大屋子等戏剧空间设置以及它们之间的场景转换虽然也有交代人物的身份和关系的功能，但是主要服务于情节的推进。《野鸭》的戏剧空间层次更为丰富，并且每个戏剧场景的设计都别有深意。威利和艾克达尔两个家庭环境的对比，艾克达尔家内部的结构都与戏剧的矛盾冲突、人物的复杂心理和精神世界有着不可分割的内在联系。把握戏剧空间的伦理内涵有助于理解两部戏剧的主题呈现。

《人民公敌》和《野鸭》都以“吃”开场。食物是易卜生用来揭露人物的心理和他们之间交流动态的最重要标志①。《人民公敌》开场的晚餐是斯多克芒家的常态，吃饭的人既是客人也是斯多克芒的朋友，即他认为和他有共同理想的伙伴。因此他的家人和外人没有明显的亲疏之别，他的私人空间与公共空间之间无分明界限。瑞凌、霍夫斯达等“外人”几乎每天都在斯多克芒家吃饭。当报社将他发表观点的渠道封锁之后，斯多克芒发起召开人民大会，直接向公众传递他的信仰。斯多克芒“理想”的出发点和落脚点是广大人民群众，但是他接触的人主要是精英阶

---

① Boeninger, Stephanie Pocock, “Teacups and Butter: The Importance of Eating in Ibsen's *A Doll's House* and *The Wild Duck*,” *Modern Drama* 57, 4 (2014): 454.

层、中小资产阶级和大资产阶级。斯多克芒常常在报上发文，表达他的政治见解和说明客观事实。他一直专注于公共事业，也说明斯多克芒对“家”的概念的模糊。他始终没有把家庭和家人放在首位。《野鸭》与《人民公敌》相比，在空间的运用上显得更为细致。戏剧的开场是在富裕的老威利家，启幕时的场景设在老威利的书房，是严肃的工作场合。正式的晚宴场合以及乐室则在后台，观众只能从乐室传出的笑声中感受到晚宴的欢乐氛围。老威利家的客人、仆人、主人、老艾克达尔和雅尔马轮番出场，从他们的交谈和举止是否适应和融入这个场合清晰地表现出人与人之间经济地位和阶级地位的差异。两部戏剧虽然都以宴请开场，但是易卜生在戏剧空间的选择上有着显著差异。

《野鸭》中两代父子错综复杂的关系通过他们互相侵入对方的伦理空间巧妙呈现在舞台上。启幕场景设在威利家的书房，两个下人培特森和颜森一边收拾书房一边议论正在进行中的宴会，观众是从他们的谈话以及背景中饭厅传出的谈笑声、刀子和酒杯碰撞的声音感知宴会的氛围。老威利担忧地指出不速之客雅尔马的出现使得餐桌上呈现“不祥”的数字十三，可见家庭的边界和人与人之间关系的限制在这部剧中十分严格。老威利家和艾克达尔家的空间结构不同，老威利家有着讲究的格局和功能分区，房间在同一层。

戏剧的主要场景是艾克达尔家，它的多层结构主要分为三个部分：雅尔马的摄影室、楼下房客的活动空间和阁楼。在这三个戏剧空间里易卜生为读者和观众勾勒出了幻想与现实的强烈对比。摄影室是雅尔马的工作室，为雅尔马提供了“梦想”的空间。阁楼是老艾克达尔的“森林”，是野鸭的生存场所，更是全家精神生活的寄托。雅尔马把他的家比喻成一座“愁城”(18)，因为生活在此的每个人都像困在阁楼的野鸭一样。老艾克达尔、雅尔马、海特维格和房客莫尔维克在精神上被现实击垮。阁楼的“猎场”之于老艾克达尔，发明家的梦想之于雅尔马，酒精之于莫尔维克，都是用来逃避现实的手段。他们把自己封闭在虚幻的精神空间和建构出来的物理空间里自我疗伤，获得暂时的平静。他们如同困在阁楼中折翼的野鸭，失去了面对现实生活的信念和能力，无法适应虚幻空间以外的真实世界。

当场景移至艾克达尔家以后出现在舞台上的是雅尔马工作的摄影室，瑞凌形象地称之为“生活的幻想”(106)。照片是真实的镜像，但不是真实本身。雅尔马在他的工作室里为他自己构建发明家的身份，这个空间里他不为生存工作，而是获得他自己存在的意义。因此场景设置同样象征着这些人物只能生活在幻象里。幻象使他们逃避现实生活的伦理责任。雅尔马在格瑞格斯家的宴会上内敛怯懦，跟宾客的交流时处处显露尴尬笨拙，他唯唯诺诺地应承，听不懂索尔比太太用“太阳”隐喻升官发财，他羞于承认他的父亲是老艾克达尔。当他向基纳和海特维格讲述宴会的过程时，他将自己描述得正义凛然，不畏强权，机智且游刃有余地应付着众多“爵爷”。雅尔马的谎言不仅为了捍卫在家人面前的尊严，而且他说服了自己，在他的幻想中，他短暂地摆脱了那个平庸、自卑、毫无个人魅力的真实自我，获得了一时的成就感和满足感。雅尔马像心智尚未成熟的孩子一样，易怒、易上当、易受他人摆布，没有主见。瑞凌给他编织了一个发明家的梦想，让他相信灵感终有一天会降临在他的身上。于是雅尔马整日只知埋头苦想，他既没有学习任何的科学知识，也不愿脚踏实地地做摄影师的工作。雅尔马希望依靠他的发明帮助父亲恢复自信，给家族恢复名声以及将来还清老威利的钱，获得最终的尊严，但是他期盼的灵感终将只存在于他的幻想之中。

雅尔马想到海特维格可能不是他的亲生女儿，他的反应是立刻逃离，不知道怎么面对基纳和海特维格，他说：“我不愿意待下去了！我不能待下去了！我一定得走得远远的，不看见这些事儿！”（98）离开后雅尔马没有多久就回到家中。他无法面对家庭以外的现实世界。工作室是他精神的安放之所，在这个环境里，他赋予了自己发明家的身份，给予自己存在的价值。当他的家里同样出现了令他无法承受的事实真相之时，他没有任何空间可以逃避。

阁楼的存在混淆了现实和幻象，它是艾克达尔家的制高点，也是全家人的精神家园。幻象能够给个人提供固定的价值系统，个人以这些价值系统为指导，在无序混乱的现实生活中获得心智上某种有意义的延续性①。阁楼对戏剧中的人物而言是一个玩乐空间，在这里海特维格能够通过阅读获得精神自由，老艾克达尔扮演猎人的角色。当第四幕中雅尔马

---

① Raphael, Robert, "Illusion and the Self in *The Wild Duck*, *Rosmersholm*, and *The Lady from the Sea*," *Ibsen: A Collection of Critical Essays*, Ed. Rolf Fielde, Englewood Cliffs, New Jersey: Prentice-Hall Inc., 1965, p. 120.

要带上老艾克达尔离开时，基纳提醒他要带走的是阁楼里所有的动物，因为老艾克达尔离开它们不能生存。听到海特维格自杀的枪响之后，老艾克达尔“穿着全副军装，正忙着把军刀扣在身上”（119）。瑞凌描述老艾克达尔：

瑞凌　那打熊的老猎人居然躲在漆黑的阁楼里打兔子！老实告诉你，那老头儿在那一大堆乱七八糟的东西里头悠悠荡荡过日子，世界上找不出比他更快活的猎人了。他攒的那四五棵干瘪圣诞树，在他眼睛里跟赫义达那片生气蓬勃的大森林完全一样；那些公鸡母鸡在他看起来就是枞树顶上的大猎鸟；在阁楼里乱蹿乱蹦的小兔就是他这位山中的大猎人必须拼命扑杀的大熊！（107）

在阁楼“打猎”的老艾克达尔找回曾经英勇的猎人身份，赋予他自身现在的存在意义。阁楼是老威利在艾克达尔家建立的另一个世界。除了格瑞格斯想要杀死困在阁楼的野鸭，推翻老威利的权威。剧中另一对矛盾则存在于两位父亲老威利和老艾克达尔之间。在第二幕老艾克达尔说道：“砍了树会惹乱子。砍掉的树会跟你算账。”（42）最后一幕老艾克达尔在众人发现海特维格死时自言自语地说：“（静静地）树林子给自己报仇呢。”（120）全剧老艾克达尔两次提到树林的复仇，而且在两个情境中都看似与其他人物的对话无关。老艾克达尔的言论常被看作丰富且深刻的生态伦理思想，人类若没有善待自然会遭到自然的报复。故事的开场是在布置考究且精致的威利家，“家”是人类经过驯化发展后的文明产物，森林是自然状态下的存在。当场景转移到了艾克达尔家，阁楼是“森林”的替代品，是对自然的效仿，也是伦理社会与自然折中的产物。易卜生在此剧中的阁楼使文明和原始、人的理智和情感之间自由转换，当推开阁楼的门，就可以到达“被驯化的森林”。

树林曾是老艾克达尔与老威利合伙做生意的地方，因此老艾克达尔用树木暗示老威利曾经违背伦理道德，迫害他入狱的罪行。海特维格是老威利的私生女，她为保全野鸭而自杀是冥冥之中自然替他报复老威利。海特维格的死带来的震撼场面触发了老艾克达尔内心的仇恨。他口中的“树林”象征了他自己，他被不光彩的过去以及充满流言蜚语的现实驯化征服。本剧中格瑞格斯对他父亲的仇视不假掩饰，老艾克达尔借树林表明他也不曾释怀老威利迫害他的事实。

阁楼是自由想象的空间，但也有可能导致无理性甚至精神错乱[①]。想象是艾克达尔一家赖以生存的必需品，格瑞格斯强行干涉固然有违道德，但是接受瑞凌的药方，长期生活在想象空间里的艾克达尔一家精神面貌萎靡不振，这也绝非易卜生之意。

瑞凌批判格瑞格斯患了“正直病”，过度自以为是。然而格瑞格斯缺乏的恰恰是直面现实的正直品质[②]。在瑞凌看来格瑞格斯口中的“理想”是经过包装的“外国名词”，换成本国的语言就是“谎话”（107）。瑞凌给雅尔马和莫尔维克使用的药方是“生活的幻想”，即“生活的谎言”。他告诉莫尔维克他是天才，告诉雅尔马他可以做出伟大的发明。他警告格瑞格斯：“如果你剥夺了一个平常人的生活幻想，那你同时就剥夺了他的幸福。”（107）瑞凌的药方与格瑞格斯的追求都是自我欺骗，都是用幻象自我麻痹。瑞凌是医生，本职工作是医治人的身体，莫尔维克是牧师，管理人的精神。

值得注意的是两部戏剧最重要的场景都没有完全以实体形式出现在舞台上。《人民公敌》的观众看不到被污染的浴场。《野鸭》中阁楼只能透过微弱的月光窥视一角，舞台指示为“屋顶上有几扇天窗，晶莹的月光把这间大屋子的有些部分照得通亮，其他部分却罩在黑影里”（44）。《人民公敌》的空间具有开放性和流动性，表现了斯多克芒与各方势力的公开对抗，折射出斯多克芒更为博大的伦理关怀和理想追求。《野鸭》的场景分割出游戏和工作、现实与幻象、社会与自然等多个层次。两个家庭在这些空间里经历的伦理冲突、伦理混乱以及理想幻灭后的伦理悲剧。戏剧人物在不同戏剧空间的行为和心理表现说明了个人真理和自由存在着伦理维度，易卜生表达了他对个人追求真理和自由的行为做出了更加深刻的伦理反思。

---

① Smith，Matthew Wilson，“*The Wild Duck*：*A Play of Play*，”*Modern Drama* 45，1（2002）：14.

② Machiraju，A. F，“Ideals and Victims：Ibsen's Concerns in *Ghosts* and *The Wild Duck*，”*The Modern Language Review* 87，1（1992）：137.

三、真理、自由与伦理选择

《人民公敌》中斯多克芒的绝不妥协是易卜生对真理和自由的坚持，也是他对紧随《人民公敌》之后出版的《野鸭》被当作易卜生戏剧创作阶段的分水岭，是他一系列象征主义剧作的开端。在思想上易卜生也表现了自我批判的倾向。易卜生主义的真正精华是对所有权威的反抗，不仅是他所生活时代的传统习俗，还包括他自己的信仰和主张[①]。将《人民公敌》和《野鸭》对比能够看到易卜生在坚定自我追求的同时完善了真理和自由的伦理维度。

不论他们各自伦理身份如何，斯多克芒和格瑞格斯都是狂热执着的理想主义者。他们站在各自的视角选择以真理为自己的行动准则。斯多克芒牺牲了家人的安稳幸福，妻子多次劝他做决定之前替她和孩子着想，但他毫不为之所动。在斯多克芒掷地有声的坚决态度背后，斯多克芒太太的苦心劝说显得苍白无力。格瑞格斯一手制造了艾克达尔一家的家庭悲剧，但是在过程和结尾，易卜生都安排了与他立场不同却同样有力的声音——瑞凌，以及格瑞格斯的镜像人物莫尔维克。格瑞格斯不是如斯多克芒一般深入敌营的孤胆英雄，而是跟其他人物以及日常生活中的人一般，是一个被审视、批判的对象。

政治自由和民主是易卜生在《人民公敌》中抨击的对象，因为他看到了“多数派”打着自由和民主的幌子统治人民的现实。斯多克芒在全体公民大会上用狗的物种优劣作为类比，批判人们缺乏独立思考的能力。无论斯多克芒或易卜生主观上是否有意为之，这一言论都体现了当时优生学的理论主张。斯多克芒的人物形象高大却不可爱。当斯多克芒为真理和思想自由高呼之时，易卜生清醒地看到理想主义也可能成为另一种口号，也可能造成毁灭性的后果，因此他在《野鸭》中进一步界定了真理和自由的伦理维度。

格瑞格斯提出“理想的要求”基于错误的伦理身份定位。格瑞格斯坚持婚姻要建立在真理之上，不能掺杂丝毫虚假和欺骗。他所谓的理想有伦理前提，即只能在伦理身份合理的情况下才有资格进行判定。格瑞

---

① Brustein, Robert, *Theater of Revolt*, Boston: Little Brown, 1964, p. 48.

格斯把他认定的“理想”当成了一种普适的价值取向，他把自己当作传达神谕的人，带着传教士的使命感试图改造、感化艾克达尔一家。实际上他只是艾克达尔家的“闯入者”，格瑞格斯的伦理身份没有赋予他插足雅尔马家庭事务的权利。雅尔马的婚姻家庭关系以及他们一家的生活方式是他们家庭内部的私事。格尔格斯一厢情愿地逼迫雅尔马面对现实，面对所谓的真理，其实是在干涉雅尔马的家事，也是对雅尔马个人自由的侵犯。真理和自由有范围和程度之分，追求真理和自由的手段是否合理与伦理身份有直接的因果关系。

《人民公敌》中斯多克芒和《野鸭》中格瑞格斯的弥撒形象传递了一个信息，他们都相信个人能够引领人类走向终极命运。然而易卜生在完成《人民公敌》之后显然意识到夸大个人意志的潜在危害，因此才有了与斯多克芒相似却又不同的格瑞格斯。格瑞格斯的自我欺骗荒唐可笑，但是它造成的后果却不能一笑置之。人类的二十世纪见证了这种意志催生出的绝对权力对人类文明的毁灭性①。回溯历史，纳粹主义抬头和第二次世界大战的爆发正是将绝对权力推向极致的结果。当今世界的发展态势也同样值得从这个角度进行批判反思。可见《人民公敌》和《野鸭》的伦理主题颇具启发性、预见性和永恒性。

① Yde, Matthew, “Messianism and the Third Kingdom: Intimations of the Twentieth Century in *Ibsen's An Enemy of the People*,” *Modern Drama* 58,2 (2015): 167.

第四章　伦理选择与伦理秩序建构

本章关注的两部剧作《社会支柱》和《罗斯莫庄》都指涉了各自社会的伦理秩序和伦理传统。两部戏剧的创作时间相隔十二年，反映了易卜生对时代变迁的观察，他就社会伦理秩序如何变革以及个人面临新旧时代伦理冲突时所处的困境等问题有着持续的思考和关注。《社会支柱》是易卜生“社会问题剧”的开山之作，包含了他之后重要作品的主题，奠定了其现实主义戏剧的基础。《罗斯莫庄》则是易卜生创作生涯晚期的象征主义剧作。两部戏剧的艺术手法有显著差别，但都指向了变革中的社会伦理秩序。两部戏剧勾勒出当时社会经济和生产力的发展，外部世界对挪威小镇生活的影响，尤其是新时代对个人思想观念和旧伦理秩序的冲击。两部戏剧的结尾截然相反，《社会支柱》博尼克公开坦诚自己的过错，领悟到“真理的精神和自由的精神才是社会的支柱”①，实现了社会伦理秩序的和平更迭。以《罗斯莫庄》为代表的伦理传统却十分强大，罗斯莫与吕贝克认识到他们在现行伦理道德体系中无法实现自己的道德理想，无法摆脱伦理传统的束缚，建构新的伦理秩序。

第一节　《社会支柱》与伦理秩序更迭

《社会支柱》与《玩偶之家》《群鬼》《人民公敌》同为易卜生的“社会问题剧”，但是无论从学界的研究和关注程度，世界各地剧团对易卜生戏剧的改编和上演次数，还是从受观众欢迎程度来比较，《社会支柱》的影响力都远不及其他三部戏剧。最初《社会支柱》引起了威廉·阿契尔

---

① 亨利克·易卜生：《易卜生文集》（第五卷），潘家洵译，人民文学出版社，1995，第 112 页。此作品引文均出自此译本。此后仅随文标注页码。

对易卜生戏剧的兴趣，但在他将这部戏剧翻译成英文几年之后，他宣称这部“已经平凡无奇和过时的戏剧”对艺术鉴赏力强大、受教育程度高的英国观众而言没有足够吸引力了，他们的注意力已经转移至易卜生的其他更加成熟的戏剧作品①。

《社会支柱》主人公博尼克是易卜生基于现实生活中的人物原型而创作的高度概括性的典型人物②。剧中除了博尼克之外，其他人物形象也都基于易卜生接触过的真实人物。船工渥尼很有可能是易卜生曾经有过一面之缘的激进工人组织领导人马尔克斯·特拉内（Marcus Thrane）；博尼克妻姐楼纳的原型是阿斯塔·汉斯汀（Aasta Hansteen），她同样致力于女性解放事业。剧中的重要细节都取材于现实生活，如当年确有一艘“棕榈号”轮船停泊在格里姆斯塔（Grimstad），并且船主确实常常为了减少损失，明知危险却依然命令腐朽的轮船出海。易卜生于1874至1875年在挪威生活了九个月，对这一饱受争论和质疑的社会现象常有耳闻。1875年7月塞缪尔·普林索尔（Samuel Plimsoll）在英国国会用“谋杀者”和“恶棍”猛烈攻击这些毫无良知的船主，使得此番舆论风波到达顶点③。现实主义所倡导的实证和考证在这部剧中得到了贯彻，对于易卜生同时代观剧的人而言，这部剧的剧情会让他们相信这就是实实在在正发生或已经发生的事情。因此，在当代研究这部戏剧时，我们必须回到当时的历史背景，要考虑它当时的戏剧震撼力和感染力。只有这样才能更好地理解剧中讨论的伦理道德问题究竟如何解释，有何现实意义。

博尼克被尊为“社会支柱”，他是社会的榜样、人民的楷模及支撑社会存在和发展的坚实力量。他既是大商人，掌握一方经济命脉，又可以代外国政府执行领事职务，同时他还被推崇为整个社会的道德模范。通过博尼克就足以了解他身处社会的伦理秩序、人与人之间的伦理关系和整个伦理道德价值体系。剧中博尼克面临的困境和挑战折射出他身处的社会时代背景。

---

① Archer, William, "Introduction to Pillars of Society," *The Works of Henrik Ibsen* Vol. VI., New York: Charles Scribner's Sons, 1911, p. 274.

② 转引自《〈社会支柱〉题解》，《易卜生文集》（第五卷），潘家洵译，人民文学出版社，1995，第3页。

③ Cardullo, Robert J, "The Pillars of Ibsenian Drama: Henrik Ibsen and Pillars of Society, Reconsidered," *Neophilologus*, (2011): 363.

一、新旧世界的伦理冲突

易卜生在《社会支柱》中描绘了一幅以十九世纪欧洲资本主义发展为主题的画卷。主要人物包括了唯利是图的资产阶级，他们对修铁路的态度前后不一，但都以利益为导向。他们推行个人崇拜，道德虚伪、品德败坏，从中反映出旧时代伦理秩序受到新时代各种力量的冲击和影响。剧中表现了包括资产阶级与工人阶级的矛盾、女权主义运动兴起，资本、市场的海外扩张和殖民思想的产生等多层次的伦理冲突。

（一）生产力的发展、阶级冲突和殖民扩张

铁路象征着新时代生产力的发展，是工业化的必经之路，同时它将世界联系得更加紧密。火车是卡尔·马克思所说的用时间消灭空间的典型象征，也是十九世纪现代性的中心标志①。在《社会支柱》中易卜生已然预见技术进步除了使人类文明向前发展，也会导致伦理问题和社会矛盾的产生。故事发生在挪威的一个闭塞偏远的小镇，博尼克和其他几个资本家为是否修建铁路而争论。博尼克谈到兴建铁路的好处时说："修了铁路，大片的森林不就可以利用了吗！丰富的矿产不就可以开发了吗！还有一个瀑布连着一个瀑布的那条大河！总之，对于各种工业的好处简直说不尽。"(26) 典型的保守派人士罗冷对此持有矛盾的态度，他一方面相信博尼克的观点，"咱们这个勤苦耐劳的小城市是建筑在坚固的道德基础上的"(26)，认为他继续在学校和家庭做思想教育，太太小姐们继续做她们的慈善事业，这个社会的道德基础、伦理价值体系就不会发生变化。发生变化的只是外在的工业和经济结构。另一方面，罗冷将外部世界看作一种威胁，不禁怀疑小镇与外界接触更加频繁便利之后，原本的社会风气会受到侵蚀。

罗冷批判现代社会的空虚和腐败，通过下文的描述，罗冷口中的"现代社会"指的是以美国为代表的新兴国家以及新制度和新的思想主张。文中从未有过罗冷曾踏足美洲大陆或造访其他任何"现代社会"的描述，但他却偏执地认为在"现代社会"里"到处都是犹豫彷徨的景象，

① Carter, Ian, *Railways and Culture in Britain: The Epitome of Modernity*, Manchester, UK: Manchester University Press, 2001, pp. 4, 8.

人们心神不安定，社会秩序在动摇，家庭生活给破坏得成了什么样子！瞧瞧最基本的真理受到了多么可耻的摧残！”（10）“要保持社会的纯洁，要小心提防别让这个急躁的新时代强迫咱们采用冒险的新花样”（11）。“最基本的真理”就是社会的伦理道德基础，尤其是家庭伦理。十九世纪以来工业革命给整个世界带来了巨大改变，生产力和生产方式都有了质的飞跃。“新花样”可以理解为适应经济基础产生的新的上层建筑，包括新的伦理关系、价值观念、社会结构。由此可以看出，罗冷的思想保守，以至于他强烈地抗拒以美国为代表的新时代、新社会秩序和新的物质生活，他认为那些新事物会给社会带来动荡不安，主张保持现有的道德体系。

希尔马和渥拉夫对自然世界的强烈兴趣反衬出他们现实生活的索然无趣。不同于罗冷的保守，希尔马言语之中透露出对自然的向往，他说道：“乘风破浪是水手的本行。他们的性命跟海底只隔着薄薄的一层板，那种生活真叫人兴奋——”，“看南美洲的牧人骑着野马在潘帕斯大草原上飞跑那才有意思呢。可是，真可怜，在咱们这种小城市——”（28）同时，他也极富好奇心和探险精神。但由于他的病，他不能远行。剧中年龄最小的渥拉夫对挪威小镇以外的世界，尤其是自然的世界充满好奇。他以一个孩子天真的眼光去看所有的新事物。希尔马提到他看过一篇北极探险的文章，以至于半夜恍惚梦见被一只海象追逐。渥拉夫听到之后立刻兴致盎然，他很兴奋地问询细节。他想打熊、去美国打野牛，跟所有的孩子一样，他的天性使他渴望亲近自然，去一个自由广阔的天地。希尔马却知道：“像许多别的孩子一样，他已经注定了一辈子死守着家不出门。”（15）希尔马和渥拉夫十分热爱美国。渥拉夫甚至不惜违抗父亲，跟船偷渡去见识那里的自由和开阔。可见时代在进步，人们对外部世界的渴望和求知欲更加强烈，一味地守旧显然已经落后于时代的发展。但是陈旧的社会伦理、宗教思想、家庭观念还是传统保守，无法与时俱进地发展。在那个巨变的时代，外部的世界已经在悄然影响当时还十分闭塞的挪威，只是这种影响依然微乎其微。易卜生的创作多次反映出这一点，生产力的发展迫切需要调整生产关系，而落后的道德价值和思想观念成为一股强大的阻力。

希尔马身体孱弱，对事对人的态度十分冷酷无情，对楼纳和约翰充满敌意和嘲讽。他听到他们说话，在一旁不停地说着“嘿”，尖酸刻薄地批判楼纳和约翰："他们决不肯让别人忘了他们是本地第一号人家的亲戚。快瞧！那些从药房里出来看热闹的人都用眼睛瞪着他们，嘴里叽叽咕咕的。我的神经实在受不了。像这种情形我怎么能把理想的旗帜举起来——"(42) 希尔马总说要举起"理想的旗帜"，但他从来没有提过他所谓的理想是什么。希尔马有着殖民思想、战斗欲和征服欲。他向往美国，因为"在美国你可以打野牛，再不就跟印第安人去打仗"(14)。欧洲人踏上美洲土地，对原住民印第安人进行了掠夺、屠杀和驱逐。希尔马认为相比文明的欧洲人，印第安人就是野蛮人。如同他评价博尼克在商业协会上的表现，"听说是个大胜仗，有理性的为公众服务的精神战胜了自私和偏见——这个仗打得像法国人兜拿凯比尔人一样"(67)。凯比尔是北非阿尔及利亚的一个民族，经常受法国殖民者的剿杀。在希尔马眼里，凯比尔人同样也是野蛮落后的民族①。文明人之于野蛮人，无论采用如何不道德的手段，其结果都是帮助他们文明化，这是典型的殖民扩张思想。希尔马在全剧中没有直白地表达过他的理想，但依然能够看到他表现出强烈的殖民倾向性和美化殖民的态度，这与他的理想不无关系。

伴随资本主义经济的发展，资产阶级和工人阶级之间的矛盾也日益尖锐。剧中渥尼是博尼克船厂的工头，也是工人协会的主席，他和资产阶级之间的敌对关系反映出十九世纪在欧洲大陆兴起的工人运动和工会组织已经渗透到了挪威的这个边陲城市。渥尼说："我说的'社会'不是博尼克先生的'社会'。"(9) 由此可见阶级的概念已经深入人心，随之而来的是阶级对立和矛盾冲突。渥尼和博尼克分属不同阶级，他们口中的"社会"是指各自的社会阶级。渥尼站在工人阶级立场，反对用技术代替人工，他说："据我看，社会对咱们也有责任。为什么社会不先训练一批会用新技术的工人，就冒冒失失把科学上的新发明用在工厂里?"(37) 渥尼的诉求体现了十九世纪欧洲工业革命给传统工业结构造成的冲击，机械化生产方式取代传统人力，工人面临失业的危机。技术的现代性在本剧中是历史轴线上的主角②。阶级矛盾是资本主义生产制度的根本

---

① 亨利克·易卜生：《易卜生文集》(第五卷)，潘家洵译，人民文学出版社，1995，第67页。

② Özdemir, Erinç, "The Chronotopic Dynamics of Ibsen's Pillars of Society: The Triumph of Industrialism, or How Drama Becomes History," *Modern Drama* 57, 2(2014):144.

矛盾，博尼克代表的资产阶级只追求经济利益，造成工人失业和这一时期频发的沉船事故。工人处于被剥削的地位，无力改变自身的处境。

渥尼之前拒绝用新机器，加之博尼克的利欲熏心，致使这艘船冒着风险出海。幡然醒悟后的博尼克下令，这艘船必须老老实实地彻底修理。渥尼也主动提出要装新机器。他们双方达成了共识，代表着两个阶级为了完善社会的共同理想而和解。

（二）女性意识的觉醒

全剧启幕时，罗冷在博克尼家为女客们诵读一个“劝人向善”的故事，中心思想是“妇女乃社会之奴仆”（13）。根据舞台指示，女客们忙于针线活计，屋外的街道商铺熙熙攘攘，且罗冷的声音只能使屋里的人偶尔听见一两个词。启幕后观众不是跟客厅的女士们一起听罗冷的故事，而是看到渥尼和克拉普争论社会责任的问题。罗冷讲述的故事内容没有被在场的妇女听进去，也不为观众所知。等罗冷念完之后在场的女性居然都感到深受启发。故事具体内容不重要，它可能只是些陈词滥调。然而，在场的女性人物在没仔细听的情况下都会对这个故事所传达的价值观表示认同，甚至交口称赞。罗冷用浪漫的语言宣扬一种基督教教义式的理想家庭，他的方式隐秘，有如催眠一般消解女性心中的质疑，他说道：“咱们目前抢救的这批堕落的女人好像战场上受伤的军人，你们诸位太太小姐好像红十字会的女护士，给受伤的人摘纱布，用绷带给她们轻轻地包扎伤口，给她们治疗，把她们治好——”（11）太太小姐们的慈善组织名为“堕落妇女进德会”。罗冷所谓的“美德”“堕落”是传统伦理价值观对于女性的定义，并不是真正道德意义上的是非善恶。

棣纳代表了受到精神压迫、有反抗意识的女性。她厌弃太太小姐们对她不自然的态度，太太们让奈达和希尔达以道德榜样的形象出现在棣纳的生活中，以此来“拯救”她，像拯救其他堕落的女性一样。棣纳排斥罗冷和以他为代表的社会公众对她不公的审判，她说：“好像他是我的大恩人，好像我的身份比他矮一截儿。他好像要我明白他在抬举一个下贱女孩子！”（91）棣纳的内心不接受被罗冷和任何其他人另眼相待。剧中棣纳没有表明她对“不守妇道”的母亲心存怎样的情感，但是人们根据她父母的往事肆意评价和看低她，棣纳对此表现出极度反感，她认为：“那些女人真可笑，今天她们给我写信，说我运气怎么好，说他（罗冷）

的气量怎么大，劝我必须知道好歹。”（91）她一直渴望去一个新的地方，自然地生活，堂堂正正地做人。作为没有社会地位和经济来源的女性，她只能依靠婚约正当地离开，但是棣纳希望靠自己的能力在美国立足。她答应和约翰结婚的条件是要自己工作，希望“像你（约翰）似的，做个有出息的人。我要对人家有贡献，不愿意只做个被人家收容的人”（92）。约翰和棣纳的契约建立在自愿平等的基础之上，体现了现代婚姻的契约精神。棣纳具有强烈的独立意识和责任感，她要求实现自我价值。

从美国回来的楼纳与传统保守的中产阶级太太小姐们有着截然不同的伦理价值观。当她还没登上舞台时，鲁米尔太太描述“她（楼纳）是个怪物……她把头发铰得精短，下雨天穿着男人的靴子满处跑”（19）。从外形上，楼纳已然是一个与众不同的女性，而她到美国去以后公开演讲并且出书。启幕后，楼纳出现时的陌生样子让一众太太小姐们避之不及。她“肩膀上搭着背包，穿灰衣服”，一身怪异打扮的楼纳在太太们眼中被看成是马戏团的老板娘。随行的约翰的打扮被太太们看成是海盗。她们急忙让未出阁的小姐希尔达和奈达别看他，仿佛多看这些人一眼，就容易道德堕落。罗冷让女客们回到客厅，关上门窗，拉上帘子，“屋子变成半黑”（30）。罗冷的这一行为有象征意义，屋子里是他带领一群上流社会的妇女组成的“堕落妇女进德会”，传统保守，拒绝接受新事物；屋外却是天气明朗，热闹有生气。罗冷把这些女性封闭隔绝，使得这些女性自己对自己的真实处境一无所知。屋内的黑暗就是她们精神生活的黑暗。进入屋内的楼纳显然不适应，她抨击道：“呸！这些道德衬衣有一股霉味儿——好像死人穿的寿衣。告诉你们吧，我是闻惯了大草原上新鲜空气的人。”（32）楼纳眼中的传统道德观念是过时腐朽的，应该被埋葬的，也是令人恶心窒息的，应该被废除的。

楼纳的出现和棣纳的存在都冲击了这个传统保守的社会所秉持的伦理价值观，尤其是对女性角色的定义。她们是中产阶级太太小姐们眼中的另类。随着剧情的推进，她们都表现出不甘于被传统伦理价值观评判、限制和压抑，呼应了当时女性意识觉醒的时代背景。棣纳对待婚姻和自我价值的看法反映了易卜生创作《社会支柱》时的女性观，即女性要通过男性在社会上立足或实现其社会价值。在这个意义上，《玩偶之家》的娜拉最终离开玩偶之家可以看作剧作家对女性问题有了进一步的认识。楼纳和棣纳最终没有真正成长为彻底的女性主义者，这一点将在本章第三节讨论。《社会支柱》以挪威一个沿海小镇为戏剧故事的发生地，但是从戏剧人物的关系、对话中反映了十九世纪资本主义发展和时代变迁中的殖民问题、阶级矛盾、性别意识等方面的伦理冲突。

二、博尼克的伦理两难

“社会支柱”博尼克的道德品质具有两面性，一方面他是自私自利的大资本家，不计代价保全自己的名声；另一方面，他受到了传统伦理价值体系的限制，要求个人道德完美并且片面地强调个人为社会服务的义务。从博尼克的家庭能够看出，社会的道德标准是家庭要幸福美满。个人的道德名声高于一切，因为它决定了个人的经济活动、政治活动和社会活动。公共领域事业直接进入个人的家庭生活，在易卜生勾勒的社会里“个人不再能够仅仅靠放弃自我主张适应社会。为了生存他必须不断地改变自己直到他不能正常地生存为止”①。博尼克的伦理两难由此产生，他清醒地知道自己对约翰的道德亏欠，但是他一旦承认这一点就无法在社会立足。

博尼克在本地的声望使他拥有本地人对他绝对的信任，他的一言一行都必须让人相信他的无私。事隔十五年约翰和楼纳回到小城后看到的是已经功勋彪炳的博尼克，公园、学校、轮船、煤气厂、自来水厂等基础设施建设都是他的成就。楼纳对博尼克说：“地方上的事情好像都是你一个人办的。”（43）第三幕中博尼克坦承一年前否定修建沿海铁路的计划是因为害怕他的轮船公司利益受损，而现在赞同修建内陆铁路计划，他顺势买下沿途所有的产业，只为利润最大化，“要是那条支线修得起来，我就是个百万富翁；要是修不起来，我就会倾家荡产”（74）。博尼克本质上是一个纯粹的大资本家，为本地基础事业做贡献，也是为了追逐更高的声誉，从而追逐更大的利益。博尼克对此却心安理得地说：“难道你看不出是社会逼着我们采取偷偷摸摸的手段吗？……只有把产业集中在我手里，那一大批靠着这些产业生活的人才能得到永久的利益。”（74）博尼克这类的资本家沽名钓誉，大肆敛财而不为人知。剧中楼纳多

① Lowenthal, Leo, “Henrik Ibsen: Motifs in the Realistic Plays,” *Ibsen: A Collection of Critical Essays*, Ed. Rolf Fjelde, Englewood Cliff, New Jersey: Prentice-Hall, Inc., 1965, p. 141.

次问他对于自己撒的谎是否感到歉疚，博尼克并未表现出真诚的忏悔和自省。他这样评价社会："在咱们这儿，年轻时候做的错事，人家永远忘不了。他们会把我从前干的事一件一件仔细推敲，把鸡毛蒜皮的小事儿全都翻出来，用新发现的材料解释和批评我从前的历史。他们会用谣言和谎话把我压得抬不起头来……我不但要倾家荡产，并且也会身败名裂。"(75) 博尼克的说辞虽然有推卸责任之嫌，将个人过失归咎于客观伦理环境，但是他也指出了人们只能面对虚伪的道德假象，不能接受个人道德不完美的真实面目的社会现实。他的道德缺陷会被歪曲、放大，成为竞争对手攻击他的手段。博尼克的陈述与《玩偶之家》中海尔茂斥责娜拉的言论几乎一致。

博尼克恳求约翰替他承担罪责同样也因为害怕流言。约翰要求博尼克恢复他的清白名声，而博尼克不愿意放弃此时唾手可得的利益，他更不能承受身败名裂的代价。当他得知约翰要随"印第安少女号"出海时，他甚至想过要放任约翰随着他的不可告人的秘密一起沉入海底。他的理性意志和非理性意志相互对抗："(声音低得几乎听不见) 沉下去?""(自言自语)'印第安少女'号——?(很快地) 楼纳，你得拦住他!""(心神不定) 沉下去?"(76) 约翰的生死在博尼克的一念之间。他此时的道德良知和自私自利的侥幸心理进行斗争，但是当克拉普向博尼克汇报，即使沉船也不会留下证据证明博尼克有责任时，博尼克立刻放下心来，命令第二天必须开船。博尼克对约翰的负罪感，他的良心不安只是一闪而过。他不在意约翰的性命，不在意一船水手的生命，而只是在意出事后他自己是否能顺利避过追责。他对克拉普说："我告诉你，我对渥尼的工作很满意。"(78) 渥尼的工作是成功地将"印第安少女"号修饰得看不出丝毫破绽。如果能够不承担任何名义上的责任，他选择在自己明明知情的状况下仍然放任一整船的人丧生，这样一来，他不仅经济上不受任何损失，还能彻底摆脱约翰的威胁。虽然博尼克坚决地下达了开船命令，但是他对于伦理两难的选择仍然是困惑的。他在理性意志和非理性意志之间摇摆不定。第四幕中，当博尼克听到"印第安少女号"出发的声音时，他立刻陷入慌乱紧张，以至于他不愿意面对公众，接受称颂。可见博尼克始终不能完全逃避道德良知的谴责。

在十九世纪的欧洲，"物竞天择""适者生存"为殖民扩张、剥削掠夺和杀戮提供了理论基础的衍变。博尼克和罗冷的对话涉及十九世纪以来殖民扩张、工业化所造成的普遍伦理难题——是不是为了发展和所谓的更多人的幸福，就可以不背负良心和道德的谴责，牺牲少部分人的生命。博尼克用了一些类似伦理学上的“电车难题”作比方，批判了功利主义哲学观点。现实生活状况经常强迫一个人违背自己的道德。无论渥尼及博克尼做出何种选择，他们都会成为不道德行为的同谋，要为牺牲的人负责。如果有人创办工厂或开矿，他必然知道会有工人牺牲，他便以此为借口自我安慰道：“好，这个人事先知道，在他的事业里，迟早一定有人会送命，可是他的事业是为大多数人谋福利，牺牲一条命，好几千人准可以得好处。”(80) 两种选择怎样才是更伦理的选择？博尼克说：“在大国家里，一个人至少还有机会做点有用的事业。在那些地方，人们有勇气为大事业牺牲”，而“要是那几条人命妨碍了几千人的福利，那就不值得顾虑”(81)。这里有两层意思：博尼克认为在多数人的利益面前，少部分人应该做出牺牲，他认为这样的选择合乎伦理道德。《社会支柱》这部戏剧将这个尖锐的问题以戏剧的方式呈现，体现了剧作家对殖民扩张的思想主张有所保留，他并没有无条件地全盘接受“大国家”道德价值取向，而是辩证地看待所谓的“新世界”。当杀戮变成事实，有无辜的人因为某个人或某些群体的利益而被牺牲时，伦理道德过失就已经存在，其性质不因人群的大或小而改变。

虽然罗冷在这个问题上站在博尼克的对立面，但是他不是出于伦理道德的立场，而是出于他陈旧保守的个人伦理观念。他批判和排斥一切“大国家”的价值取向，“看看咱们的船老板多正派！咱们这儿有没有一个老板为自己的小利益牺牲别人的性命？再看看大国家的那些没良心的坏蛋，他们只顾自己发财，把有毛病的轮船一只一只开出去——”(82) 罗冷的看法是偏激且片面的，他没有看到博尼克提出的“大国家”式的伦理选择表面上用少数人的牺牲换取多数人的幸福，实际上只顾全了博尼克自己的个人利益。更讽刺的是，他此刻说到有毛病的轮船，触发了博尼克紧张不安的情绪。罗冷同《群鬼》中的曼德在人物形象上有着相似之处，他们守旧又天真，盲目信任那些将传统道德挂在嘴边的人。易卜生对“大国家”概念有所保留，但对罗冷这类肤浅无知、满口仁义道德的卫道者毫不留情地进行了批判和讽刺。在这部剧中，罗冷除了给太太小姐们输出关于传统女性美德的价值观，并未对剧情的发展、人物的命运有推进或阻拦的作用。然而四年后的《群鬼》中，曼德牧师直接影响了阿尔文太太的伦理选择，而且对孤儿院的烧毁负有直接责任。《社会支柱》中旧时传统的伦理道德力量没有那么强大，在此之后的作品中，易卜生更为深入地探究陈腐的伦理道德观念对个人的精神生活造成的影响以及产生的严重后果。

博尼克的伦理两难充分表现出这种普遍性和社会性的虚伪伦理道德观念给人造成的沉重精神负担，并且表明它已经不适应客观世界的发展。博尼克在谈到“大国家”的时候亦流露出向往之意。第四幕，博尼克道出了传统和过时的伦理价值观在这个封闭的地方能够产生的强大阻力，限制了他事业的发展。他说道：“要是我打算在思想上比别人多迈一小步，大家就会跟我过不去，我在社会上就会失掉势力。人们说我们是社会的支柱，其实我们是什么？我们不过是社会的工具。”(96) 博尼克不是全无良知，他清楚地知道自己犯下的错误，也知道要为犯的错负责。更难得的是，他认识到社会将他塑造成道德榜样并不全然是对他个人道德的认可，他的作用是在庞大的社会机器中充当一个“工具”。他虽然不愿意，但是也必须配合，所以博尼克会为了是否放任约翰坐上“印第安少女号”而陷入伦理两难。

被奉为“社会支柱”的博尼克，他的个人事业就是公众事业，个人选择成为了社会选择。一切经济活动、政治活动、宗教活动都必须打着道德的旗号才能进行下去。博尼克害怕丧失道德威望，是因为他的道德名声决定了一切。通过《社会支柱》可以看出，易卜生已经发现整个人类社会面临一个共同的伦理两难——时代的迅速发展与伦理道德之间的冲突。传统的基督教义和伦理价值体系受到前所未有的冲击。面对发展需付出的代价，包括经济利益甚至是人的生命，应当如何做选择，这是时代对人类文明的考验。客观伦理环境的大局在变化，新时代的力量能够带领旧社会从内部改变，旧的伦理秩序、“社会支柱”会自身逐步瓦解、转变，新的伦理秩序应运而生，逐步确立起来。

三、社会伦理秩序的和平演变

封闭的自然和伦理环境，传统型的家庭结构和伦理道德观念，博尼克所在的小城一直以来沿循着这一传统的社会形态。政治、经济、社会事务交由一个德高望重的人作主，这个人的道德品质完全决定了人们是否可以信任他，而非依靠完整系统的法律规范和管理制度，与当时欧洲大陆较为先进的政治社会形态不同。博尼克的社会评价在第四幕罗冷的演说中可见一斑，他是“模范人物”，拥有“模范家庭”和“高尚品格”，是“社会的支柱、社会的基础”(104)。他的行为被认定为无私是最重要的判定标准，人们对他一切行为的动机都是为他人谋福利深信不疑。博尼克最后的坦白标志着“社会支柱”的倾覆，旧的伦理秩序和平地为新秩序的建立让道。

在罗冷的宣传鼓动之下，群众们对博尼克尊敬而崇拜，博尼克反而变得冷静清醒。他承认：“即使我并不一味只想发财，至少在大部分事情上头我的动机是为争取权力、地位和别人对我的尊敬。”(106) 世上是否有完全无私的、利他的行为动机存在，这也是本剧探讨的重要命题。在博尼克生活的社会，利他行为才被认定合乎道德，这样的伦理道德评价标准本身存在问题，它迫使博尼克不敢以真面目示人。醒悟后的博尼克提议：“……让咱们在今天晚上真正开始一个新时代。咱们要抛弃旧时代，把旧社会的假面子、假道德、假正经和怯懦的劣根性都送进博物馆让大家去展览，当作个教训。”(108) 博尼克自己带头撕下了虚伪的面具，意味着“社会支柱”的倾覆，也即旧伦理秩序的解体。

“社会支柱”和平过渡的一个重要步骤是博尼克提供了令人信服的解决问题方案。他承认独自收购新铁路沿线的全部产业，引起合伙人鲁米尔、维纪兰和桑斯达的不满，也引起了群众的惊讶。但是他立刻提出组建股份制公司，实行股份责任制管理产业，使得资产更加透明，博尼克表示愿意对股东负责。股份制公司是更加现代化的企业经营模式，博尼克用实际行动向新时代迈进。跟公司体制变革一致的是，博尼克也决定接受群众的道德审判。他坦陈：“十五年前我借了这些谣言的力量青云直上，爬到了社会的上层，现在谣言揭穿了，我是不是也跟着下台，这应该让大家决定。”(109) 从经济层面到伦理秩序层面，博尼克都把群众置于更高的位置。他不再充当模范榜样，不再是高高在上的主事者和决策人，而是与人民群众互换角色，奠定了民主的基础。

博尼克在对待儿子渥拉夫的态度上有了重大转变，他不再把渥拉夫当作继承人，而是尊重他的选择，“渥拉夫，你应该做你自己；做了你自己，别的事自然就有办法了”(111)。渥拉夫是他的下一代，他之前的观念是渥拉夫接手他的事业之后，等待真理时代的到来。经过一番精神洗礼，博尼克认识到他的事业建立在欺骗虚伪的谎言之上。博尼克自己也是从母亲手中接手公司，他利用谣言拯救了濒临破产的公司。不仅如此，他还放弃楼纳转而向贝蒂求婚。作为独生子，博尼克当初将自己定义成公司的接班人，从而为了延续家族产业被迫撒谎骗人。如果他没有主动改变现状，渥拉夫以及子孙后代也只会就此循环往复，他期待的真理也就不会出现。博尼克要渥拉夫面对真实的自我，先自然地做自己再考虑事业。真理的基础是人的真实。

博尼克的女性观也发生了颠覆性转变。楼纳说："你的社会在本质上是单身汉的社会，你眼睛里看不见女人。"（112）当他能够诚实地承认过错之后，他加深了对妻子的理解，对楼纳多了一份尊重和信任，看到了被他长期忽视的妹妹马塞，甚至说出"你们女人是社会的支柱"（112）。在此之前，从博尼克与妻子贝蒂的相处能够看出，博尼克的思想仍然受制于伦理传统。博尼克在剧中是父权的象征，他身上集中了家庭和社会的绝对领导权。剧终博尼克与家人实现了真正的沟通融合，他的家庭不需要再靠外部装饰来制造完美家庭的幻象。博尼克的阶级观、女性观、道德观的全面转变说明以传统伦理秩序和道德体系为支柱的社会根基发生了动摇。新时代的生产力和生产关系变革在强力地冲击旧时代。人们应当主动地接受并且调整社会形态，建构新的伦理秩序，以适应时代的发展，同时改善人自身的物质生活和精神生活状态。

易卜生极富诗意地在剧中安排了两艘即将出海的船。修补完成的"棕榈号"搭载着约翰和棣纳顺利出发。"印第安少女号"在剧中象征着旧社会，外表看起来完整光鲜，内里却破旧不堪，随时都有沉船的危险。博尼克对渥尼说："我给你的期限太短了，那条船必须彻底大修理。"（111）"印第安少女号"是戏剧中的隐喻，暗示了社会这艘大船的痼疾时日已久，必须痛下决心根治。适宜远航的"棕榈号"出海而"印第安少女号"被留下整修，《社会支柱》反映出易卜生对伦理秩序的和平改良持乐观的态度，因此才有全体群众朝着他山呼"万岁"。但是到了《人民公敌》的公民大会上人们呼喊"万岁"的对象不再是某个人，而是民主。易卜生不再把具体的个人或群体当作社会进步的阻力，而是口号。人们没有理解真正的民主，而是被别有用心的人误导，对民主产生错误的理解。《人民公敌》中没有当权者站出来主动承认错误，有的只是群众对斯多克芒的攻击和声讨。

除了表现理想主义的社会变革方式，《社会支柱》在结局上的处理不尽如人意，尤其是博尼克的突然转变难以令人信服。他一直视名誉如生命，却主动坦白罪过，承认自己并非人们眼里的“社会支柱”，这种行为无异于亲自毁掉他一直想保护的名声。在剧情发展到最后关头，这个家庭大和解的时刻，也是本剧最终的道德见解呼之欲出之时，观众满怀期待的是“易卜生式愤世嫉俗”，如《野鸭》中瑞凌医生一针见血地批判雅尔马装腔作势，或如《玩偶之家》和《群鬼》在剧末揭露出严酷现实，但是博尼克没有达到近似的高度，说明他的觉醒之路依然漫长①。直到剧终博尼克对于真理和自由的认识仍然粗浅。尽管如此，易卜生一直坚持的信仰在《社会支柱》中已然初露端倪——人的思想变革要先于社会变革。

第二节　《罗斯莫庄》中的伦理身份与伦理环境②

《罗斯莫庄》（1886）是挪威戏剧家易卜生晚期创作的一部象征主义剧作，在戏剧结构、修辞和人物塑造等艺术层面具有鲜明的特点。易卜生运用他擅长的回溯法巧妙地变换戏剧视角，使得《罗斯莫庄》成为他所创作的最为复杂的戏剧作品③。除此之外，戏剧还通过人物和情境的结构性重复突显出人物的个性和心理，同时增加了戏剧情节的复杂性和紧凑感④。《罗斯莫庄》的艺术表现与道德思想表达之间的深层关系也受到学界的关注，尤其是含混（ambiguity）和矛盾（ambivalence）等修辞手法的运用。在易卜生晚期戏剧中，含混使剧作家不必表明立场，戏剧的艺术不必服务于“教导、灌输或说服”读者/观众的目的。⑤ 在这个意义

---

① McFarlane, James, *Ibsen and Meaning*, Norwich: Norvic Press, 1989, p. 236.

② 本节以标题“乌托邦式的道德想象：《罗斯莫庄》中的伦理身份与伦理环境”发表于《外国语文研究》2022 年第 3 期，第 48-56 页。

③ Van Lann, Thomas F, “Art and Structure in *Rosmersholm*,” *Modern Drama* 6, 2(1963), p. 151.

④ 剧的结构性重复体现在由海尔赛特太太启幕和收尾、除第二幕之外的每一幕都由海尔赛特太太和吕贝克开启，以及人物的无意识回想和台词的重复等方面。详见 Marvin Carlson, “Patterns of Structure and Character in Ibsen's *Rosmersholm*,” *Modern Drama* 17, 3 (1974): 267-275.

⑤ Van Lann, Thomas F, “Art and Structure in *Rosmersholm*,” *Modern Drama* 6, 2 (1963), p. 150.

上，易卜生的晚期戏剧（包括《罗斯莫庄》在内）不像他的中期“社会问题剧”一般具有明确道德指向，但这并不意味着易卜生的晚期剧作消减了对伦理和道德问题的关注。西奥哈里斯认为易卜生的诗性语言是道德表达的方式，他指出：“与易卜生以往的剧作甚至是整个十九世纪的戏剧相比，《罗斯莫庄》中的道德分析投入了更多情感和伦理的修辞力量。”[①] 剧作家将含混和矛盾用作嘲讽手法来展现剧中人物的道德缺陷，但又传达出易卜生对欧洲社会的未来抱有一丝希望；在人物塑造方面，罗斯莫和吕贝克都具有双重性，既有易卜生早期浪漫主义剧作的崇高感，又有现实主义戏剧人物的反讽性。[②] 总体上，学界深入研究了《罗斯莫庄》在戏剧美学层面使用的艺术手法，也重视戏剧的艺术呈现与道德表达之间的密切关系。本文将直接从作品的伦理问题入手，通过对罗斯莫和吕贝克的道德想象和身份问题的考察，探索了个人追求思想自由和解放的过程中伦理环境究竟如何产生作用。

一、罗斯莫的道德想象与身份定位

易戏剧场景在易卜生的剧作中通常具有重要意义。易卜生或通过调动环境因素来衬托人物形象（如《海上夫人》），或利用戏剧场景来突显矛盾冲突（如《群鬼》）。然而，他在《罗斯莫庄》中营造的环境不单单是人物置身的外部空间，更是一种伦理现场。戏剧发生在位于挪威西海岸古老的罗斯莫庄，它承载了历史悠久、声名显赫的罗斯莫家族世代奉行的基督教伦理传统。主人公罗斯莫作为家族的继承人，他的伦理身份就是伦理道德体系的一部分。后来他承袭了牧师一职，更加决定了他对维护传统的道德秩序负有不可推卸的伦理责任。

《罗斯莫庄》的戏剧冲突与当时的社会背景有着密切关系。启幕时，主张推翻旧传统、建构新秩序的激进派与维护伦理传统的保守派之间已是势如水火。他们都在积极争取罗斯莫的支持，为自己争取政治砝码。两派都需要依仗罗斯莫家族“历代相传的家世名望”。[③] 罗斯莫的伦理身

① Theoharis, Theoharis C, *Ibsen's Drama: Right Tradition and Tragic Joy*, New York: St. Martin's Press, 1999, p. 95.

② Chamberlain, John S, "Tragic Heroism in *Rosmersholm*," *Modern Drama* 17, 3 (1974), pp. 277-278.

③ 易卜生：《易卜生文集》（第六卷），潘家洵译，人民文学出版社，1995，第143页。本书中对《罗斯莫庄》的原文引用均出自此译本，此后仅随文标注页码。

份和道德立场成为这场争夺的焦点。

在“思想解放”的女主人公吕贝克的引导之下，罗斯莫确立了追求思想自由和解放的道德理想，并且为了这个理想背叛了他的宗教信仰，放弃了他的牧师身份。鉴于身份的特殊性和重要性，罗斯莫的决定对现实的伦理和政治局势有着深远的影响。第一幕中，保守派代表克罗尔来到罗斯莫庄试图劝服他的内弟罗斯莫在他与新兴激进派的政治斗争中公开支持他，罗斯莫却坦诚自己已经有了新的理想，不愿卷入当前的政局。他们就罗斯莫的身份和责任问题争执不下：

> 克罗尔　罗斯莫，然而你对于祖宗的传统有一种责任！你要好好记着！从古以来，罗斯莫庄好像是一座宣扬道德秩序和遵守上等社会一切信条的大本营。本地人都学罗斯莫庄的榜样。如果大家知道你已经抛弃了我所谓罗斯莫庄的传统思想，社会上就会发生不可补救的惶惑混乱。
>
> 罗斯莫　克罗尔，我的看法跟你不一样。罗斯莫家族世世代代是个黑暗和压迫的中心，所以我觉得我应该刻不容缓地在本地散播一点光明和快乐。(169)

这段对话中，克罗尔用直接、严厉、沉重的语言指责罗斯莫完全背弃了他的伦理身份，并且告诫罗斯莫这一伦理选择可能会导致灾难性后果。克罗尔的出发点虽然是他个人的政治利益，但也点明了罗斯莫面对的难题是他的个人选择违背了他与生俱来的伦理身份所决定的伦理责任。罗斯莫庄是现行伦理秩序的载体，作为“一座宣扬道德秩序和遵守上等社会一切信条的大本营”，它在社会生活的方方面面有着道德榜样作用。剧中克罗尔不断提醒罗斯莫他本应继承的家族使命和伦理责任。在这一点上，他与政敌摩腾斯果的立场一致。无论是保守派主张维持现状，还是激进派主张推翻现行制度，都不能脱离传统的伦理价值体系。罗斯莫习惯性地用诗意的语言应对克罗尔的诘责，回避了他的身份问题。他不认同克罗尔将罗斯莫庄比作“大本营”一般的道德榜样，而是从个人的内在感受出发将它形容为“黑暗和压迫的中心”，赋予它神秘浪漫的色彩。他用隐喻的修辞手法来形容个体生活在传统的伦理环境之中受到的精神桎梏，间接地表明他对罗斯莫庄所代表的伦理传统持否定态度。他认为他的责任是“散播一点光明和快乐”，即改变伦理环境，确立新的伦理价值体系。罗斯莫没有正面回应克罗尔对他身份的质问，但是他对自身伦理责任的重新认定说明他已经背弃了他与生俱来的家族继承人身份，试图进行新的身份定位。

罗斯莫主张自我解放和思想自由，即个人先于政治制度、宗教权威和伦理道德。他的理想世界以道德至善为基础，人人都有着一致的理想和目标来驱动自身的情感和智力得到最大程度的发展，从而获得最大程度的幸福。他的构想是一旦理想达成，“到那时候，过日子多快乐！世界上不再有恶意的争夺，只有善意的竞赛！大家的眼睛集中在一个目标上！每人的智力，每人的意志，都顺着天赋的途径各自努力前进，努力向上。大家有幸福——从大家身上得到幸福”（190）。这种幸福要“从大家身上得到”，从而人人得以拥有。它既是目标，也是一种基于利他原则的道德要求。罗斯莫的理想世界带有乌托邦色彩，他在其中的身份定位十分明确，他希望成为这个世界的引导者。因此他必须首先以身作则，成为这个乌托邦世界的道德榜样。他自我认定的伦理责任则是引导其他人确立一致的目标，从而实现自身的价值，使他人获得幸福，最终让自己得到幸福。但是他在说完这番话之后很快话锋一转，感叹道：“（无意中向窗外看了一眼，吃了一惊，伤心地说）唉！从我身上却得不到幸福。”（190）窗外是碧爱特自杀的水沟，在海尔赛斯特太太和其他人的渲染之下，故去的碧爱特以及罗斯莫家族的先人化身为象征死亡的“白马”，仍然影响着活着的人。窗外的水沟时时提醒着罗斯莫对家族负有的伦理责任，也是直指罗斯莫内心对碧爱特的死亡有着无法弥补的道德负罪感。原本罗斯莫渴望的“幸福主要是宁静快乐、清白纯洁的心境”（191），这种心境要求道德的无瑕。他意识到自己无法成为道德榜样，因此他的身份定位实际上无法实现。

罗斯莫的道德理想体现了个人主义思想倾向，与他身处的伦理环境格格不入。一方面，他的理想信念不同于任何现存的思想主张或宗教教义，他拒绝与现有的任何政治派别为伍。另一方面，他理想的幸福是个人从内部自发地认同并追求道德至善而获得的结果。在同一个目标的指引下，人与人之间不存在根本利益冲突，从而进入一种完全平衡、稳定的社会形态。正如乌托邦不需要政治或立法来管理，是一种“停滞的完美”（static perfection）和“完美的停滞”（perfect stasis），与进步

(progress) 和解放 (liberalism) 相对，乌托邦可以看作是进步的目标和结果[①]。罗斯莫将“幸福”定义为“宁静快乐、清白纯洁的心境”，主张个人追求自身内部的一种乌托邦式的平衡状态。现实的情况却与他的道德理想之间存在巨大差异。以克罗尔为代表的保守派和以摩腾斯果为代表的激进派之间矛盾已经激化并且愈演愈烈，党派之间的政治斗争已然渗透进了校园和家庭，造成了社会的严重撕裂。无论是激进派还是保守派都不惜以最猛烈、最恶劣的语言和手段攻击对手。克罗尔自己与子女和妻子因政见不和而决裂，他甚至不惜以亲妹妹碧爱特之死来威胁罗斯莫加入自己的政治阵营。身为政敌的摩腾斯果也同样如此。在此情形下，罗斯莫既没有更为强大的力量与相互争斗的两派政治力量进行对抗，也没有提出切实可行的方法来调和化解现有的社会矛盾。放弃宗教和家族身份对于他实现道德理想而言没有任何实际效果。他的选择不仅没有触及伦理传统的根基，无法改变现实的伦理环境。罗斯莫在剧中多次表达了他想要改变现行伦理价值体系的决心和渴望，但是他惯用的隐喻修辞折射出这一理想本质上是乌托邦式的道德想象，体现出虚无的不确定性。罗斯莫的个人理想与他自身的伦理身份以及伦理环境之间存在着本质冲突，他自始至终无法明确提出达成目标的具体路径和方法，因此他的理想只能成为一种乌托邦式的道德想象。

二、罗斯莫和吕贝克的身份危机

从剧情发展来看，罗斯莫做出改变伦理身份的伦理选择是整部戏剧动作的起因。在这一关键问题上，吕贝克起到了至关重要的作用。她使罗斯莫相信，要实现这个超脱的理想首先必须将自己从伦理传统中解放出来，所以他必须要放弃他的牧师身份以及脱离与碧爱特的传统婚姻。站在保守派克罗尔的立场，罗斯莫是“不信宗教的男人”，吕贝克是“思想解放的女人”。当他们意识到自己根本无力摆脱伦理传统，无法超越现实的伦理环境时，他们双双陷入了严重的身份危机。

罗斯莫在吕贝克的影响之下先是放弃了作为牧师的伦理身份，确立了他的个人主义理想。他还在碧爱特病重之时与吕贝克暗暗产生了情愫，

---

① Beauchamp, Gorman, “Changing Times in Utopia,” *Philosophy and Literature* 22, 1 (1998), p. 221.

背叛了他的婚姻。然而罗斯莫的伦理选择不是他内心的思想信仰发生彻底转变而自主做出的选择，而是在吕贝克的引导下完成，他并没有如他自己所希望的那般深信不疑。在第一幕中，吕贝克的主要戏剧任务是让罗斯莫向保守派克罗尔公开宣布他已放弃传统基督教伦理。罗斯莫不停地延宕，在以吕贝克和克罗尔为代表的两股相反的力量作用下仿佛陷入一种“精神瘫痪”状态[①]。他面对克罗尔时展现出的犹豫、迟疑甚至胆怯都表明罗斯莫无法解决他的伦理身份问题。他声称自己改变了信仰，他做出这个伦理选择也就是意味着否定自己原有的伦理身份，同时又无法真正成为他的乌托邦理想中的道德榜样，因此产生了强烈的身份焦虑。

克罗尔和摩腾斯果为了争取罗斯莫的支持，都利用碧爱特自杀的真实原因来引起他的道德负罪感，迫使罗斯莫恢复原本的伦理身份，加入他们各自的政治阵营。根据第二幕中罗斯莫的回忆，碧爱特死于精神错乱。她是一位思想观念传统的妻子，因为不能生育，无法完成作为妻子的伦理责任而深感自责。长期的精神抑郁使她无比痛苦，最终不堪重负选择自杀。罗斯莫起初矢口否认他对碧爱特怀有任何愧疚，他说：“我想起了碧爱特，心里只有一片平静的柔情。”（138）克罗尔则暗示罗斯莫和吕贝克的情愫是碧爱特自杀的导火索。根据克罗尔的叙述，碧爱特曾向他预言了自己的死亡：“我是活不长的人了，因为约翰尼斯必定马上跟吕贝克结婚。”（166）克罗尔让罗斯莫相信碧爱特生前已经察觉了他对婚姻的背叛。摩腾斯果拿着碧爱特死前的一封信威胁罗斯莫，试图改变罗斯莫的立场。碧爱特在信中惊慌失措地说出她想象中可能对罗斯莫不利的传言，一是他背弃了信仰，二是罗斯莫庄有着“造孽的勾当”，暗示了罗斯莫对家族使命和婚姻的不忠。从事后罗斯莫的选择来看，碧爱特的担忧有着充分的合理性。

克罗尔和摩腾斯果成功地用碧爱特触发了罗斯莫的身份焦虑，引发了罗斯莫的身份危机。一直以来，罗斯莫深知自己与吕贝克的关系暧昧不明，他不能坦然面对外界对于他们之间关系的揣测。在外人面前罗斯莫称呼吕贝克为维斯特小姐，刻意疏远他们之间的关系，而他习惯私下直接唤她的名字或者是昵称“亲爱的”，以至于在与克罗尔、摩腾斯果谈

---

① Carlson, Marvin, “Patterns of Structure and Character in Ibsen's *Rosmersholm*,” *Modern Drama* 17,3 (1974), p. 268.

话的过程中多次临时慌乱改口叫她“维斯特小姐”。罗斯莫下意识地掩盖他与吕贝克之间的亲密关系，说明他极为看重伦理身份的合法性。这也从侧面反映出罗斯莫仍然认同传统的伦理道德观念，所以碧爱特之死对他产生了重大影响。碧爱特不是因为精神失常，寻求解脱而自杀，而是因为她察觉了罗斯莫与吕贝克之间不寻常的关系，预见了罗斯莫即将背叛家族身份和他们的婚姻，在神智清楚的状况下绝望自杀。罗斯莫自以为他已经从婚姻、伦理传统和他的伦理身份中解放出来，但是重审碧爱特的死因让他认识到自己对此负有不可推卸的责任。他的道德负罪感无法得到救赎，从而无法成为真正的道德榜样。

伦理环境对个人思想和精神的渗透性影响在吕贝克的身上体现得尤为显著。吕贝克一直强调她是自由的人，但是克罗尔引导她回忆与她的生父之间的乱伦关系对吕贝克产生了强烈的冲击。吕贝克能清楚地意识到自己违反了伦理禁忌，说明她已然产生了深刻的伦理意识，并且认同了现实的伦理价值取向。她不但没有改变或超越罗斯莫庄所代表的伦理传统，反而被它潜移默化地影响。她的自我认知被颠覆，同样陷入了身份危机。

吕贝克出生在未受到基督教伦理规范深度影响的挪威北部，她身上有着原始的野性，代表了自由意志作用下人类的初始状态和本能属性。整个剧目没有明确交代她是如何来到罗斯莫的身边，只有第三幕中克罗尔暗暗提示了吕贝克进入罗斯莫庄的经过。她先“迷住”碧爱特，让碧爱特对她的感情从“近乎偶像崇拜”发展为“一种无可奈何的热情”。用文学伦理学批评的方法来看，这股“热情”可以理解为在吕贝克的影响下，碧爱特一时不受理性意志的支配，任由自由意志作用而产生的情感。克罗尔甚至还说：“你想迷人的时候谁能不被你迷住呢?”（195）暗示自己也曾受到吕贝克的“迷惑”。虽然出于政治目的，克罗尔可能有意将吕贝克妖魔化，但吕贝克对碧爱特施加了精神干扰，加重她的心魔，以及逐渐让罗斯莫动摇自身信仰和政治立场并不是克罗尔的主观幻想，吕贝克自己也没有否认这些事实。可见克罗尔认定吕贝克身上有着异于传统罗斯莫庄的形象气质并非没有客观依据。

吕贝克一直自称“思想解放”的人，自认为没有传统伦理道德观念，更加不受其约束。但是当克罗尔不断暗示她与养父维斯特之间其实是血亲，她事实上可能同时触犯了乱伦禁忌和弑父禁忌时，吕贝克立刻紧张起来。为了掩饰自己慌张的真实原因，吕贝克用她介意大龄未婚以及私生女的身份作为借口，却被克罗尔点破了她的自相矛盾。吕贝克的反应充分说明她并非是自我认定的“思想解放”、只受到自由意志支配的人。她本能的自由意志被僵化、墨守成规的社会瓦解，也被触犯乱伦禁忌而产生的道德谴责摧毁①。乱伦禁忌是人类完成伦理选择，获得伦理意识之后产生的最重要的伦理禁忌，是人的理性意志对本能加以控制的结果，体现了人类文明的进程②。除了乱伦禁忌，剧中吕贝克数次谈论到碧爱特之时联系到她的父亲维斯特，暗示了她可能对维斯特的死也负有责任③。这样一来，吕贝克同时犯下了弑父的伦理禁忌。她的强烈反应说明她在罗斯莫庄的伦理环境影响下已经获得了伦理意识，双重伦理禁忌彻底引发了她的道德负罪感。她发现“罗斯莫庄消蚀了我的力量。我从前那股勇往直前的意志被人铰短了翅膀”(212)。她原本强大的自由意志逐渐受到理性意志的控制，她身上原始野性的个人品质逐渐与罗斯莫庄所代表的伦理传统融合。吕贝克在意识到这一点之后呈现的失控状态反映了她的自我认知彻底被颠覆，陷入了无法建立自我认同的身份危机。

罗斯莫和吕贝克的道德理想与现行的基督教伦理价值体系截然不同，它不是改良式的理想，而是对传统的反叛和颠覆。他们双双陷入严重的身份危机使他们意识到自由解放的道德理想是一种乌托邦式的道德想象，不具备现实伦理基础，他们无法超越现实的伦理环境。

三、伦理环境与伦理身份

剧中的罗斯莫庄不仅仅是故事发生的地点，或是人物置身的场所，而是承载了一套完整伦理道德体系的实体存在，是一个完整、封闭的伦

① Stanton, Stephen, “Trolls in Ibsen’s Late Plays,” *Comparative Drama* 32, 4 (1998-1999), p. 544.

② 聂珍钊：《文学伦理学批评导论》，北京大学出版社，2014，第 261 页。

③ 弗洛伊德在《精神分析工作中遇到的几种性格类型》（“Some Character-Types Met with in Psycho-Analytic Work,” 1916）一文中将吕贝克的道德负罪感归因为乱伦，但也暗示了她助导父亲维斯特之死也可能是她负罪感的起因，学者 Yael Greenberg 详细解释了后者。参见 Yael Greenberg, “The Hidden Architecture in Ibsen’s Rosemersholm,” *The Modern Language Review* 89, 1 (1994): 138-148。本章无意论证哪种原因更为重要或起到主导作用。从文学伦理学批评的角度，乱伦禁忌和弑父禁忌都是重要的伦理禁忌，对吕贝克的伦理意识形成和觉醒都有根本性的作用。

理环境，具有塑造和影响人物心理和言行的道德力量。罗斯莫家族的先人以及罗斯莫的亡妻碧爱特都化身为“白马”始终伴随着人物，影响他们的一言一行。“白马”象征了故去但没有离去的人，这一哥特式元素强化了外部环境与身处其中的个人之间的交互关系。根据女管家海尔赛特太太的说法，“从来没有人听说过，罗斯莫庄的孩子会哭”，“世世代代都这样。还有一桩怪事呢，孩子们长大了也从来不会笑。他们一辈子不笑”(188)。罗斯莫家的孩子没有正常人的情感表现和共情能力，如同无法破除的家族诅咒一般，充满神秘、超自然和离奇的色彩。海尔赛特太太的形容强调了以罗斯莫庄为代表的伦理传统对身处其中的个人有着严格的规范要求。由于罗斯莫家族的社会威望，生活在这里的人必须以守护基督教正统伦理道德和伦理秩序为行为准则，“人家说，这件事是从罗斯莫庄开头的，后来好像传染病似的就散布出去了”(188)。这种传统伦理道德体系和宗教信条渗透在各个方面，世世代代影响人的精神意志。

伦理身份作为人在社会中的标识，必须存在于一定的伦理环境之中，受到相应的道德规范约束。伦理身份除了身份主体的自我认同之外，也有赖于他人的认同。吕贝克来到罗斯莫庄之后，尽管她诱导碧爱特自杀，成功将罗斯莫从传统的婚姻中解放出来，但是她自己却在同样的伦理环境中被动地接替了碧爱特的伦理身份。在第一幕中，罗斯莫向吕贝克求婚便立刻遭到她的拒绝，因为传统的婚姻是罗斯莫庄所代表的传统伦理价值体系中的重要部分。吕贝克清楚地知晓她是如何将罗斯莫从他与碧爱特的婚姻中解放出来，如果接受了罗斯莫的求婚，与他建立起伦理传统框架下的婚姻关系，她就背离了初衷，并且她“改造”罗斯莫的成果也就宣告失败。这种形式上经过伦理传统认定的婚姻关系违背了他们所信仰的乌托邦式的道德理想。

但是第一幕中的不速之客布伦得尔称呼她为“太太”，以旁观者的视角确立了吕贝克作为罗斯莫庄事实上的女主人。克罗尔和海尔赛特太太对待吕贝克的方式都使得吕贝克自己在不知不觉中已经确认了罗斯莫妻子的伦理身份。启幕时吕贝克坐在罗斯莫庄的起坐厅“编织一幅将要完工的白毛线大披肩”(131)。编织是传统的女性活动，吕贝克的初次亮相就是以典型的传统女性的形象出现在舞台上。在碧爱特死后她取而代之打理罗斯莫庄，以女主人的身份试图改造这座古老的庄园。她在屋内摆满鲜花，给罗斯莫庄固有的庄严、肃穆、沉闷的气氛增添一丝鲜活的生命力，也更加突显出她作为女主人的身份。克罗尔进屋后的感受是“这间旧屋子收拾得焕然一新了”(133)。她对屋子的装饰是她为改变伦理环境所做出的努力，但是鲜花只能起到短暂的点缀作用，没有对屋子的结构、陈设、布局做出根本性的改变。这喻示着吕贝克给罗斯莫以及罗斯莫庄带来的改变只是暂时的、表面的、非实质性的。比起吕贝克的鲜花装饰，罗斯莫家族先人的画像一直挂在屋内显眼的位置，代表着罗斯莫庄的家族传统、名望和历史以这种更加直观且固定的形式存在。身处其中的吕贝克自然而然地受到伦理传统的规约，并体现在她的思想和行为上。虽然吕贝克仍然有别于碧爱特式的传统女性，但是罗斯莫的伦理环境要求她并且已然成功地将她塑造成了一位符合伦理传统的妻子。

罗斯莫和吕贝克最终选择自杀被习惯地解读为他们经过爱情的洗礼之后道德境界得到升华，这一结局具有崇高的悲剧美感。罗斯莫和吕贝克最后没有经过宗教或法律的权威认定，没有依照伦理传统来定义彼此的身份，而是通过对方的认同以及自我认同重新确立一种关系，完成了新身份的建构。在新的关系中，他们不是自我和他者，而是既各自为主体，相互之间又是不可分割的整体，用罗斯莫的话来说，“咱们是一个人”(223)。他们用死亡的方式完成了对伦理传统的反叛，在某种意义上达成了他们的理想。然而全剧并没有停留在罗斯莫和吕贝克自杀所产生的震撼之美，而是以海尔赛特太太的视角收尾。她将看到的这一幕解读为“去世的太太把他们抓走了”(224)，即罗斯莫和吕贝克被“白马”象征的伦理传统吞噬，用哥特式的隐喻消解了他们自杀的悲剧所达到的崇高之感。海尔赛特太太的解读不仅代表她个人，而且是代表了传统伦理道德体系对罗斯莫和吕贝克这一行为的价值判断。她的“小资产阶级的浅薄卑鄙”不足以理解罗斯莫和吕贝克做出这一选择的真正价值和意义，只是在用“自以为是的正义而非同情”来进行评价[①]。全剧以她的台词结尾更加强调了传统伦理道德体系的根深蒂固，个体的力量不足以动摇，毋宁说实现根本性改变。

值得思考的是，这个结局是否意味着易卜生自身的伦理思想发生了转向，一改之前在社会问题剧中对家庭伦理和宗教伦理的彻底批判态度？

① Durbach, Errol, " Temptation to Err: The Denouement of *Rosmersholm*," *Educational Theatre Journal* 29,4 (1977), p. 478.

从戏剧结构上看，这种“引诱读者/观众产生误解”的讽刺性收场是从索福克勒斯至T. S. 艾略特的戏剧中反复使用的传统结构，读者/观众经过这样的“测试”之后实现精神的升华①。从整部剧目的呈现方式来看，罗斯莫庄所代表的传统基督教伦理体系并不是易卜生所称颂的。易卜生赋予它神秘、黑暗、死亡诅咒的萦绕等哥特文学彩色，展现了它对个人精神的压抑和思想的束缚。正因为它深植于个人的内心，它已然被内化为个人理性意志的重要组成部分，影响并支配着个人的思想观念和伦理选择。易卜生在《罗斯莫庄》中深入探索了伦理环境与个人的伦理身份和伦理选择之间的复杂关系。罗斯莫和吕贝克乌托邦式道德想象的幻灭说明，思想自由和自我解放不能只凭个人主观意念的转变或某一立场的变更，更不是一蹴而就的伦理选择，还应该具备现实伦理基础。在这一意义上，如何实现自我解放、如何处理伦理传统与个人理想之间的关系，正是易卜生的《罗斯莫庄》留给世人深思的一个重要伦理问题。

第三节　过去与未来：伦理秩序的倾覆与建构

本章关注的两部剧作都探讨了人应该如何走出过去，活在当下，面向未来。剧中人物都面临如何处理过去与现在的关系问题。与《玩偶之家》和《群鬼》等其他现实主义剧作稍有不同的是，易卜生在创作《社会支柱》和《罗斯莫庄》两部作品之时都是在经历了长期的海外生活之后重新回到挪威，远离故土之后他对挪威的社会现实有了更加深刻和客观的认识。易卜生在书信中写道：

> 对我来说要在挪威永久定居下来是几乎不可能的。呆在其他任何地方都比呆在挪威更让我有家的感觉。一个具有成熟心智的人，不会再满足于古老的民族观念。
>
> 我们再也无法让自己对我们所属的政治共同体感到满意。我相信民族意识正处于消亡的边缘，并将被种族意识所取代。至少，这是我自己经历过的一种进化。我最开始的时候感到自己是一个挪威

① Durbach, Errol, “Temptation to Err: The Denouement of *Rosmersholm*,” *Educational Theatre Journal* 29,4 (1977), p. 480.

人；后来我发展成为一个斯堪的纳维亚人；而现在我达到了条顿主义①。

易卜生在创作过程中不断自我批判和反思，对身份问题的认知不断深化。十九世纪的殖民扩张和殖民统治使得全世界有了前所未有的密切联系，随着殖民的愈演愈烈，民族和身份的问题也日益尖锐。久居德国和意大利的易卜生看到了外部世界的变化，也对自己的民族、身份等问题产生了思考。易卜生的思想中一直存在无政府主义。易卜生对政治不感兴趣，所以他的剧本通常是关于家庭生活，着眼于私人空间。通过对私人空间里个人的表现（或是软弱的丈夫，或是玩偶妻子，或是狡诈的商人等）发现个人与社会之间的矛盾。家庭生活中紧张的代际关系和夫妻关系往往根源于个人将社会生活里的形象带入家庭。易卜生“以人为本”的人道主义思想在作品中尤为突出，他的出发点以及最终着眼点就是人本身。

由于地缘关系，挪威和丹麦在文学、历史、文化和传统上有一致性，易卜生的文学启蒙深受丹麦文学影响，而在十九世纪初甚至更早，丹麦与整个欧洲大陆的文化基本无异②。久居意大利和德国的易卜生熟悉所有当时欧洲大陆的社会文化、政治时事和伦理习俗。易卜生戏剧描写的故事虽然是发生在挪威的偏僻小镇，但是他所反映的社会现实具有普遍性。两部作品的故事背景中都融入了“新时代”的影子。在《社会支柱》中新时代以实际的形式影响和冲击了这个挪威边陲小镇。然而在《罗斯莫庄》中，新时代只是激进派的口号以及罗斯莫和吕贝克的思想主张，没有以任何实际的形式存在。两部作品的创作时间相隔十二年，其不同之处，反映出易卜生十二年间的思考变迁。易卜生对挪威的政治生活、客观伦理环境和伦理传统、人的思想精神状态有了更加深入的思考。

一、时代与伦理变迁

克勒曼认为在易卜生全部的戏剧作品中，他都投射了自身的两重情

① 亨利克·易卜生：《易卜生书信演讲集》，汪余礼、戴丹妮译，人民文学出版社，2012，第 284-285 页。

② Downs，Brian W，*Ibsen：The Intellectual Background*，Cambridge，UK：Cambridge University Press，1946，p. 22.

感需要，一是极力远离故国“黑暗压抑的困境”，二是渴望“走进并拥抱光明的自由王国”[①]。易卜生的复杂情感来自对挪威社会现实的不满。《社会支柱》和《罗斯莫庄》都表现了易卜生对挪威闭塞传统的伦理秩序感到压抑以及对建构新的伦理秩序的憧憬。

在欧洲大陆经过1848年革命之后日新月异的发展的时代背景之下，在挪威批判现状的新意识形态不断唤醒被边缘化的人群，他们意识到需要建立新的民主体系。当时的欧洲社会暗潮汹涌，受压迫的阶级开始要求平等，工人和农民不断提出参与国家管理的政治需求[②]。《社会支柱》就是以这一时期欧洲的社会现实为背景。博尼克在盘算修建内陆铁路的新计划时，趁着铁路沿线森林、矿山、水力等全部产业没涨价前全线收购。资本积累和垄断与铁路建设相伴相生，铁路是资本主义发展的重要标志。资本的流动导致人力资源的流动，小城与外界的接触日益频繁。资本主义的发展是一股不可抗拒的力量，社会结构、过时的伦理秩序均随之调整变化。

博尼克已经看到了时代前进的步伐和外部世界正在发生的巨变。博尼克承认，他撒谎骗人的结果是“对我一点儿好处都没有。我迟早一定会垮台，这个乱七八糟的社会会跟着我完蛋”(96)。“社会支柱”博尼克虽然被现实左右，但是他对这个社会的现状有着清醒的认识，这也是最终他能够幡然醒悟，让人相信整个社会的风气能够焕然一新的重要原因。在这一点上，他有别于易卜生之后戏剧作品中顽固不化的“社会支柱”，如海尔茂、曼德牧师等。他把希望寄托在儿子渥拉夫的身上，希望他恢复事业，替自己赎罪，因为他相信“真理总有一天会抬头，那时候他的生活可以过得比他父亲更快活”(97)。博尼克身处时代的漩涡中，他将社会变革的希望寄托在下一代身上。这个念头本身是消极的，所以楼纳劝告他如果想改变现状，必须从他自己做起，从当下做起。渥拉夫在博尼克太太和渥尼同心协力的帮助下逃过一劫。博尼克以为渥拉夫随“印第安少女号”出海后，他才察觉：“我没有儿子了，并且，我现在才明

① 哈罗德·克勒曼：《戏剧大师易卜生》，蒋嘉、蒋虹丁译，湖南人民出版社，1981，第4页。

② Rhodes, Norman, *Ibsen and the Greeks*, London: Associated University Press, 1995, p. 26.

白，从前他也不能算是我儿子”（99），他一直把渥拉夫当作他的继承人和对未来的希望，但他的决策差一点害死渥拉夫，他因此开始反思和觉悟。

博尼克和罗斯莫都是他们各自社会的支柱，但他们二者的人物轨迹完全相反。博尼克被立为道德榜样，他致力于保持自己的模范形象，不惜为此做任何有违道德的事情。作为牧师的罗斯莫却公开背弃他背负的伦理传统和宗教信仰。罗斯莫的内心始终都背负道德谴责，为自己的过失愧疚不已。围绕在他们身边的人物也既有共性又不尽相同。他们身边的人物都可以分为两派，一派是仰仗他们、需要利用他们的社会地位生存的人，如博尼克身边的鲁米尔、纪维兰，罗斯莫身边的克罗尔和摩腾斯果；另一派是试图改变他们的人，巧合的是她们都是女性人物，即楼纳和吕贝克。鲁米尔、纪维兰和博尼克是一个利益共同体，全剧从头至尾他们没有对博尼克的任何行为产生决定性的影响。最后是楼纳成功感化了博尼克。《罗斯莫庄》中克罗尔和摩腾斯果政见不同，一见面就针锋相对，但是他们都不同意罗斯莫放弃家族传统，所以利用碧爱特的死逐步引导罗斯莫认识到他自己内心的道德负罪感。楼纳和吕贝克表面上看都不是维多利亚时代伦理定义下的传统女性。但楼纳除去特立独行的个性，她的实际行动证明她表达了传统伦理价值观。吕贝克最后也坦承罗斯莫庄改变了她，她被伦理化、道德化。

《罗斯莫庄》中人物口中提到的“新思想”和“新世界”没有以实质的形式出现在舞台上和观众的视野中。克罗尔说：“从古以来，罗斯莫庄好像是一座宣扬道德秩序和遵守上等社会一切信条的大本营。本地人都学罗斯莫庄的榜样。如果大家知道你（罗斯莫）已经抛弃了我所谓罗斯莫庄的传统思想，社会上就会发生不可补救的惶惑混乱。”（169）虽然克罗尔说这番话有他的政治目的，但这也是客观现实。“大本营”和“榜样”就是罗斯莫庄承担的社会责任，即“社会支柱”的作用，是这个社会的集体记忆和赖以生存的伦理价值体系。罗斯莫是庄园的主人，但他没有足够的力量随心所欲地选择他自己的身世家族和社会责任。由于他特殊的身份，他的立场不仅是他个人的观念和信仰，而是代表了传统伦理秩序。剧中的激进派人物布伦得尔自始至终对戏剧情节的发展没有起到实质性的推进作用，而是以喜剧人物的效果反衬出社会变革理想的不切实际。另一激进派人物摩腾斯果虽然与保守派克罗尔政治立场相左，但是他们采用相同的手段一次次在关键的时刻左右了罗斯莫和吕贝克的想法和态度，对比之下说明传统的社会支柱根基深厚。

二、女性与伦理传统

本章第一节论述了《社会支柱》中易卜生对女性社会地位的关注，剧中楼纳和棣纳的女性形象反映了十九世纪女性意识的觉醒。然而，易卜生对女性问题的认识是将它置于整个伦理传统的框架之中，女性戏剧人物面临的伦理困境原因往往在于她们的自我意识与传统伦理价值取向之间的冲突。对易卜生而言，社会事业、女性事业和人类事业三者之间不是相互排斥的关系，他对人的精神状态的考察早已超越了阶级和性别的界限①。在易卜生的戏剧中，女性的家庭地位、伦理责任和与丈夫孩子等家庭成员的伦理关系往往反映了传统伦理道德体系。《社会支柱》中博尼克及其家庭的道德生活被当作社会楷模，所以他的家庭生活是社会成员的参照。《罗斯莫庄》中保守派克罗尔的妻子和子女都坚定地支持自由派。克罗尔的家庭就是整个国家保守派与自由派政治斗争的微型战场②。由于十九世纪女性仍然主要以家庭生活为重心，因此在这个意义上，易卜生对女性人物的塑造更为直接地反映了伦理传统。

易卜生并不是女权主义者，但他显然看到了十九世纪女权运动给时代进步带来的影响。应该说，女权运动既是时代进步的产物，同时也推动了社会的发展。在两部作品中，女性人物对代表传统伦理道德体系的男性人物有深层次的影响，对他们做出最重要的伦理选择起到了决定性的作用。从另一个角度看，她们有自己的伦理理想，渴望改变现行的伦理秩序。在这一点上《社会支柱》楼纳和《罗斯莫庄》吕贝克都代表着新时代的新生力量。博尼克曾认为："一个人不应该先想自己的事——女人更不应该。"(51) 他以男性权力的视角强调了女性比男性更应该尽到自我奉献的义务，但最后在楼纳的感化下他的女性观发生了根本性改变，承认"你们女人是社会的支柱"(112)。最终博尼克认可了女性的社会地

---

① Finney, Gail, "Ibsen and Feminism," *The Cambridge Companion to Ibsen*, Ed. James McFarlane, Cambridge, UK: Cambridge University Press, 1994, p. 90.

② Templeton, Joan, *Ibsen's Women*, Cambridge, UK: Cambridge University Press, 1997, p. 184.

位，更加肯定了女性存在的价值。

易卜生在《社会支柱》中塑造了多位不同形象的女性人物。博尼克太太是如同娜拉一般的“玩偶”，她一直无条件地配合博尼克装饰出一个完美家庭的外表。为了维持完美的表象，博尼不允许博尼克太太随意哭，甚至不希望别人看到她红着眼睛，因为她随便哭泣会让街坊邻居说闲话。博尼克不允许太太表露真实的情绪，从侧面验证了棣纳所说的不自然的生活。博尼克太太自认楼纳和约翰是她带给博尼克的污点。第二幕罗冷向棣纳揭露当年约翰偷窃和通奸的事情，约翰激动地希望博尼克证明他的清白，博尼克被眼前这个突如其来的危机吓到麻木。在这个张力如此大的一幕戏剧冲突中，博尼克太太几乎不被听见、看见，她说：“（低声，含泪）喔，卡斯腾，我连累你丢脸！”（63）紧接着第三幕开场，只见博尼克拿着棍子，嘴里训斥他的太太：“我说你是个糊涂妈妈！……他出乱子你不在乎……贝蒂，别跟我斗嘴，我的话一定得照办，从今以后不许他出门。”（64）舞台上看不到博尼克太太，也没听到她对这番教训有任何自我辩护。博尼克的言论与海尔茂谈到孩子会受母亲道德败坏的不良影响的观点是一致的。博尼克太太在家只是摆设，在丈夫面前没有话语权。但是教育孩子全是母亲的责任，博尼克太太的软弱滋生了渥尔夫任性顽劣的个性，因此博尼克眼中她也是一个失职的母亲。

博尼克的妹妹马塞是另一位符合传统伦理价值观念的女性人物。她的形象犹如天主教的修女，在学校教书和看护病人是她的工作，但是她没有经济来源，生活上要完全依靠博尼克。马塞一直痴心地等待约翰，她以为约翰违背伦理道德，害得棣纳家破人亡之时，因此她替代约翰承担他的义务。她将棣纳当作自己的女儿一样养育成人而自己终身未嫁。马塞有强烈的道德观念，尽管时隔多年她已经替约翰赎罪，但在约翰回来后她依然认为：“你做错了事应该回来赎罪。”（52）她对约翰的误会解开后，她也发现约翰爱上了棣纳。此时马塞又将自己全部的爱转换为对约翰和棣纳的祝福。马塞始终恪守的宽恕和赎罪的道德准则是基督教义的伦理价值观，体现出她自身的伦理环境所奉行的传统女性美德。

本章第一节提到《社会支柱》中楼纳是有悖传统的另类女性，但是细究楼纳的伦理选择不难发现，她所有不符合传统女性美德要求的行为也都是为弟弟约翰牺牲奉献。楼纳的伦理选择消解了她看似挑战伦理传统的新女性形象。她用十五年的时间陪伴约翰，帮助约翰在美国扎根，去酒店卖唱、公开演讲和出书都是维持约翰的正常生活的方式。用她的话说："我一辈子几乎只做了这么一件事，可是因此我觉得活着不惭愧。"(44) 楼纳通过帮助约翰来实现自己生命的意义和价值。尽管她性格刚强，但她用母性的温柔细致守护了约翰，甘愿为他牺牲奉献。得知当年惹出乱子的不是约翰而是博尼克后，她才放心离开美国，回到她想念的家乡。归来后楼纳继续履行一位母亲最终的职责，为约翰的婚姻物色合适的对象。楼纳以家长的身份极力促成约翰和棣纳的结合，"她（棣纳）难道不是个活泼健康、诚实天真的姑娘吗？她给约翰做老婆正合适。约翰在美国需要像她这么个伴儿，不需要像我这么个不同胞的老姐姐"(54)。她要确保在她离开之后有另一位善良的女性取代她继续照顾约翰。从她对待约翰的方式和态度来看，楼纳非但不是否定家庭、主张平等开放的女性主义者，反而处处体现出她十分保守的传统家庭观念，也实践了博尼克所代表的社会评价体系认定的"女人更不应该先想自己"的标准。

楼纳和马塞两位截然不同的女性实则殊途同归，剧末她们决定由她们"两个老姑姑"一起继续照顾博尼克一家（112）。她们分别在约翰和棣纳的身边充当了母亲的角色，承担着母亲的伦理责任。马塞鼓励棣纳反抗传统，跟约翰结婚并且远走美国，她说："我在学校里也常常盼望能到那边去生活。那地方一定很美丽，天比这儿宽，云比这儿高，人们呼吸的空气比这儿自由——"(92) 她的伦理选择是出于义务和传统观念对她的制约。马塞对自由的强烈渴望映衬出她生活环境的局促和压抑。然而，楼纳无论与当地的伦理环境多么格格不入，她在离开十五年后依然愿意为成全约翰的幸福回归故土。马塞无论多么向往美国的自由生活，依然选择留在博尼克家，照管守护博尼克夫妇。楼纳看似独立的时代女性，却在剧末选择回归家庭，可见易卜生笔下的楼纳依然没有脱离维多利亚时期传统伦理体系中对于女性价值的认定。她们两位女性都体现了维多利亚时代传统女性的美德，即慈爱、牺牲和无私奉献的精神。她们用自己的力量继续帮助博尼克，也似乎暗示了传统价值体系、伦理秩序依然继续存在，女性的终极价值和责任依然属于家庭。

《社会支柱》中的女性是充满美德的守护天使，而《罗斯莫庄》中的女性则被异化，带有恶魔的特质。化身"白马"的碧爱特是纠缠罗斯莫和吕贝克的心魔，吕贝克受自由意志的支配，没有道德贞操的概念。她利用她的女性魅力，与继父乱伦，利用克罗尔进入罗斯莫庄，引诱碧爱特自杀。吕贝克的形象看似完全背离了维多利亚时期基督教伦理体系下的美德女性，实则却没有脱离传统伦理道德的评判标准，吕贝克进行伦理选择的依据依然是现行的伦理秩序。

在第一幕，吕贝克只有谈到“牺牲”时表现出激动的情绪，她对急进派的解放事业格外热衷，她趁机利用布伦得尔的窘迫让罗斯莫欠摩腾斯果一个人情，建立与摩腾斯果的联系，在罗斯莫毫无准备的情况下把他引向急进派的立场。吕贝克的思想受她父亲影响，她在父亲那里看过布伦得尔的文章，她父亲韦斯特医生生前的藏书最后都归了吕贝克。她将其中一本用进步思想讨论婚姻基本原理的书借给了罗斯莫，在一定程度上动摇了碧爱特和罗斯莫的婚姻基础。吕贝克是有政治野心的女性，她进入罗斯莫庄是有精心计划和明确目标的。她希望“参加新思想正在萌芽的新时代生活”，布伦得尔就是当时的先锋派，而罗斯莫是他的学生，所以吕贝克接近罗斯莫的目的是“把布伦得尔的工作继续做下去”(201)。吕贝克做的对罗斯莫和罗斯莫庄最有实际影响力的事情就是引诱碧爱特自杀。因为她同样认为只有打破罗斯莫与碧爱特稳定的传统型婚姻，才能够把罗斯莫从固有的传统中解放出来，开启“新时代生活”的大门。然而事实上，吕贝克的伦理选择同样遵循了伦理传统。为了减轻罗斯莫的罪恶感，吕贝克向罗斯莫和克罗尔承认自己的“犯罪事实”。罗斯莫要求她用自杀的方式证明她的爱情，她和罗斯莫最终因伦理理想幻灭而一同化为“白马”。吕贝克取代碧爱特赢得罗斯莫的感情之后，她也继续替碧爱特用自我牺牲的方式赢得罗斯莫的信任，由此可见吕贝克的传统道德意识仍然十分强烈。

《社会支柱》和《罗斯莫庄》两部剧作中唯一直接表达出对女性解放渴求的人物是棣纳。《社会支柱》中人们看到、听到的美国是这个挪威边陲小城的参照物。美国是保守人士罗冷口中的堕落之地，但在向往自由平等的棣纳眼里，遥远的美洲大陆是一个全新的、理想的世界。在那里没有人会知道和议论别人的过去，也没有人在意或评价他人的道德名声。棣纳道出了两部剧中所有女性的心声，她说：“我希望他们（美国人）不这么规矩，不这么讲道德……我希望他们自自然然地做人过日子。”(46)棣纳母亲与约翰“不规矩”“不道德”的丑闻成为她一生不光彩的印记，也永远是太太小姐们的谈资，棣纳也永远是她们另眼相看的对象。人们总是把她私生女的身份和她母亲的丑闻联系在一起。棣纳也因此有了离开挪威小城，另寻他处开始新生活的想法。她说：“美丽的东西是伟大的——并且在远处。”（23）这个“远处”不一定是美国或其他具体的地点，而是棣纳自己勾勒的能够容纳她的理想社会。身处流言蜚语中心的棣纳和两部剧作中其他的女性人物一样受伦理传统的压抑，她对“远处”的向往实际上是在呼吁女性解放。

十九世纪末维多利亚小说中出现了“新女性”（The New Woman）的概念。新女性以自我实现和独立为基本价值，有别于传统女性以牺牲奉献为理想；新女性相信自身具有与男性平等的法律地位；常常因为在现实婚姻中难以实现平等而自愿单身；接受良好教育并且有独立的职业；身姿矫健、精力充沛，因此在衣着选择上以中性为主①。用这些标准衡量楼纳、棣纳和吕贝克等女性人物不难发现她们都没有完全具备新女性的特点。虽然她们在语言和行为上都表现出某些突破传统伦理价值体系的非典型特征，但是她们并没有完全挣脱传统伦理的束缚。在她们的思想意识中，传统伦理道德观念依然是她们思考和行动的出发点。由于女性与伦理传统之间的密切联系，女性人物的处境反映了普遍意义上个人在社会的处境。她们各自最终的伦理选择都是回归家庭和婚姻，说明追求自由解放和伦理秩序变革之路依旧漫长。

三、伦理秩序的建构

易卜生在戏剧领域的显著成就为挪威的民族和文化独立做出了突出贡献。在他的作品中以实体建筑意象比喻社会建构的例子十分显著，《社会支柱》就是其中之一。不仅如此，同时期评论家也习惯用建筑领域的比喻说法，如维护社会的“基础（foundations）、大厦（edifice）、家（homes）”等语汇探讨易卜生的剧作②。《社会支柱》中楼纳警告执迷不悟的博尼克：

大家都得听你的话，因为在人家眼里你是个干干净净、没污点、

① Finney, Gail, "Ibsen and Feminism," *The Cambridge Companion to Ibsen*, Ed. James McFarlane, Cambridge, UK: Cambridge University Press, 1994, p. 96.

② Sandberg, Mark B, *Ibsen's Houses: Architectural Metaphor and the Modern Uncanny*, Cambridge, UK: Cambridge University Press, 2015, p. 2.

没毛病的人。你的家庭可以做模范，你的行为可以做模范。可是这些外表堂皇的东西，连你自己在内，只是建筑在一片流沙上。要是你不趁早打主意救自己，早晚有一天，只要有人说一句话，你和你这座富丽堂皇的空架子马上就会陷到泥坑里。(60)

楼纳用“流沙”形容博尼克在个人行为和家庭生活两个方面的完美假象，预言它们终究会坍塌。因此，《社会支柱》的矛盾焦点在于博尼克是否愿意承认当年让约翰替他承担骂名的真相，是否愿意承认自己不是道德模范的事实，但是让博尼克坦白不仅是楼纳和约翰展开新生活的诉求，也是楼纳对博尼克的善意劝说。约翰在面向未来的时候必须正确处理和过去的关系，博尼克也应当如此。博尼克最后戏剧性的道德转折证实了楼纳的观点，虚伪“社会支柱”的倾覆预示它将被以真理和自由为精神基础的新伦理秩序替代，并且只有通过构建以真理和自由为基础的伦理秩序，才能适应时代的发展。

《罗斯莫庄》同样探究了人如何摆脱过去，获得自我解放。罗斯莫和吕贝克的结局证明只有先自由解放，才能追求真理。在这一点上，《罗斯莫庄》是对《人民公敌》主题的进一步探索。易卜生看到了强大的现实因素——根深蒂固的传统伦理思想和客观伦理环境对人的限制，说明传统的伦理道德不会自然而然地让步。自由解放并不只是个人的思想观念转变就能实现的。“过去”还以布伦得尔这种充满讽刺意味的喜剧人物形象出现在舞台上。布伦得尔是个穷困潦倒但不乏哲思的流浪者。他从罗斯莫的过去而来，但本人怀抱乌托邦式的理想。第一幕布伦得尔说着法语、德语，他曾经是罗斯莫的老师，但是因为思想激进被罗斯莫的父亲赶走，现在以流浪汉的形象出现。他到访的目的也是向罗斯莫求助，向他借体面的衣物和钱。布伦得尔在写作上的精神洁癖有易卜生自己的影子，他说：“我一向厌恶没有感情的写作。再说，我的理想一尘不染地藏在我脑子里，我可以独自享受，又何必用文字去亵渎它们呢?”(149)然而置身于风起云涌的政局之中，布伦得尔计划开展一系列演讲，把自己奉献给解放事业。布伦得尔的形象颇有喜剧色彩，但是很难获得读者或观众的认同感和同理心，也很难说服包括戏中其他人物相信他能够实现他的事业。剧作家借他之口传达了自己的理想，也清楚地呈现了自由进步的思想并不具备实现它的伦理条件。

如果说激进主义和政治自由对易卜生而言有何意义，那就是将个人从政治体制和大多数人的压制中解放出来①。博尼克极力粉饰太平的动机与《玩偶之家》中的海尔茂一致。海尔茂以自己没污点、没毛病立足，他以家庭幸福美满的外表而自豪，娜拉伪造签名成了他的污点，让他彻底慌乱，失去分寸。博尼克和海尔茂都明白如果他们的家庭不完美，那么这对他们各自造成的影响和损失将是毁灭性的，是他们无法承受的。《群鬼》中阿尔文太太在曼德牧师的压迫下也采取了相似的做法，她建立的“富丽堂皇的宫殿”就是阿尔文孤儿院，最终付之一炬。楼纳的一席话到了《野鸭》中格瑞格斯的口里则被演绎成了最具讽刺意味的版本。他用“流沙”“泥坑”等字眼比喻雅尔马和基纳不稳固的婚姻基础，也用尽手段让艾克达尔一家人“救自己”。易卜生笔下的挪威人常常用哲理化的视角看待生活，他们希望建构自己的理想世界。易卜生语境中的真理和自由是他们理想世界的道德原则，但是易卜生又时刻保持警醒，不断批判和反思自己的戏剧主张。在这一点上，易卜生的戏剧常常具有“元戏剧”的特点。

十九世纪欧洲大陆发生了巨变，十八世纪末的法国大革命、1848 年欧洲革命浪潮冲击了贵族制度和社会结构。中产阶级及自由主义者、工人阶级及社会主义者、天主教会及正统主义者、拿破仑支持者及民族主义者等各个阶层都有各自的不满和主张，为争取平等、自由、独立，用革命的暴力手段打破传统和已经建立的社会秩序。在经济上，工业革命使生产力和生产关系有了颠覆性的发展，正在改变人们的生活方式。连带着自然科学学科也有了飞跃与突破，十九世纪自然科学的三大发现——细胞学说、达尔文进化论和能量守恒与转化定律，奠定了现代自然科学的基础。在思想上，十九世纪欧洲哲学的发展更是达到了前所未有的盛况，涌现出黑格尔、马克思、尼采、叔本华等哲学家，形成了德国唯心主义、马克思主义、功利主义、存在主义等诸多流派。文学领域百花齐放，小说、诗歌、戏剧、散文等文学体裁，浪漫主义、现实主义、现代派等文学流派，均出现了文学大师。法国有雨果、福楼拜、巴尔扎

① Downs, Brian W, *Ibsen: The Intellectual Background*, Cambridge, UK: Cambridge University Press, 1946, p. 6.

克、司汤达、大仲马和小仲马等，英国有狄更斯、华兹华斯、简·奥斯丁、勃朗特三姐妹、王尔德、拜伦等，以及托尔斯泰、歌德、席勒等其他国别的作家。此外，音乐和绘画也大师辈出，诸如贝多芬、舒伯特、李斯特、勃拉姆斯、舒曼，莫内、梵高等。无论从哪个角度看，十九世纪的欧洲都是迄今为止人类文明的高峰。

易卜生的一生有近一半的时间旅居欧洲大陆，主要在德国和意大利生活，他深切感受着十九世纪欧洲大陆的人文气息和社会经济的高速发展。当他远离挪威时，他能够更加理智、客观地理解和思考关于挪威的一切。在长达十五至二十年的时间里，挪威在道德领域的发展非常缓慢，甚至有评论者一度认为是陷入停滞，因为包括文学在内挪威没有出现高质量且属于本土的哲学、音乐、绘画、公共建筑、大学教育以及国家教堂①。易卜生在戏剧作品中对挪威的整体社会形态尤其是中产阶级的伦理道德观做出深刻的批判，同时他更看重建构新的伦理秩序。虽然旅居海外，易卜生时刻关心挪威国内的局势命运。《社会支柱》和《罗斯莫庄》两部剧作反映了易卜生的伦理之思。在时隔多年再次看到挪威社会停滞不前的伦理现状之后，易卜生通过他的戏剧问询这个古老的民族、年轻的国家如何处理过去与现在的关系，如何走向未来。

① Downs，Brian W，*Ibsen*：*The Intellectual Background*，Cambridge，UK：Cambridge University Press，1946，pp. 33-34.

第五章　戏剧家易卜生：艺术创作的伦理选择

易卜生的最后四部戏剧除了显著的象征主义色彩和在人物塑造方面具有神秘主义倾向之外，被讨论得最多的是它们的自传性。易卜生在一定程度上用这四部戏剧回顾、思考和反映自身的经历和体验，尤其是艺术与生活、艺术与宗教信仰之间复杂的关联关系。其中《建筑师》和《咱们死人醒来的时候》均以艺术家为主要人物。建筑师索尔尼斯和雕塑家鲁贝克教授在两部戏剧中分别表达了他们对艺术的理解、困惑和追求。他们在某种意义上同为易卜生的发声者，反映了易卜生在成为享誉世界的戏剧大师之后，对艺术创作本身进行深度的探究和追问。易卜生对艺术家身份以及使命的终极思考在其早期诗剧《布朗德》中就初见端倪。本章涉及的三部戏剧延续了易卜生从《青年同盟》开始直到《海达·高布乐》一系列剧作中对现实问题尤其是家庭伦理的关注，同时也是戏剧家易卜生对艺术创作的反思。

第一节　《布朗德》中的死亡伦理与道德救赎

易卜生的浪漫主义诗剧《布朗德》（1866）可以说是易卜生的成名作，标志着他的戏剧创作走向成熟，并且使他在欧洲受到广泛的认可和关注。虽然《布朗德》是易卜生早期浪漫主义诗剧代表作，但是它对于易卜生中晚期戏剧而言堪称奠基之作。剧中的人物塑造以及主题思想都与易卜生中晚期戏剧有着一脉相承的密切关系。与易卜生中晚期戏剧中习惯将死亡用意象的方式呈现有所不同，《布朗德》的死亡主题更为显著，戏剧中的人物直接讨论死亡并且多次直面死亡的迫近。戏剧的核心人物布朗德是一位具有崇高理想和坚定信仰的牧师，他奉行的“全有或全无”原则不仅是他的个人信仰，而且是他的行动准则。

一、死亡的觉醒力量

布朗德是坚定的个人主义者，他的个人主义思想主要体现在他对个人意志的理解上，他认为“一个人有一样属于他的东西，他不能给！那就是他的内在自我。他不敢束缚它，禁锢它，堵塞它的使命的河流。它必须不停地奔流，归入大海”①。因此布朗德从未在生命与信仰和使命之间面临选择的时候有过动摇。个人意志是高于生命的个人价值体现。在人经历的众多痛苦和麻烦中，死亡无疑给人带来终极的痛苦和恐惧，因此它也是最能够考验个人意志的方式。站在布朗德的道德立场，人的意志在符合法律正义的前提下不仅要促使人去经历各种考验，更加要“坚决而愉快地经历种种恐惧的考验”（195）。也就是说，人必须在具有伦理意识和理性意志的前提下，自主选择接受恐惧的考验才能获得救赎。

画家艾伊纳与阿格奈斯登场的时候是两个快乐自在的人物，用艾伊纳的话说，“我们的生活已获得恩准，摆脱了忧患，永享欢乐”（156）。艾伊纳的描述蕴含了深厚的基督教思想。他口中的“恩准”是指上帝的恩赐，而“摆脱忧患，永享欢乐”的状态令人自然联想到人类堕落之前的伊甸园或是天堂。两者相较，他们如同孩子般纯真无忧的快乐则更像是创世纪中尚未犯下原罪的亚当与夏娃。他们以兄妹相称，但是真实的关系又像是伴侣。模糊的伦理身份和伦理关系反映出他们的伦理意识还处于混沌状态。他们虽然快乐，但是这种快乐没有建立在独立的思想和伦理意识的基础之上。他们与布朗德相遇之后，布朗德说要埋葬他们的上帝，“每一个奴隶的上帝，每一个劳役者的上帝，要在光天化日之下穿上寿衣，放进棺材，送入坟墓”（157）。布朗德所指的“奴隶”和“劳役者”可以理解为劳动者和普通教民，同时也可以理解为一种隐喻，指向他们被奴役的思想精神状态。在布朗德看来，艾伊纳和阿格奈斯以及生活在阳光下的乡民们是如同“奴隶”和“劳役者”一般没有独立思想和自由的人。他们自认为笃信的信仰实际上剥夺了他们的个人意志。

死亡在基督教语境中意味着每个人都将面临的终极审判，拥有审判

① 本书对《布朗德》原文的引用均出自易卜生：《易卜生文集》（第三卷），人民文学出版社，1995，第 177 页。以下仅随文标注页码。

权力的本应是上帝。但是布朗德却做出了自己的审判，认为“奴隶的上帝”和“劳役者的上帝”不仅应该被判死亡，而且是要经历“光天化日之下穿上寿衣”等一系列具有仪式感的死亡。布朗德的言论在当时的伦理环境之中无疑是惊世骇俗的，但是他的目的不是为了颠覆基督教信仰，而是以“死亡”作为一种修辞来批判现行的教义和教条对个人意志的削弱。一方面，教义和教条是人主观臆断而创造出来的。人创造的事物有面世的一天就会有消亡的一天，不可能永恒，因此现行的教义和教条并不是永恒真理，这是一个逻辑严密的三段论。另一方面，更让布朗德难以认同的是，人们只供奉上帝，而不是真正地信仰上帝，在自己的生活中践行基督教义。布朗德不是对人们享受生活的行为方式加以苛责，而是指责人们对宗教的信仰只停留在礼拜日身着正装出现在教堂这样的表面形式，以及平日里言行不一的虚伪假象。

在剧中，艾伊纳和阿格奈斯与其他村民其乐融融地欢庆生活，他们是所有人中的一员。艾伊纳与布朗德的对质实际上是普通教民与牧师布朗德之间的对质。艾伊纳是画家，他将上帝的形象具体化为垂垂老矣的老人，这也是上帝在这一教区普通教民心中的形象。布朗德顺势说要将这样的上帝送入坟墓，实际上是宣告自己的理想，使人们将信仰在生活中实践。在布朗德与艾伊纳的短暂交锋之后，一直在旁边观察的阿格奈斯有所醒悟，开始理解布朗德的立场以及重新审视艾伊纳和她的生活方式。阿格奈斯的女性身份以及先于艾伊纳觉醒的经历犹如圣经中的夏娃，首先品尝了智慧树上的果子从而获得了伦理意识。

布朗德所理解的爱是“严酷的，甚至意味着死亡的恐怖。它给人爱抚，却留下创伤。当上帝之子躺在橄榄园中，在痛苦中挣扎，他祷告又祷告：‘请拿走这杯苦酒吧！’上帝是怎样回答的？他有没有拿走这杯苦酒？‘不，孩子，你得把酒喝干净’”（192）。死亡是人类不可回避的最终结局，布朗德以牧师的身份，用上帝的严酷之爱来诠释死亡。从另一个角度来看，布朗德只是对艾伊纳与阿格奈斯说出一个事实，而这个事实本身是残酷的，所以人们一直对它避而不谈。在阿格奈斯身上，死亡成为一种觉醒的力量，唤起了阿格奈斯的伦理意识。

二、死亡恐惧与意志的博弈

全剧第一幕至第三幕，布朗德的所有经历可以视为一次旅途，从启幕时一位农夫当他的向导为他带路，到他感化教民与阿格奈斯，他凭借自己坚定的个人意志与知行合一的人格魅力成为教民们的道德榜样。他与农夫、艾伊纳、阿格奈斯等人的交集中都出现了迫近的死亡威胁，他使这些人认识到自己时时面临死亡与个人意志之间的博弈。全剧启幕之时，布朗德用一个假设性的问题问农夫是否愿意用自己的性命换他病重女儿的安息，农夫经过短暂的思考之后做出了否定的回答。当他面临生死选择的时候，他自己的生命是他的底线。布朗德的假设实际上是一个伦理问题，农夫是将作为父亲的伦理放在首位，亦或是将他自己的生命看得更重要。

剧中另一位次要人物，同样没有给出详细姓名的“女人”也面临生命的取舍。她来到村庄向乡长求助，请求一位牧师能够穿越峡湾去她丈夫身边拯救他的灵魂，因为丈夫为了结束即将饿死的孩子的痛苦生命而不得已将孩子杀死。乡长以辖区不同为由拒绝了她的请求。布朗德毫不迟疑地愿意迎着风浪出海，但是客观条件使得他需要有人从旁协助。这一场景夹杂了众多戏剧人物的反应。除了乡长貌似有原则性的拒绝，还有在场旁观的男男女女对眼前这一幕的评论，其中有人提到“遇上这种天气，风狂浪急，副主教会推迟做弥撒”（171），也有人表达了绝不去送死的态度。甚至向布朗德求助的这位女人看到眼前狂风暴雨的危险也不愿协助布朗德去救赎自己的丈夫。她以作为母亲的立场，在生命受到威胁时退却的理由是她有其他的孩子要照顾。从现实伦理的角度，母亲的伦理身份和伦理责任能够成为合理正当的理由，但是她与农夫截然不同的回答都印证了他们其实将个人的生命置于更重要的位置。对此布朗德的反应是“（鄙夷不屑地笑了）你的根基可不牢！”（172）在丈夫犯下杀子的伦理过失之后，他要向牧师忏悔从而得到最终的救赎。通过这场生与死的思想斗争，女人做出的选择说明她在意的是救赎的这个仪式，而不是发自内心的信仰。布朗德的鄙夷则是对她个人意志薄弱的批判。

布朗德从农夫的回答中得出他关于生命的思考，“每一个小人物都把命看得那么重，好像世界的得救，所有人灵魂的健康都压在他单薄的两肩上”（152）。布朗德用略带反讽的比喻说明他并不认同把自己的生命看得重于一切的人，但是这并不意味着他认为生命不重要。他也承认个人做出牺牲的时候“性命必须保全”（152），足见他对生与死的看法不是偏执、片面的。他在坚持信仰的前提之下也有对生命的关怀，只是在两者孰轻孰重的问题上，布朗德有着坚定的价值判断和价值取向。从布朗德对农夫的这次测验中可以看出，他已经对生命和生命存在的意义做出了伦理性质的价值判断，认定生命的意义和价值大于生命本身。这可以看作是布朗德个人的死亡伦理，也是他的基本道德立场。

戏剧的前三幕设置了一系列的生死考验，并且在这几场考验中死亡是以暴风雪等天气变化迫近，从而强化了死亡的不可抗拒性以及未知性，加重了个人产生的恐惧感。尤其在对女人丈夫救赎的考验中，布朗德以他崇高的使命感和他展现出的不惧死亡的强大意志感化了在场的乡民。布朗德以知行合一的道德实践成为乡民们推崇的道德榜样和精神领袖，他也感化了未来的妻子阿格奈斯。

三、道德困境：伦理与信仰的冲突

第二幕中的小插曲触动了布朗德，促使他进一步思考死亡的意义。女人的丈夫以死亡消解了自己的罪过，“它洗净一切恐惧的痕迹”（174）。但是他的死亡远不是他所犯下的罪的终结，而会对他的活着的两个孩子造成难以磨灭的影响，他们终身都将背负父亲杀子的道德谴责而遭到唾弃。他们自己的有生之年对此却无能为力，无法摆脱死去父亲的影响，更加无法得到真正的救赎。这个家庭的境况其实是整个人类世代交替的缩影。以基督教的观点来看，人生而有原罪，这是人类的起源。在个人的生命中总会犯下或大或小的道德过失，而这些过失不会随着人的逝去而结束。事实上逝去的人无法得到及时的救赎，因此所有活着的人都会背负“代代相传的罪孽”（175）。换言之，布朗德不认为死亡是一切的终结，布朗德自己也没有例外，在他追求自我实现的过程中遇到的阻碍也来自“一身承袭的孽债”（179）。在他的童年，布朗德亲眼目睹了母亲在父亲死后只顾搜罗藏在家里的财产，对父亲的离世没有表现出任何的情感变化。布朗德对母亲因贪念而丧失基本的道德良知感到失望。站在布朗德的道德立场，母亲的贪念是因她个人意志薄弱，或者说是缺乏坚定的信念而产生，所以布朗德在她弥留之际仍然坚持让她放弃所有的钱财来完成自身的道德救赎。布朗德没有因为母亲去改变自己的原则，甚至在母亲面临死亡的时刻，他也没有丝毫的动摇和犹豫。他强迫母亲完成最后的道德救赎，一方面出于他对自身牧师身份和道德原则的忠诚坚守，另一方面体现了他试图终结“遗传的罪恶”的努力。

面对母亲，布朗德的态度决绝，他将牧师的身份置于儿子的伦理身份之上。他不为母亲的遗产所动容，一心只想替她赎罪。但是当他的儿子渥尔夫身染重病，必须搬离寒冷的深山去到温暖的南方才能挽救他的生命时，布朗德毫不迟疑地准备离开。他作为父亲的反应是下意识而且近乎本能的，几乎没有思考。但是医生、来人和葛德分别提醒他一旦离开就背弃了自己的信仰以及身为牧师的天职。布朗德为自己动摇了“全有或全无”信仰而震惊，他在为了挽救渥尔夫而产生搬离他所在教区这个意念的时候，他与之前他考验过的农夫、女人以及劝他去探望母亲的乡民是一样的。这也更加说明他对渥尔夫的父爱是出于天性和本能。尽管他强大的个人意志和坚定的信仰最后战胜了本能，但是他为不得不舍弃和牺牲渥尔夫的生命而痛苦不已。这是布朗德第一次也是唯一一次对死亡这件事情表现出犹疑和恐惧，而令他犹豫不决的仍然不是死亡本身，而是他身处的伦理两难——他要么做一个不称职的父亲，要么做一个放弃信仰的牧师。虽然作为父亲的布朗德与牧师布朗德无法取舍，但是他不得不做出艰难的伦理选择。儿子渥尔夫的去世给布朗德和阿格奈斯的精神造成了重创。布朗德不再对死亡展现超然的态度，他自言自语道：“对那一抔黄土魂牵梦萦，在死亡园中流连忘返。”（235）他在行为上也表现为不能直视甚至听到教堂墓地，说明渥尔夫的死在情感和心理上对布朗德产生了强烈的冲击，使他陷入理性意志与道德情感的困顿之中。

同样受到重创的还有渥尔夫的母亲阿格奈斯。她进行自我救赎的方式是将所有渥尔夫的衣物捐赠给衣衫褴褛的女人，让她的孩子能用上。阿格奈斯经过一系列思想斗争，从不肯捐出到捐出一半，最后把她私藏的渥尔夫逝世时戴的帽子全部捐出时，她满心欢喜地对布朗德说“我自由了”（239）。阿格奈斯践行了布朗德母亲生前没有做到的“全有或全无”原则。渥尔夫是她最为重视的人，当她心甘情愿地把渥尔夫的一切都送给他人时，已然超越了一切个人的情感和欲望。因此，渥尔夫的死亡对她而言仍然可以视为一次终极考验，是对她个人意志尤其是理性意志的考验。

葛德是一位吉卜赛女郎，戏剧中她的形象是疯癫、精神错乱，如果在小说中她会是一位“不可靠叙事者”。吉卜赛民族在历史上是居无定所的游牧民族，代表着自由、热情和纯朴的特质，如著名的小说《卡门》中卡门为追求自由而死的女性形象深入人心。在宗教信仰方面虽然以天主教为主，但通常吉卜赛人以相信鬼神、符咒、厄运等迷信闻名。在十九世纪的欧洲，社会秩序等级制度森严，加之科学高度发展，吉卜赛民族的传统形象可以看作西方现代文明的对立面。在本剧中，葛德符合吉卜赛民族的刻板印象。她的伦理身份是一位吉卜赛女性与一位贫穷但知识渊博的本地人的私生女。这位本地人因为向布朗德的母亲求爱遭到拒绝而走向堕落。贫穷迫使他们偷盗，于是从乡长的口里说出："他们罪孽深重；想拯救他们就好比在魔鬼身上行窃。"(229)

葛德痴傻疯癫的人物形象与她的民族身份和伦理身份有着不可忽视的关系。她的存在是父辈道德堕落的证明。然而就是这么一位不被主流社会接受的女性人物，最终成为布朗德追求理想的同伴。她向布朗德提起只是由山崖和冰雪组成的"冰教堂"。这座教堂不是传统意义上经过人为搭建、供人们周日做礼拜用的建筑，而是存在于自然之间，象征着布朗德一直向往的至高信仰。在这一点上，基督教徒布朗德与异教徒吉卜赛女孩葛德有着共同的追求。信仰超越了民族，纯粹是个人发自内心地相信并在生活中付诸实践。

出于本真的信仰，布朗德奉行的"全有或全无"是至高无上的行动准则，也是他的核心道德价值。从剧中人物的选择来看，普通人都会在两者之间摇摆不定，不能从中选择一项。因为无论选择哪项都需要个人拥有坚定的意志和承担后果的勇气。在这一点上，布朗德无疑是道德高尚的，但是他只在两个极端的选项中做选择使得他的人物形象缺乏人性的温度。尤其是当伦理亲情与信仰之间发生冲突时，他选择坚持个人的信仰而放弃对于家庭的伦理责任。在布朗德的理想价值体系中，死亡是检验个人信仰是否足够坚定的最高标准。

布朗德的独立思想和理想主义体现在他对伦理现状的不满上，他"模模糊糊地意识到一种差别，万事万物实际如何同应当如何之间的差别，不得不咬牙忍受和感受这种负担难以容忍之间的差别"(152)。布朗德形容的这种"差别"已经不仅仅是宗教的信仰以及践行信仰之间的鸿沟所造成的信仰危机，而且也指明了由此反映出的现实生活中普遍存在的虚伪和谎言。长此以往伦理道德将走向虚无，人性将陷入危机。这也成为易卜生的整个创作生涯中反复出现的主题。无论是《群鬼》中自我矛盾的阿尔文太太，《罗斯莫庄》中道德理想破灭的罗斯莫和吕贝克，还是渴望却无法达成艺术理想的索尔尼斯，都面临实际生活与理想之间的冲突。他们始终没有挣脱这种困境。从这一点上看，布朗德是易卜生树立的一个理想主义的道德榜样。

四、新旧伦理秩序更迭

剧中从理想主义者布朗德身上可以清晰地看到《人民公敌》中斯多克芒以及《野鸭》中格瑞格斯的身影。本剧除了显而易见的宗教主题之外，也涉及了《人民公敌》中最重要的政治议题，即思想自由与民主之间的矛盾。自启蒙运动开始，民主逐渐替代君主专制，成为人类迈入现代社会的重要变革。思想自由和民主是社会和时代进步的标志。然而，易卜生在《人民公敌》中无情地揭穿了民主的虚伪外衣，抨击了“多数派就是民主”的荒谬，并且借斯多克芒之口提出“思想自由就是道德”的政治主张。以同样的标准来审视《布朗德》中的乡长、校长和管事等角色，他们也都没有一以贯之的处世原则或信仰，只不过是随波逐流的“多数派”。他们是充满私欲并且随时煽动民众的别有用心之人，与《人民公敌》中左右摇摆的“多数派”有着显著的相似之处。

《布朗德》中的乡长是一位典型的“多数派”野心家。他看着布朗德的影响力日益强大，于是他散布谣言，企图瓦解布朗德在乡民中的威信；之后向布朗德求和，自称“吃了败仗的人”（219）。用乡长自己的话说，他是奉行“人道”的人。剧中的“人道”是与布朗德追求的“全有或全无”相对的生存理念。“全有或全无”的原则是毫无保留地朝着道德的最高目标前进，而所谓“人道”是随着环境变化而变化，可以随时更改既定的目标。他与布朗德在兴建教堂问题上的分歧也反映出他们两种截然不同的生存哲学。布朗德希望通过重新改造教堂来塑造全体人民的信仰，培养人的意志与独立自由的思想。乡长希望建造一所精神病院收纳所有的贫民、地痞流氓和无人照管的疯子，实际上是用一种粗暴的方式把社会上的一类人集中管理，对于社会的不稳定因素以及大多数人的思想精神起不到根本的改善作用。

在戏剧第五幕也是本剧的最后一幕，通过校长和管事的对话，我们才得以看到布朗德所在教区所折射出的十九世纪上半叶整个挪威的时代背景和社会掠影。校长是曾经的国会议员，他认为教区的管理和教育给了人民极大的希望，但是众所期盼的“人民的前程”永远不会来（244）。校长是一位有经验的政客，他深知社会变革需要人民的支持，因而要对人民许下愿景。但是他用“花招”来形容政客的辞令（244），从侧面表达了他对政治的本质理解。以他为代表的政客所允诺的“前程”只不过是一种政治话语，给人们勾勒出一个不切实际的未来。

乡长同样是一位典型而且成功的政客。这预示着在他的极力促成之下，新建的宏伟教堂不可能真正实现布朗德的理想，不可能引导人们实现精神的升华和灵魂的救赎。教堂是人们参加宗教仪式的场所。虽然人们在信仰上并不一定做到尽善尽美，但是教堂仍然是承载人们精神寄托的想象性空间。旧教堂的拆毁和新教堂的建立喻示着时代的交替和社会的变革，人们由此产生焦虑不安的情绪，如校长所言，人们经历了从赞成到反对再到怀疑的复杂的心路历程（247）。当新教堂以宏伟、气派之姿屹立在教民面前时，布朗德发现它对人的精神和意志没有起到任何积极作用。人们感叹它的宏伟，与过去感叹旧教堂的古老，其本质是一样的，都只是被它的外观吸引。这对于布朗德致力于解放人们的思想，帮助人们形成独立自主的个人意识的道德理想没有丝毫的改善，因此布朗德依然用弄虚作假来形容这座新教堂。然而，乡长此时再次站在了布朗德的对立面，强调不应该干扰乡民们“让他们看清他们不愿意看清的真相”(250)。乡长显然是站在当权者的政治立场，对人们的精神状况漠不关心。

同样身为神职人员的副主教也站在国家即集体意志的角度反对布朗德的个人主义信仰。在副主教看来，教会的职能是通过宗教来提供“一种普遍适用的道德规范”，为国家培养顺从的“好基督徒”，也就是“好公民”(253)。可见当时的伦理规范要求个人意志须服从集体意志，教会发挥的作用是确保这一点，甚至可以为此完全泯灭个人意志。这与布朗德信奉的个人主义道德立场完全相背。他在看清这一点之后对自己试图通过新建教堂的方式重构人们的信仰和生活的做法感到失望，他意识到这是一种“折中”的行为，同样背离了“全有或全无”的准则。他起初的想法是：

我要建造一座宏伟的教堂，它不但可以包容信仰和教义，而且可以庇荫由于上帝的恩准而存在的生活中的一切：每日从早到晚的艰苦奋斗，黄昏的憩息，夜半的哀伤，青春血气方刚的欢乐，每一个人，无论贵贱，都应当享有的一切。底下河流的潺湲，瀑布在岩石间的喧哗，暴风雨的呼啸，大海的喃喃细语，都应当进入灵魂，和风琴的乐声、人的歌声十分和谐地融合在一起。(264～265)

布朗德的理想“教堂”不单是具体的建筑，它表达了一种抽象的思想状态。他借“教堂”进一步阐明了他的理想是信仰与生活合而为一，人与人之间平等和谐，并且人与自然也能够和谐共存。布朗德将人的苦难、哀愁和喜乐视为一体，所以人不能只有伊甸园里亚当与夏娃的那种无知的快乐。布朗德带有显著浪漫主义思想倾向的信仰与理想具有包容性和总体性。在他看来，死亡本身是一种自然现象，自然环境会在特定情况下对人造成死亡的威胁。人与自然之间的和谐也包括了对死亡本身的接纳，而不是单方面地畏惧死亡的威胁。

布朗德最终成为他理想的殉道者。在被众人唾弃、背弃之后，他与疯姑娘葛戴一起在通往山顶的路上被汹涌而来的雪崩湮灭，在某种意义上达成了他与自然和谐地融为一体的道德理想。布朗德是坚定的理想主义者和个人主义者，死亡是对生命个体的意志的检验，最终也成为他自我实现的方式。布朗德的结局与古希腊悲剧英雄的结局有着异曲同工之处。在《建筑师》和《咱们死人醒来的时候》两部戏剧的主人公身上都有布朗德的身影。

第二节 《建筑师》中索尔尼斯的艺术理想与伦理悲剧

易卜生的最后四部戏剧除了显著的象征主义色彩和在人物塑造方面具有神秘主义倾向之外，被讨论的最多的是它们的自传性。易卜生在一定程度上用这四部戏剧回顾自身的创作经历，思考艺术与生活、艺术与宗教信仰之间的复杂关联关系。本章关注其中的两部戏剧作品《建筑师》和《咱们死人醒来的时候》，它们都以艺术家为主要人物。建筑师索尔尼斯和雕塑家鲁贝克教授在两部戏剧中分别表达了他们对艺术的理解、困惑和追求。他们在某种意义上同为易卜生的发声者，反映了易卜生在成为享誉世界的戏剧大师之后，再对艺术创作本身进行深度的探究和追问。易卜生绝大部分成熟的剧作都取材于现实生活，虽然《建筑师》和《咱们死人醒来的时候》用象征主义艺术手法探讨艺术创作，但是仔细阅读不难发现，这两部戏剧中易卜生延续了他从《青年同盟》开始直到《海达·高布乐》一系列剧作中对现实问题尤其是家庭伦理的关注，同时也对戏剧家易卜生的艺术人生进行反思和总结。

《建筑师》虽然不是易卜生的首部象征主义色彩浓厚的戏剧作品，但是它是易卜生最后四部“收场白”戏剧的开端。其高度含混的艺术风格使这部戏剧的阐释具有开放性和不确定性。在戏剧的艺术表达方面，布莱恩·克劳（Brian Crow）在这部剧中找到了浪漫主义诗歌中常常出现含混的诗歌类型——以精神追求为主题的诗歌以及以心理重生为主题的诗歌。[①] 而这两大主题早在易卜生创作生涯早期的浪漫主义诗剧中就已经出现过并且占据重要的位置。《建筑师》中的主人公索尔尼斯（Solness）的名字颇有深意，它“字面上是‘杰出的人’，在挪威文中 Sol 有‘太阳’之意”[②]。自然界中的太阳是地球万物赖以生存的最重要的能量来源，象征光明和希望，在地处高纬度的挪威更是难得一见，因此十分珍贵。另一方面，太阳高高在上，象征着自然界中的至高地位。索尔尼斯在剧末站在他设计的塔楼最高处并将花圈挂在风标上，在物理空间上他与天空无限接近，但是他也因为站在高处产生晕眩而坠亡。这一幕可以理解为索尔尼斯为了追求艺术的至高境界而献出了生命，他的名字中“太阳”也包含了这层意义。

剧中建筑大师索尔尼斯对艺术的追求充满了焦虑不安，集中体现在他对后起之秀的年轻建筑师瑞格纳感到忌惮。索尔尼斯的人物形象折射出了易卜生在创作生涯晚期对有关艺术创作问题的深入思考。但是除了艺术创作，这部戏剧还涉及对现实伦理问题的剖析。关于艺术和关于现实的双层叙事交织在一起，共同推动剧情的发展。索尔尼斯与三位女性人物的伦理关系分别反映了作为丈夫、老板和艺术家的索尔尼斯所面临的不同困境。与艾林的夫妻关系反映了家庭伦理对他的束缚以及过往的家庭悲剧带给他的精神创伤；与瑞格纳的未婚妻开雅之间的暧昧关系实

---

① Crow, Brian, “Romantic Ambivalence in *The Master Builder*,” *Studies in Romanticism* 20, 2 (1981): 203.

② 亨利克·易卜生：《易卜生文集》（第七卷），人民文学出版社，1995，第5页。本书中《建筑师》原文的引用将出自此译本，随文仅标注页码。

际上违背了传统伦理道德，揭露了索尔尼斯在自由意志的驱使下自私、虚伪的一面，也展现了后继者使他产生了伦理焦虑；无拘无束又不乏浪漫气质的希尔达则像是艺术家索尔尼斯的缪斯，她的出现使索尔尼斯直面现实家庭伦理和艺术创作困境，也对艺术创作的本质有了更加深刻的认识。艺术创作与基督教伦理存在着根本性悖论。索尔尼斯将他的建筑事业与上帝的造物进行类比，他树立高远的艺术理想的同时也挑战了上帝主宰一切的绝对权威。索尔尼斯认识到这一点之后依然选择克服心理障碍站在高处，最后将花圈挂上风标后重重跌落，演绎了艺术创作本身具有的悲剧之美。

一、伦理焦虑：索尔尼斯对“下一代”的恐惧

索尔尼斯的身份定位对于理解这位人物的形象有着至关重要的作用。《建筑师》中“大师”一词英译为 master 而不是 architect，相比之下 master 隐含着历经艰苦、辛劳而取得成功的意味。在这个意义上，弗耶德认为索尔尼斯不是一个合格的建筑师，因为他将基础性的艰苦工作转移给他的下属，没有亲力亲为，最终导致了自身的失败①。弗耶德指出了建筑以及其他艺术门类相通的地方在于它们对技艺的侧重。技艺更多地要依靠重复性且枯燥单调的练习或操作而熟能生巧。然而艺术本身除了呈现它的技巧之外，更需要富有创造力、想象力等天赋。从这一点上看，索尔尼斯对自身的身份定位不仅是一位建筑师，而且是一位有着表达欲望的艺术家。

全剧第一幕呈现的是索尔尼斯与布罗维克父子和瑞格纳的未婚妻开雅在索尔尼斯家工作的场景。剧中让索尔尼斯畏惧的“下一代”最直接的对象是瑞格纳，他是一位具有潜力的年轻建筑师。从索尔尼斯个人的陈述可知，他对瑞格纳的畏惧来自他的亲身经历。多年前索尔尼斯取代了瑞格纳的父亲布罗维克的地位，成为比他更成功的建筑师，所以瑞格纳的成长对他而言是同样的一种威胁。但是索尔尼斯与瑞格纳却有着本质的不同。索尔尼斯说：“瑞格纳非常善于计算出承力和立方容积——以及那些乱七八糟的东西。”（20）建筑在一方面是一门科学，瑞格纳擅长

① Fjelde, Rolf, “What Makes a Masterpiece? Ibsen and the Western World,” *Modern Drama* 28,4 (1985):582-583.

测量和计算，他能够解决建筑所涉及的客观实际的科学问题。另一方面，建筑的设计理念和呈现效果等属于艺术范畴。索尔尼斯与瑞格纳有着截然不同的个性，他多疑、敏感，善于捕捉人的心理，更偏向艺术家的特质。没有瑞格纳完成基础性的工作，索尔尼斯也就无法继续他的工作，因此他必须依赖瑞格纳。索尔尼斯与瑞格纳之间不仅是新老交替的问题，也可以解读为自然科学或者说是客观实际与艺术之间的关系。

索尔尼斯为了保住自己建筑大师的地位，利用瑞格纳未婚妻开雅对他的崇拜和爱慕之情来留住瑞格纳。索尔尼斯在启幕时对开雅的举止和语气都十分暧昧，他“两手抱着她的头”并“亲她的头发”，对她说“没有你，我就不能过日子。我一天都离不开你”（14）。根据他向贺达尔大夫的叙述，开雅仿佛洞察了索尔尼斯的意图一般顺势主动与他建立一种暧昧关系。索尔尼斯在转述和回忆这件往事的时候透露出些许无奈，他惊叹于自己的个人意志能够操控他人的行为，并为此感到愧疚[①]。他对开雅没有真情实感，却不得不对开雅虚与委蛇，但是索尔尼斯不是一个可靠的叙述者。他在向贺尔达医生陈述时没有直接说出他这么做的真实目的其实是限制瑞格纳独立承担项目，不让他有机会施展自己的才华。索尔尼斯陷入与开雅的“情感困境”并不是如他所陈述的那般无辜和无奈，他的困顿感来自他的道德亏欠。他利用开雅，并且知道这种手段使他在情感上背叛了他与妻子艾林的婚姻，从而加深了他对艾林的愧疚之情。

索尔尼斯对“下一代”的惧怕包括职业和家庭伦理两个层面，这使得索尔尼斯作为建筑大师的身份与他的家庭生活之间产生了密切关联。剧中希尔达的年龄大约是二十二三岁，她在索尔尼斯为她生活的区域盖教堂塔楼的时候与他立下了一个十年之约。她的登场具有强烈的戏剧反讽效果，当索尔尼斯正在用“下一代人不久就要来敲我的门”（24）表达自己担忧建筑大师的地位被后辈取代之时，希尔达敲响了索尔尼斯家的门。索尔尼斯将希尔达安置在自家闲置的育儿室，对她说：“现在你暂时在这儿当个孩子吧。”（28）这使得希尔达的身份变得十分模糊，她既与索尔尼斯有某种男女之间的情愫，像是艺术家索尔尼斯的缪斯女神，又在伦理身份上像是他的孩子。他说的“下一代”一语双关，还可以指向

① Barranger, M. S, “Ibsen's ‘Strange Story’ in *The Master Builder*: A Variation in Technique,” *Modern Drama* 15, 2 (1972): 177.

索尔尼斯失去的孩子。对希尔达的体贴照顾能够补偿索尔尼斯的遗憾，转移他心里的道德负罪感。他惧怕伦理意义上的下一代源于他内心的道德负罪感，他以牺牲家庭为代价来换取事业上的成功。

二、索尔尼斯的创作动机与艾林的心理创伤

瑞格纳的父亲布罗维克向索尔尼斯要求让瑞格纳独立承担一个项目，为盖勒务斯川的一对年轻夫妻设计建造别墅。本来索尔尼斯负责并签下合同，但是他迟迟没有开始设计，理由是这对夫妻对“家”的理解是“容身之所”“住处”，而不是“名副其实的家”（8）。索尔尼斯没有解释“名副其实”是什么意思，但是结合之后的剧情发展不难发现，索尔尼斯对待他的建筑设计与艺术家对待自己的艺术作品有相通之处。因此他认定的“家”不是“容身之所”“住处”等单纯的物理空间，而是人的精神生活与物理空间的结合。人的精神生活在物理空间中展开，而物理空间又能对人的精神生活产生影响。索尔尼斯的立场反映了艺术创作中形式与内容的辩证关系。在他看来，这对“什么都愿意将就”的夫妻配不上他的设计。在索尔尼斯的定义下，“家”的概念折射出他自身的艺术追求，也是艺术与现实，尤其是与家庭伦理的结合。索尔尼斯知道这对夫妻看中了瑞格纳的设计之后“勃然大怒”，将布罗维克要求的“让出合同”之举视为逼他腾出“地位”（11～12），并且不断重复地说着这个词。他的理想地位不仅是一位优秀的房屋设计者，而且是一位杰出的艺术家，渴望到达至高的艺术境界。在这个意义上，索尔尼斯建造的理想家宅是物质与精神、现实与理想的融合。然而事实上他选择建造家宅的动机是弥补妻子艾林失去家园的痛苦。

建筑设计包含了艺术范畴，建筑师本身也是设计师。在索尔尼斯通往功成名就的道路上，妻子艾林一家的牺牲和奉献成了他建筑事业的起点。贺尔达大夫回忆艾林的家是“丑得像强盗寨子似的旧房子”（24），“从外面看，那所房子像一只又大又难看的黑木箱”（52～53）。美/丑是属于审美范畴的评价。索尔尼斯作为建筑师的职业生涯的转机就发生在这座丑的房屋被大火烧成废墟之后，他重新设计建造了一座美的建筑替代它。新的建筑成为索尔尼斯的代表作，但是它以毁灭艾林的家园为代价。这使得索尔尼斯的艺术创作中“破”与“立”的矛盾不仅仅是艺术层面的问题，还涉及现实伦理。索尔尼斯选择建造家宅并且成为杰出建

筑师的过程交织着他失去孩子、破坏艾林家园给她造成的精神创伤。

那场大火中毁灭的家宅造成了艾林和索尔尼斯无法解开的心结。在大火发生之后，面对这场突如其来的打击，她不够坚强才会病倒，没有照顾好孩子才会导致他们的死亡。艾林与索尔尼斯对彼此都心怀愧疚，艾林自认没有尽到做母亲的伦理责任。索尔尼斯的愧疚在于他事业上的成功是以毁灭家庭幸福为代价的。在索尔尼斯眼里，艾林的天赋是“培养孩子的灵魂”(57)，而失去孩子的艾林没有机会成为一位优秀的母亲。因此索尔尼斯自己的事业越成功，他就越感到亏欠妻子。第二幕，索尔尼斯反复用“欠债”这个经济语汇来形容他对艾林的愧疚之情。当他发现艾林也心怀歉疚之意时，也渐渐明白自己为艾林而盖起的新家也仅仅是为了“偿还”而已。他们之间已经失去了夫妻、亲人之间的情感纽带，所以家庭生活对索尔尼斯和艾林而言都是绝望的。用索尔尼斯的话是“没有一丝阳光可以照耀咱们的家”“那儿（指新家）像这儿一样地空洞——一样地凄凉”(45)。

艾林呈现出一种无法克服心理创伤的精神状态。曾经的家宅是她的自我与无意识交互的媒介。剧中的家宅空间有效地在自我与无意识之间起着调停作用，使个体的心理体验空间处于平衡稳定的状态。① 家宅被毁之后艾林失去了有效的心理调节机制，从而形成心理创伤。家宅之所以能够成为有效的客体，是因为它承载了艾林对家人的爱和她的成长记忆。事实上，她能够接受两个孩子的死亡。她真正的心结来自承载她个人独立意识和身份的物品被大火彻底烧毁。她家的花园被彻底改造，割出了大片土地并且被分成许多小块给陌生人盖房子，“那些人可以坐在屋子里从窗户窥探我”(74)。曾经属于她和家人的私人空间被剥夺，她仿佛不得不生活在外人的凝视之下。尽管事隔多年，她还能对着希尔达如数家珍般地回忆在大火中被毁掉的物件，包括“墙上挂的旧画像都烧光了。传了多少代的旧绸衣服都烧光了。母亲和祖母的花边也都烧光了。你想——还有珠宝！（伤心）还有那些玩偶娃娃”(76)。她清晰而具体地列

---

① 心理学家亚伯拉罕和托罗克用“心力投入”(introjection) 的概念阐述了自我与无意识之间的动态建构过程。参见陶家俊：《西方文论关键词：创伤》，《外国文学》2011 年第 4 期，第 120 页。

举出这些物件，说明它们对她来说十分重要，其意义超越了物件本身，是连接她与过去美好的家庭生活的纽带，也是属于她个人记忆的标识。其中最令她伤心的是那九个她从小收藏的玩偶娃娃，艾林将“他们”比作“没出生的孩子”。可见她一直将他们当作有生命的个体，或者说是她生命的一部分。那场大火摧毁的是她的精神家园，使她失去了自我存在的意义和价值。因此，当希尔达和她的对话结束之后，希尔达的感受是“我刚从坟墓里钻出来”(78)，暗示艾林犹如死去的人一般，没有任何生活的气息。索尔尼斯也进一步肯定了艾林“死人”的气质，他说是“我身上的山精——他们把她的精血吸干了”(78)。可见索尔尼斯认定他对艾林的精神死亡负有责任，而这种责任与他的艺术创作有直接的因果关系。

“山精”是希尔达形容索尔尼斯的语言，出自挪威的民间传说，代表了充满诗意的文学想象和高度的艺术表达。易卜生曾在他的早期诗剧《培尔·金特》中对挪威的神话传说做了精彩的演绎。希尔达将索尔尼斯比作“山精”是进一步唤醒并强化他对自身艺术家身份的认同。他们所说的“山精”又代表了个人的情感和想象，是与“良心”(即由人的伦理意识产生的理性意志)相对的自由意志。索尔尼斯向希尔达“告解”自己的负罪感从何而来。他最早发现艾林家旧屋的烟囱上有条细微的裂缝，他用意念盼望“通过烟囱里那道小黑裂缝，我的建筑事业也许可以冒出头”(60)。索尔尼斯诗意地运用比喻表达他想在事业上成功的心愿。虽然那场大火与烟囱上的裂缝无关，但是它还是引起了索尔尼斯对整件事情的深思。他相信自己是有特殊才能的“特选之人”，能够用意志召唤助手和仆人协助他成就伟业。艾林的痛苦让索尔尼斯将发生在他们身上的不幸自然而然地看作他事业成功的代价，他的道德良知使他产生这样的联想。

索尔尼斯放弃建造教堂和塔楼，转而建造家宅的动机是为了补偿艾林的牺牲，也弥补他内心的愧疚。然而索尔尼斯没有真正理解艾林痛苦的根源。那场家庭变故带来的失子之痛以及艾林精神死亡的阴影始终笼罩着他，使得他们之间的情感疏离。他们的家庭实际上已经支离破碎，名存实亡。索尔尼斯为他人筑造美丽家园所产生的快乐和成就感以及为艾林重建家园的尝试都不能化解他所面临的家庭伦理困境。

三、索尔尼斯的艺术理想与伦理悲剧

索尔尼斯的艺术创作主要受到家庭伦理和基督教伦理的双重制约。索尔尼斯面对的家庭伦理困境体现了艺术与现实生活之间的张力。另外，基督教伦理与艺术创作本质之间的冲突使得艺术家的职业追求存在根本性悖论，最终导致了索尔尼斯实现艺术理想的同时不可避免地走向伦理悲剧。

剧中第三位女性人物希尔达是帮助索尔尼斯认清家庭伦理困境、重新树立艺术理想的关键人物，她有着完全不同于开雅和艾林的个性和形象。希尔达登场时穿着旅行者的衣着和随意的装扮也有别于传统女性，体现了她大胆、敢于冒险、自由的个性。另外，她与自然的亲近预示着她不受控制的自由意志。索尔尼斯问希尔达在父亲那里是否有一个幸福的家，希尔达的回答是"我只有一只笼子"，她将自己比喻成一只野鸟，因为"野鸟永远不想进笼子"(80)。希尔达认为家庭是约束她、剥夺她自由的地方。戏剧对她的出生和成长的地点和时间有简要的交代，因此希尔达被认为是《海上夫人》中的人物房格家小女儿希尔达。她没有感受到家庭的幸福和温暖，既可能是原生家庭的原因，也可能是她身上有着完全不符合传统家庭伦理的反叛精神。在她的影响和引导之下，索尔尼斯直面他的生存困境，对艺术和现实的理解有了本质的突破。

索尔尼斯将希尔达当作孩子安置在育婴房，而希尔达的身上也确实体现出孩子气的一面。她用民间传说做比方，强化了她的人物个性，同时也突出了她与索尔尼斯之间的代际差异，索尔尼斯被她吸引也畏惧她。希尔达总以略带幼稚的口吻，似乎是在任性地反复要求索尔尼斯"手里拿着花圈高高地站在教堂塔楼顶上"(67)，"我要我的王国"(68)，并且强调这个"王国"不一定要实实在在的，但是必须是"价值相等的"(36)。希尔达想成为公主的"王国"在剧中象征的既是艺术理想也是道德理想，即个人的自由和幸福。索尔尼斯在十年的时间里设计的是家宅这类实用性的建筑。他做这件事情更多的是弥补他个人内心对艾林的道德愧疚感，一方面带着基督徒虔诚的忏悔之心，另一方面又是出于强烈的反叛精神和个人意志。艺术家的创作与上帝造物之间有着异曲同工之处，但是在传统的基督教伦理语境之中，将人的劳动创造与上帝相提并论显然是一种僭越。

索尔尼斯　我站在高处，俯视一切，一边把花圈挂在风标上，一边对他说：伟大的主宰！听我告诉你：从今以后，我要当一个自由的建筑师——我干我的，你干你的。各有各的范围。我不再给你盖教堂了——我只给世间凡人盖住宅。(90)

这段话可以看作是索尔尼斯十年前对上帝的反叛宣言，首先他宣布他要成为一个“自由的建筑师”。根据传统的基督教伦理，个人的职业是受到上帝召唤而承担的使命。索尔尼斯想成为自由的建筑师意味着他不接受自己的职业是来自上帝的安排，他否定了基督教伦理对职业的定义。他用命令式的语气说“我干我的，你干你的。各有各的范围”，说明索尔尼斯拒绝接受上帝的指引，甚至将其视作对他的干预。另外，他还为上帝的统辖与他自己的事业之间划定“范围”，将自己的领域与上帝的领域看作相互独立并且平等的存在。他的宣言无疑挑战了基督教伦理中上帝主宰世间万物的绝对权威，体现了他的反叛意识。索尔尼斯的狂妄自大(hubris) 是他主观上自觉地违背基督教伦理传统，有别于古希腊悲剧英雄往往在不自知的情况下违反伦理道德[①]。索尔尼斯将艺术创作视同上帝造物般伟大，他的艺术理想本身具有悲剧属性。经过十年的时间，他承认他的挑战失败了，没能实现自己的理想。他能够帮助别人盖出满意的房屋，但不会必然给他们带去幸福，物质的满足不会必然带来精神的富足。他通过自己的家庭生活体悟到这一点，也因此认清了自己并不是“自由的建筑师”。

十年之后，他决定再次登上塔楼，用相似的语气发表宣言：“我要对他说：听我告诉你，伟大的上帝，你喜欢怎么裁判我，就怎么裁判我。然而从今以后，别的东西我都不盖了，我只盖世上最可爱的东西——”(92) 也就是希尔达提出的“空中阁楼”。索尔尼斯对他的职业有了完全不同的理解。他承认上帝对他具有“裁判”的权力，不再认为他的职业是独立于上帝权威之外的疆域，体现了他反叛意识的削弱。在这一点上索尔尼斯作出了妥协让步，但是他仍然对职业有自己的坚守。从语言层

① Hiden, Michael, “Ibsen and Nietzsche: A Reading of *The Master Builder*,” *Modern Drama* 15,4 (1973):406.

面看，索尔尼斯和希尔达在讨论“空中阁楼”时，并没有将它作为一个隐喻，而是让人相信它的实指意义，相信索尔尼斯会实实在在地动手建造它。希尔达的出现让他重新思考作为建筑师的艺术理想，最终希尔达要的城堡和“空中楼阁”引导他逐渐认识到他的艺术理想也是道德理想。在十年前和十年后这两个语境里，索尔尼斯登上塔楼将花圈挂在风标上的这个动作都有深刻的象征意义。

希尔达要的“王国”存在于优秀艺术创作所产生的无限想象空间中。剧中广阔无垠的天空就代表着至高的艺术境界。希尔达要求索尔尼斯克服心理障碍走向高处，超越他自己的身体极限和心理极限，要“把花圈挂在塔楼顶的风标上”。风标是房子最高的地方，索尔尼斯这一动作的象征意义不言而喻，在物理空间无限地向上延伸代表着一位艺术家对艺术倾尽全力的追求。塔楼盖在教堂上，教堂是与上帝对话的地方，索尔尼斯在给自己新盖的住宅上盖塔楼，将个人的现实生活与信仰结合体现在了他的家宅设计上。索尔尼斯站在最高处与上帝对话，体现了他具有强烈的自我意识和反叛精神，更加突显了他对自己作为艺术家的身份定位。艺术家对艺术的追求可以与宗教信仰等人类的最高精神追求媲美。艺术家的创作力与上帝的造物在性质上也有相近之处。索尔尼斯最后的悲壮之举无疑是基督教伦理意义上的僭越，但也正是通过这种注定悲剧却义无反顾的行动，使得他的艺术理想达到了极致的高度。

从社会问题剧开始，易卜生一直关注并探索人的病态。《建筑师》也体现了易卜生的这一传统。布罗维克孱弱的身体，舞台数次提到他“呼吸困难”，暗示了他已经处于垂死的状态。艾林出场时，她的神情就好似受过精神折磨，后来经贺尔达医生提示，她的身体也并不健康。索尔尼斯的病态体现在他不稳定的精神状态。他问贺尔达大夫是不是怀疑他的精神有问题，贺尔达大夫否定了，他紧接着问那他是不是看起来很快活，索尔尼斯在快乐和忧虑的两极情绪中反复无常。索尔尼斯的疑心病、精神失常又十分像他作为艺术家的偏执和狂热，他让艾林叫他“半疯子”“狂人”(45)，进一步肯定了他艺术家的身份。索尔尼斯的这种病态一方面折射出了现实生活困境给他造成的精神负担，另一方面反映了在艺术创作的本质性悖论下，艺术家面对创作的成就感和必然迫近的悲剧结局而感到无所适从。

第三节 《咱们死人醒来的时候》中的死亡意识与生命伦理

易卜生创作的最后四部戏剧[《建筑师》(1892)、《小艾友夫》(1894)、《约翰·盖勃吕尔·博克曼》(1896) 和《咱们死人醒来的时候》(1899)] 反映出易卜生晚年关注的主题：艺术职业与个人生活之间无法兼顾以及成功与幸福无法兼得的双重矛盾。[①] 易卜生对这个主题的探索从极致的死亡入手，在这些戏剧中勾勒出“一个濒临死亡的世界，或者也许在某种程度上是一个已经死亡的世界”[②]。易卜生给他最后的剧作《咱们死人醒来的时候》(1899) 拟定了副标题——戏剧收场白。这部作品是戏剧家易卜生创作生涯的谢幕之作，也是他最终的“自白”。透过这部戏剧我们或许能够更加清晰地看到剧作家本人的身影。《咱们死人醒来的时候》通过三对人物关系——鲁贝克与梅遏、鲁贝克与爱吕尼、梅遏与乌尔费姆——分别从现实生活、艺术灵感、自由三个维度，既呈现了人类普遍意义上生与死的辩证哲理，也剖析了艺术家的身份对个人生存而言蕴含的意义。

《建筑师》讨论的是艺术创作与现实生活之间的冲突和困境，《咱们死人醒来的时候》则探讨了艺术家本人与其作品以及受众之间复杂的伦理和情感关系。戏剧的场景设置在海滨浴场区和高山上的疗养区，也是雕塑家鲁贝克与妻子梅遏重访久别的家乡。这次探访是在去往海上旅行的过程中，而不是传统固定的家庭语境。鲁贝克和梅遏的旅途是一次自我发现和自我寻找之旅。鲁贝克此行的初衷是逃离这个国家和这里的人民，与易卜生早年自我放逐，在意大利和德国旅居二十七年的经历相契合。易卜生对挪威的社会现实多有不满，在剧作中对中产阶级的虚伪和政治的腐败进行了批判。在《咱们死人醒来的时候》中，易卜生回归艺术家的身份，对艺术创作对于创作者而言意味着什么进行了深度探讨。

① Barranger, M. S, "Ibsen's Endgame: A Reconsideration of *When We Dead Awaken*," *Modern Drama* 17,3 (1974):289.

② 参见汪余礼、王阅、弗洛德·海兰德等：《当代易卜生研究的问题与方法——奥斯陆大学弗洛德·海兰德教授访谈录》，《外国文学研究》2018 年第 5 期，第 3 页。

一、中产阶级家庭婚姻与生命的本真

本剧中对于现实生活的呈现分为两个层面，一是鲁贝克与梅遏的典型中产阶级婚姻生活，二是原始的属于个体的自主生活。不同于易卜生中期“社会问题剧”中受困于家庭婚姻中无法自救的女性以及或冷漠或强势的男性，本剧中男性角色的主导力量受到了女性人物强有力的冲击。女性不再是被动地等待解放，而是通过自身的努力寻求平等和自由。经济上富足的生活非但没有让鲁贝克与梅遏感到幸福，反而使他们二人双双陷入窒息、疲倦的现实困境。根据启幕时的舞台提示，海滨浴场的环境贴近自然，美丽而别致，故事发生在“一个宁静、和煦、晴朗的夏日清晨”①。而戏剧却以鲁贝克和梅遏讨论“听得见寂静”这样含混修辞来开场，奠定了戏剧的诗性且略带凄楚的美学色彩。面对曾经生活过的地方，鲁贝克和梅遏没有感受到亲切或温暖，而是用“寂静”“死气沉沉”“疏远”来形容他们的感受。不仅对家乡没有归属感，他们对自己生活的舒适、宽敞、漂亮的别墅也同样缺乏情感依托。梅遏始终称那所别墅为“新房子”，并反复纠正鲁贝克，提醒他那里不是“新家”（271）。可见两人都对婚姻家庭生活感到厌倦。虽然剧中没有具体呈现二人婚姻生活的细节，但是联系《玩偶之家》《群鬼》《海达·高布乐》等一系列剧作，不难理解鲁贝克和梅遏的婚姻同样受到中产阶级伦理道德的严格限制，使他们失去了生活的乐趣和热情。鲁贝克失去了创作的动力，因而也缺失了生命的意义。身为鲁贝克妻子的梅遏则更加无所适从，丈夫是她唯一的身份标识。梅遏用“阴湿的笼子”来形容她的婚姻生活（326）。她的一举一动都受到这层身份的限制，直到猎人乌尔费姆的出现使她决定改变这一切。在这段婚姻中，梅遏率先寻找自我解放的途径。

乌尔费姆带着他的猎狗登场时将他粗鄙、庸俗和残忍的人物特点展现得淋漓尽致。

乌尔费姆　〔……〕（向佣人）拉斯，好好照看你的同类。可是别让它们吃饱。喂几块新鲜骨头——骨头上不许多带肉，听见没有？

---

① 亨利克·易卜生：《易卜生文集》（第七卷），人民文学出版社，1995，第269页。

记着，带血的生肉。喂狗的时候你自己肚子里也塞点东西。（踢他一脚）完了，滚你的！（281）

这一段话中乌尔费姆没有清楚地分辨他言说的对象。他嘱咐猎狗拉斯看管它的同类，但是转而叮嘱佣人的时候没有任何的提示和转折。直到他说“喂狗的时候你自己肚子里也塞点东西”，这里的“你”才能准确地判断其指代的是佣人。在后面的对话中他还将狗称为“最亲近的朋友”（283）。这种含混反映出乌尔费姆对待人和动物在意识层面的模糊。他的认知结构以动物为坐标，以动物的形态来定位身边的人。他称浴场的其他宾客为“苍蝇”，将“女人”当作猎物。在熟悉他之后，梅遏形容他像是古罗马神话中的羊人，即半人半羊、生性淫荡的农牧之神。猎人的身份可以追溯到人类文明最初始的采集狩猎阶段。人类进入定居的农耕文明之前，猎人打猎是出于生存本能的需要。乌尔费姆的人物形象可以说是一种类型化的表现手法。他代表了原始的人与自然的关系是一种竞争和征服与被征服的关系。更为有趣的是，他认为鲁贝克的雕塑艺术创作与他打猎的行为在本质上是一样的。他们同样使用坚硬的工具，征服坚硬的材料。只不过鲁贝克征服的对象是石头，而他征服的对象是熊，都是自然之物。乌尔费姆的人物设定将对艺术创作的本质探讨进行追本溯源，回到人类文明之初。随着历史进程的不断向前，艺术家和猎人成为分属不同社会阶层、具有不同社会内涵的两种身份。乌尔费姆代表了从历史起源的角度来看待艺术的本质问题。

鲁贝克在婚前承诺梅遏会带她到高山上“赏鉴全世界的荣华”（275），当梅遏再次提起时，鲁贝克却说这是哄骗她的玩笑。乌尔费姆一经登场，梅遏便不自觉地被他身上的原始和野性吸引。到了第二幕，梅遏已经完全学会了使用乌尔费姆的语汇。她称旅馆为“捕蝇玻璃罩”，兴致勃勃地跟随乌尔费姆去森林中寻找棕熊，而且强调那里是“你们城市普通人永远走不到的地方”（296）。她对乌尔费姆并不是传统意义上的爱情，而是对他的生活方式的向往，一种与中产阶级的体面和严谨截然相反的生活。梅遏被乌尔费姆吸引，从侧面印证了中产阶级婚姻家庭生活的沉闷和死寂。

然而乌尔费姆不仅对动物具有本能的征服欲，对于女性同样如此。在梅遏跟他出入森林之后，他对梅遏展现出暴力征服的一面。他提出要给梅遏一座城堡，并且要以实质的婚姻来实现。这个“城堡”带有禁锢之意，因而梅遏果断地拒绝了他。乌尔费姆继而威胁梅遏，他离开之后她将无法在森林中生存，试图以保护者的姿态要求梅遏跟随他，而已经获得自由的梅遏断然拒绝了他。

梅遏	（走近）我要让生活代替一切。
鲁贝克教授	（嘲笑）嘿嘿！小梅遏，你也打算做这件事吗？
梅遏	对。我还写了一首诗。这么写的（得意洋洋地唱起来） 我自由了！我自由了！我自由了！ 牢狱生活从此休！ 像飞鸟一样地自由！我自由了！ 因为我知道现在我已经醒了——终于醒过来了。(319)

梅遏口中的“生活”可以理解为属于她个体生命本真的自由，她希望“像飞鸟一样地自由”，不再受困于婚姻、家庭等任何形式的身份标识，彻底脱离这些“牢狱生活”。作为女性的梅遏不用在与他人尤其是男性的关系中定义自己，她可以对自己的生命和身份拥有绝对的自主权。鲁贝克教授用嘲笑和质疑的口吻与她对话，说明他不相信梅遏能够拥有真正的自由。这也恰恰说明鲁贝克与乌尔费姆都不能理解梅遏追求的自由为何。在梅遏与两位男性人物之间的互动过程中，《咱们死人醒来的时候》重新回到了易卜生在《玩偶之家》《群鬼》《海达·高布乐》等现实主义戏剧中对家庭婚姻困境的探讨。易卜生的戏剧人物尤其是女性人物多以无法改变自身现状甚至走向自我毁灭的失意结局收场。梅遏是为数不多的能够真正走出婚姻困局并且获得自由的女性，她形象地用“终于醒过来了”表达内心的真实感受。

梅遏的苏醒是对她作为独立的生命个体的自我意识的觉醒，这一点可以很自然地联想到易卜生最具代表性的“社会问题剧”《玩偶之家》中的娜拉。不同的是，娜拉直到剧末对于自己为何离开玩偶之家以及离开之后的去路并不完全清楚。梅遏则认清了自身产生精神困顿的原因并且明确地提出了自己的主张。鲁贝克也不同于海尔茂，他既没有用传统婚姻中妻子的伦理责任来限制梅遏做出选择，也没有用传统的家庭道德价值观来审判梅遏抛弃婚姻的行为。虽然梅遏将以何种方式生存下去不得而知，但是拒绝了婚姻的形式和典型的中产阶级家庭生活，比易卜生其他戏剧中的女性人物离理想的独立自由更进了一步。从更广义的层面来看，梅遏的自我解放是一种超越性别的道德自由的体现。中产阶级伦理道德体系下的婚姻生活应当是个人的自由选择，而非唯一的道德标准。梅遏与鲁贝克婚姻关系的终结不仅解放了她自己，也将鲁贝克从这段“如死亡一般冰冷、停滞、僵化、毫无生气”[①] 的婚姻中解放出来。梅遏反映的不仅是女性解放的问题，而且是每个生命个体追求道德自由的权利。

二、爱吕尼的死亡与觉醒

剧中另一位重要女性人物爱吕尼最终也实现了自我意识的觉醒。根据舞台提示，爱吕尼登场时的样子是“脸色苍白，脸上皱纹似乎已经很深，眼皮下垂，眼睛好像什么都看不见。她的衣服罩到脚上，紧贴身子，垂着笔直的折纹。她的头、颈、胸、肩臂，都被一幅白绉纱大围巾蒙住。两臂叉在胸前，身子笔直，步法僵硬匀缓”（278）。爱吕尼以一副没有生气的活死人形象进入观众视野，她称自己“已经是隔世的人”（286）。即使在鲁贝克认出了爱吕尼之后，剧本上爱吕尼并不以自己的名字出现，而是以“女客”出现，与《海上夫人》中陌生人的处理方式相类似。到了第二幕，剧本才出现爱吕尼的名字。“女客”的称呼模糊了爱吕尼的身份，一方面也呼应了她一直强调自己已经是个死去的人。当爱吕尼向鲁贝克回顾她的人生时，他并不相信爱吕尼对她杀夫、杀子的叙述。爱吕尼说：“叫我自己怎么做得了主呢？我说的话每句都是别人凑在我耳朵上告诉我的。”（288）她本人饱受流言的困扰，甚至到了精神失常的地步。经她之口说出的人生经历实际上并不是她本人真实的生活体验，而是由别人对她的评价、观察她的视角所呈现。她说自己已经是隔世之人，可以理解为她失去了自己的话语，任由别人编排她的人生。

以传统的伦理道德观来看，爱吕尼是一个自甘堕落的女人。第一幕

① Kittang, Atle, “Ibsen, Heroism, and the Uncanny,” *Modern Drama* 49, 3 (2006): 312.

与她一起登场的还有身着黑色衣服、胸前挂十字架的教会女护士，她如影随形地跟着爱吕尼。她常常出现在爱吕尼与鲁贝克谈话的时候，其中第二幕结尾时的这段谈话，就是在教会女护士的注视下进行的：

爱吕尼　　咱们看出无可挽回的事情的时候只是在——（把话截住）

鲁贝克教授　（向她注视追问）在什么时候？

爱吕尼　　在咱们死人醒来的时候。

鲁贝克　　（伤心，摇头）到那时候，咱们会真看出什么？

爱吕尼　　咱们会看出咱们从来没做过活人。（320）

在他们进行这段谈话时，爱吕尼看到教会女护士盯着她看，而她也很快地结束了与鲁贝克的独处，随护士离开。女护士代表了基督教伦理对爱吕尼的审视。她在剧中没有台词，没有出现用言语来劝导或规训爱吕尼的场面，但是她无处不在地出现在爱吕尼的身边，说明传统的基督教伦理对爱吕尼的审判——她是一个需要被救赎的对象。在爱吕尼被女护士带走之后，在第二幕末尾梅遏再次高声朗诵了她创作的那首关于自由的诗。由此可以看出两位女性人物截然不同的经历：梅遏最终从中产阶级婚姻中自我解放出来了，而爱吕尼仍然被传统的伦理观念评价，等待被救赎。

爱吕尼对生与死的感悟乃基于她自身的精神体验，尤其是自然情感的真实表达和欲望的满足。爱吕尼一再强调“咱们”都是“死人”，如她自己所言，是因为她的灵魂不复存在。她将灵魂献给了鲁贝克的艺术创作，但是这不是她失去灵魂的原因。鲁贝克以爱吕尼为模特的作品也是他自称杰作的作品《复活日》，这部作品是一座“正在从像死一般的睡眠中觉醒过来”的少女雕像，鲁贝克称它代表了“世上最崇高、最纯洁、最理想的女人的觉醒”（290）。鲁贝克以她为原型进行艺术创作，但为了保持作品的崇高、纯洁和理想，鲁贝克压抑了他的欲望，克制自己对爱吕尼的情感。他的理由是自己首先是艺术家，应当以完成伟大的艺术作品为使命，其次才是个人的欲望，但是爱吕尼既是高度抽象的艺术灵感，也是活生生的人。因而她所指的“咱们从来没做过活人”是他们从来没有按照自己真实的意愿来生活。艺术创作的过程能够使他们暂时抽离现实伦理，但是鲁贝克仍然保持理性克制的精神状态。

三、艺术创作与生命活力

鲁贝克与梅遏结婚是他决定放弃艺术，步入正常生活的一种选择。他回忆当时的初衷是“在充满阳光和美丽的世界上生活，难道不比一辈子钻在阴寒潮湿的洞里、耗尽精力、永远跟泥团石块拼命打交道，胜过百倍吗？”（303）。鲁贝克用隐喻的手法描绘了作为艺术家的他在创作时孤独、辛劳、痛苦的精神状态，道出了艺术创作过程的艰苦。婚姻是他想象中“在充满阳光和美丽的世界上生活”的具体实现方式。然而事实却是他在事业上取得成功之后，时刻要在安逸的生活与继续艺术创作、完成艺术家使命的两难之中做出抉择。鲁贝克的内心仍然有着艺术家的自觉，他为自己不再投入艺术创作转而给有钱的绅士太太制作半身雕像而感到羞愧痛苦，也逐渐对安逸平淡的婚姻生活感到乏味厌倦。梅遏发现鲁贝克无论走到哪里都心绪不宁，“很有厌世的气息”（273）。鲁贝克曾经向往的生活使他丧失了作为雕塑家的创作热情，不愿继续创作。鲁贝克对此的解释是他无法承受大众对他作品的“凭空揣测”（273）。鲁贝克的态度揭示了更为深层的问题，即艺术家与作品、作品与受众以及艺术家与受众之间的复杂关系。身为创作者的鲁贝克对他轰动世界的作品《复活日》有着自己的创作意图和表达初衷，但是作为观赏者的大众对这件作品有着不同的阐释。鲁贝克显然对大众的解读并不满意，言语间透露出他被误读和曲解而产生的愤怒。他站在创作者的立场说道：“在这些半身人像的内部和背后，隐藏着一种含糊奥妙的意义——那些人自己都看不见的一种秘密意义。”（274）人们对这件作品的品评只停留在这些人像被雕塑得“惟妙惟肖”上。人们看到的只是作品的浅表，却并不在意它背后的深层含义——这座群体人像实际上是“一群家畜”，有马面、驴嘴、狗头、猪脸、牛脸等，是“被人类作践而又倒过来作践人类的畜生”（274）。鲁贝克将人的群像刻意做成牲畜，作品的“两副面目”有嘲弄“那些有钱的大人先生”花重金请他做这座雕塑的意味，同时也批判了人受到欺骗和压迫的生存处境。他痛恨这种将艺术商品化的做法，更因为自己无力投入艺术创作而感到痛苦。

这件作品成为他个人最满意的作品，因为他赋予了雕塑鲜活的神情，把一位理想的纯洁女子的觉醒塑造得十分生动。爱吕尼回忆这段创作过程，她的描述是“我把我的年轻的活的灵魂送给你了。送掉了那份礼物，我就变成空空洞洞、没有灵魂的人了。（目不转睛地瞧他）我就是死在这上头的，阿诺尔得”(294)。爱吕尼将自己的灵魂交付给鲁贝克，而鲁贝克为它压抑了自己的欲望，从而完成了这座伟大的雕像，他们共同称它为“孩子”。如鲁贝克所言，爱吕尼是他的创作灵感而不仅仅是模特。在完成这件作品之后再也没有创作出可以与之相提并论的作品了。在这个意义上，这座雕像对他人而言可能只是赏玩的物件，但是对于两个参与其中的创作者而言，却是倾注了自身情感、思想、欲望的作品，是他们生命体验的一部分。

鲁贝克的艺术创作与《圣经》中上帝创造人类形成了隐喻。爱吕尼描述她亲眼见证以自己为原型的雕像诞生的过程：“看它从一堆不成形的原料里化成一个生气勃勃的活人——这就是咱们的创作，‘咱们的孩子’，我和你的孩子”(310)。鲁贝克在创作之初希望通过《复活日》展现少女的一尘不染，即没有任何生命经验、不被世俗浸染的纯洁美好。在这个意义上，他的创作理念带有强烈的浪漫主义色彩，充满了理想主义的情怀。随着鲁贝克人生阅历的增长，他的创作目的也有所改变。他希望“把亲眼看见的人物世态用形象表现出来”(312)，说明他的作品不再单一地呈现理想，而是逐渐走向现实。这与易卜生从浪漫主义转向现实主义的创作历程有相似之处。鲁贝克不断在原有的单人雕像上增添了他在现实生活中实实在在见过的男男女女的形象，“带着依然隐约的畜生嘴脸”(312)，透露出强烈的批判现实的倾向。原本的纯洁少女在群像的包围下不再是绝对的中心，而是成为众人中的一员。

鲁贝克的创作过程也可以看作是易卜生创作生涯的缩影。在布朗德之后，他塑造了一个个鲜活的普通人，探究人的生存状态，猛烈地抨击各种社会问题，尤其是针对虚假、伪善、保守的伦理道德观念。在鲁贝克的身上，易卜生也在进行深刻的自我剖析，不免给自己加上了沉重的道德枷锁。鲁贝克把自己也放在群像里，他对自己的定位是“为了生活被断送而忏悔的人”(313)。他一方面对自己无法达成心中的艺术理想而失落，另一方面对自己无法平衡艺术创作与享受生活，没有尽到艺术家本分而做出自我批评。然而，爱吕尼以受害者和旁观者的视角，认为鲁贝克的自我忏悔只是他塑造出的形象。鲁贝克通过艺术创作来自我安慰，弥补内心的道德歉疚。艺术家身份成为他原谅自己的借口。爱吕尼称呼他为“诗人”，这个称呼“隐含着宽恕罪过的口气——并且还可以遮掩一切弱点”(314)。

复活之后的爱吕尼重新拾起了“母亲”的伦理身份。她十分在意鲁贝克以她为原型的这个作品。在得知鲁贝克对雕像进行了修改之后，她立刻产生了攻击性和保护欲，用藏在身上的尖刀指向鲁贝克，甚至想杀死他。

鲁贝克分别在创作《复活日》和结婚以后同爱吕尼与梅遏先后生活在陶尼慈湖边的别墅。同样的地理位置和自然环境却带给鲁贝克截然不同的精神生活体验。他并没有在结婚以后获得他向往的幸福生活。与爱吕尼重逢后，他发现那段与她共同创作的时光也并非只有艰辛和黑暗。鲁贝克不能在享乐的生活中找到生命的意义，与爱吕尼的重逢使他认清了平淡的婚姻生活并不能使他满足。他向梅遏坦白：“就我而言，在咱们认识以后的短短几年中，我已经度过了整整一辈子。现在我已经看清楚，我这人绝对不宜于在懒散的享受中求快乐。这种方式的生活不是为我和类似我的人安排的。我必须不停地工作——创作了一件又一件——到死才罢休。”(304) 平凡的婚姻生活不但没有使鲁贝克感到幸福快乐，反而消耗了他的生命，使他的生命失去意义。从这里可以看出，鲁贝克对艺术家的认知与新教伦理对“天职”的定位相契合。鲁贝克为他的杰出作品取名《复活日》具有深层的寓意。对爱吕尼而言，与鲁贝克的重逢激活了她的生命，成为她的“复活日”；而对鲁贝克而言，他也重新找回了他的艺术生命。此外，复活日本身是基督教的重要节日，仿若艺术家的使命似乎来自上帝的召唤，不容许他逃避。

易卜生的戏剧中常常用高山或高处作为理想的道德境界和艺术境界的形象表达。高山这类意象不仅是象征着自由的理想和愿景等积极意义，而且也有死亡笼罩的阴影消解了它们的正面意图，使这些意象的意义更加复杂且难以琢磨。[①] 正因为如此，易卜生笔下的自由和理想从来都不是无条件的，他的戏剧中共有十三部戏剧以主人公的死亡收场，其中最伟大、最有魅力的人物往往为了追求自由和真理而付出生命的代价。在他的戏剧收场白中，易卜生给鲁贝克与爱吕尼安排了与布朗德极为相似的结局，说明易卜生自始至终都没有改变过自己的道德信念和道德立场。

---

① Kittang, Atle, "Ibsen, Heroism, and the Uncanny," *Modern Drama* 49, 3 (2006): 312.

结　　语

从戏剧这种艺术形式的产生和发展历史来看，自古希腊以来戏剧的主要功能一方面在于娱乐，另一方面在于陶冶观众的道德情操，使观众通过戏剧的美获得道德情感的升华。戏剧的美既有内容之美也有形式之美。在十九世纪欧洲，易卜生的现实主义戏剧捕捉人物心理和道德的微妙之处，完成了戏剧的改革，开启了现代戏剧之门。易卜生戏剧在世界剧坛长盛不衰，至今仍活跃在世界各地的戏剧舞台上。世界各地的剧团和导演、演员仍然热衷于探索新的形式表演易卜生的戏剧。易卜生戏剧时至今日依然有现实价值，包括美学价值和伦理价值。本书选取易卜生创作成熟期极具代表性的十一部剧作，通过分析戏剧人物的伦理身份和伦理选择，剖析其中的伦理问题，阐释易卜生剧作的伦理思想。

十九世纪地处欧洲北部的挪威相较于发展迅速的欧洲大陆，社会形态和经济发展都相对落后，仍然依赖森林资源，以出口木材为主要经济来源。在挪威生活的人思想也相对落后保守，与欧洲大陆有着巨大的差距。当易卜生的作品在欧洲大陆受到关注以后，首位将易卜生及其作品译介入英国的学者艾德蒙·戈斯把挪威称作“欧洲文学史册上一片未知的土地”①。1814 年挪威作为一个国家开始独立，但挪威的政治、经济和文化都发展缓慢，直到 1940 年才逐步确立，实现真正的独立自主。

易卜生清楚地看到挪威与日新月异的世界之间存在巨大差距，尤其在个人的思想精神方面。因此易卜生的作品无论诗歌或戏剧都热衷于探究个人的自由和解放。他的创作主题如个人主义、对个人信仰的忠诚、对社会的反抗、对自由和真理的歌颂等都属于浪漫主义关注的话题。易

① Haugen, Einar, *Ibsen's Drama : Author to Audience*, Minneapolis: University of Minnesota Press, 1979, p. 23.

卜生的剧作反映了剧作家坚持不懈探索能够用现实主义手法展现他浪漫主义人物和主题的方式①。其创作风格的转变是出于对艺术的探索，但是在另一方面，这一转变反映了易卜生对当时挪威社会伦理道德体系下个人面临的伦理问题的思考。

易卜生用现实主义和象征主义的戏剧手法探索自由、真理与伦理之间的关系，开辟了新的戏剧艺术，包括戏剧语言和技巧。他用现实的场景、日常语言和现实的人物描绘现实生活，并赋予这些日常生活深邃的意义。他让剧场成为对现实问题进行辩论的论坛。戏剧评论家和研究者在易卜生研究中常用“模棱两可”（ambivalence）和“自相矛盾”（contradiction）概括评价易卜生剧作中的主题思想、人物塑造和情节设计。真理（truth）和自由（freedom）分别对应理想（ideal）和伦理（ethics）。易卜生用历史的眼光看待真理和自由，他自己从未停止过探索和追寻真理、自由的脚步，他的作品也反映出这一点。真理和自由在不断发展变化，因此易卜生意义下的真理和自由是不断追求它们的动态过程。

《玩偶之家》和《群鬼》以娜拉和阿尔文太太的个人伦理选择及其结果为戏剧的中心事件。娜拉实现了个人伦理意识的觉醒从而走出玩偶之家，表明伦理意识是人之所以为人的决定性因素，是追求个人自由解放的前提。阿尔文太太的道德克制摧毁了她的家庭幸福，制造了下一代的悲剧。真理即是道德。《海上夫人》和《海达·高布乐》虽然仍然以女性人物和家庭伦理为基本框架，但是这两部戏剧背景涵盖了从自然选择到伦理选择，反映了人类的文明进程。艾梨达和海达两位女性人物的精神束缚反映出人类在伦理选择之后面临的自由和道德约束之间的伦理困境。自由能够通过伦理选择获得，但是伦理选择要尊重身份的客观性，并承担相应的伦理责任。在《人民公敌》和《野鸭》中理想主义者斯多克芒和格瑞格斯分别提出了各自的理想诉求。然而它们产生的截然不同的戏剧效果强调了追求真理和自由不是绝对的伦理正义。客观真理虽然存在，但追求真理的手段和目的也必须符合道德。更为重要的是，个人追求真理和自由的行为本质上是伦理选择，受到伦理道德的约束。《社会支柱》和《罗斯莫庄》两部剧中的主要人物都有建构伦理秩序的道德理想。两

① Tennant, P. F. D, *Ibsen's Dramatic Technique*, Oxford, UK: The Alden Press, 1948, p. 33.

部剧都探讨了过去是否可以摆脱的主题，个人应当怎样摆脱过去、活在当下、创造未来等问题。《布朗德》《建筑师》和《咱们死人醒来的时候》则回归艺术家易卜生的创作本心，探寻作为戏剧大师的易卜生对于艺术和现实生活之间关系的理解。

全书五章以人物的伦理身份和伦理选择为逻辑出发点，分析易卜生的戏剧如何展现个人对真理和自由的追求，实现过去、现在和将来的和谐统一，以及社会如何建构顺应时代发展的伦理秩序等问题。易卜生观察到真理与理想之间人们往往为了实现被社会、宗教极端化的理想而枉顾真理，并且人往往只能采用诸如欺骗、谎言、威胁等丑恶的手段粉饰出所谓的理想。他倡导人们从思想到行动上实践自由，即在思想上解放自我，树立独立自主的伦理意识和判断力，在行动上进行自由伦理选择，但要为自己的选择负相应的伦理责任。

易卜生始终在他的戏剧中探索伦理道德与个人解放、追求自由和真理之间的关系。娜拉、斯多克芒、罗斯莫等人物都是易卜生主义的体现者，反抗束缚人性的意识与陈腐落后的伦理秩序，追求精神解放和道德升华①。见微知著，从家庭等具体语境中的个人上升到具有普遍意义、关于人的本真问题的探索。从布朗德提倡“全有或全无”的绝对精神自由，到海达终以死亡来结束与现实妥协的伦理，可以看出易卜生越来越清楚地认识到并且在剧中表达出客观伦理的存在，不以个人的意志为转移。

易卜生的作品塑造了多种多样的人物，涉及了男女平等、言论自由、家庭问题、政治腐败等众多社会问题，讨论如何追求真理和个人的自由。海默尔指出：“它（真理和自由）不仅仅是将个人作为社会的一个成员而提出的伦理要求的一种表达方式，也是对易卜生作为一个戏剧家和一个‘现实主义者’提出的要求。”② 勃兰兑斯在他的诗歌《致易卜生》中写道：“真理和自由是统一和同一的存在。”③ 易卜生剧作致力于探索真理和自由的内涵、存在的条件。社会提供了人类生存的资源，但同时也有其

① 王忠祥：《关于易卜生主义的再思考》，《外国文学研究》2005年第5期，第43页。

② 比约恩·海默尔：《易卜生——艺术家之路》，石娥琴译，商务印书馆，2007，第253页。

③ McFarlane, James, *Ibsen and Meaning*, Norwich: Norvic Press, 1989, pp. 348-349.

限制性。在易卜生的剧作中，伦理道德往往是限制人物选择的重要因素。易卜生无疑坚决捍卫个人追求真理和自由的权利。随着时间的推移，易卜生对这两个问题的思考是不断变化推进的，然而无论易卜生如何探索和自我反思，他主张的真理和自由始终具有道德属性。在他的戏剧作品尤其是“社会问题剧”中，易卜生尖锐地抨击陈腐的伦理道德观对人的绑架和摧残，但是其目的是呼吁社会变革，构建适应时代发展和符合人性的伦理秩序。

易卜生戏剧的伦理价值是其一个多世纪以来在全世界范围内经久不衰的重要原因。自《社会支柱》起易卜生专注于现代场面（modern scene），他在世界剧坛的卓越影响力源自这些戏剧生动的主题和他刻意不用韵文创作而产生的现实性，在易卜生之前没有戏剧家能够有如此决心将现代性和社会问题结合起来①。现代性或现代主义可以有多方面标准进行界定，但相通的特点是对现行秩序的彻底颠覆。易卜生研究者对其戏剧的现代性从不同的方面进行研究，并取得了突出成果，但是还应看到从伦理思想角度，易卜生戏剧的现代性体现在他对既定伦理价值体系和伦理秩序的批判否定。易卜生戏剧提出了深刻的伦理问题，在将矛头指向现行伦理秩序的同时，他在探索思考如何构建以真理和自由为基础的新伦理秩序以及在此过程中个人如何完善自身。易卜生被誉为“伟大的问号”，一个多世纪以来中外易卜生研究学者都在解码易卜生留下的问题。对于剧中的伦理问题易卜生没有给出确切的答案，但是他的戏剧留给世人的伦理思考具有永恒的魅力和价值。

---

① Gray, Ronald, *Ibsen — A Dissenting View*, Cambridge, England: Cambridge University Press, 1977, p. 2.

参考文献

一、外文著作

[1]ADAMS R. M. Strains of Discord: Studies in Literary Openness[M]. Ithaca,NY:Cornell University Press,1958.

[2]ANDREAS-SALOMÉ L. Ibsen's Heroines[M]. Trans. Siegfried Mandel. New York:Proscenium Publishers Inc. ,1985.

[3]ARCHER W. Study and Stage: A Yearbook of Criticism[M]. London:Grant Richards,1899.

[4]BEYER E. Ibsen:The Man and His Work[M]. London:Souvenir Press,1978.

[5]BRADBROOK M. C. Ibsen the Norwegian[M]. London:Chatto & Windus,1946.

[6]BRUSTEIN R. The Theatre of Revolt: An Approach to the Modern Drama[M]. London:Methuen,1965.

[7]CARTER I. Railways and Culture in Britain: The Epitome of Modernity[M]. Manchester,UK: Manchester University Press,2001.

[8]CHAMBERLAIN J. S. Ibsen: The Open Vision[M]. London: Athlone Press Limited,1982.

[9]CLURMAN H. Ibsen[M]. London:The Macmillan Press,1977.

[10]DOWNS B. W. A Study of Six Plays by Ibsen[M]. Cambridge, UK:Cambridge University Press,1950.

[11]DOWNS B. W. Ibsen:The Intellectual Background[M]. Cambridge, UK:Cambridge University Press,1946.

[12]DURBARCH E. Ibsen the Romantic[M]. London:Mcmillan,1982.

[13]EGAN M,ed. The Critical Heritage:Henrik Ibsen[M]. London: Routledge,2003.

[14] FERGUSON R. Henrik Ibsen [M]. London: Richard Cohen Books,1996.

[15] FJELDE R, ed. Ibsen: A Collection of Critical Essays [M]. Englewood Cliffs,NJ:Prentice-Hall,Inc. ,1965.

[16]FRANC M. A. Ibsen in England[M]. Boston: The Four Seas Company,1919.

[17]GRAY R. Ibsen:A Dissenting View[M]. Cambridge, UK:Cambridge University Press,1977.

[18]HAUGEN E. Ibsen's Drama:Author to Audience[M]. Minneapolis, MN:University of Minnesota Press,1979.

[19] HODGSON T. Modern Drama: From Ibsen to Fugard [M]. London:Batsford,1992.

[20] IBSEN H. Ibsen: Letters and Speeches [M]. Evert Sprinchorn. Clinton,MA:MacGibbon & Kee,1965.

[21]JOHNSTON B. The Ibsen Cycle[M]. Boston:Hall,1975.

[22] JOHNSTON B. Text and Supertext in Ibsen's Drama [M]. University Park,PA:Pennsylvania State University Press,1989.

[23] LOWENTHAL L. Literature and the Image of Man: Sociological Studies of the European Drama and Novel, 1600-1900[M]. Boston, MA: Beacon,1957.

[24] LYONS C. R. Henrik Ibsen: The Divided Consciousness[M]. Carbondale:Southern Illinois University Press,1972.

[25]MCFARLANE J, ed. Discussions of Henrik Ibsen[M]. Boston: D. C. Heath and Company,1962.

[26] MCFARLANE J. Ibsen and Meaning [M]. Norwich: Norvic Press,1989.

[27]MCFARLANE J, ed. The Cambridge Companion to Ibsen[M]. Cambridge, UK:Cambridge University Press,1994.

[28]MEYER M. Ibsen[M]. Garden City,UK:Doubleday,1971.

[29]MEYER M. Henrik Ibsen Vol. 2[M]. London: Rupert Hart-Davis

Ltd. ,1971.

[30]MEYER M, ed. Ibsen on File[M]. London: Methuen London Ltd. ,1985.

[31]MOI T. Henrik Ibsen and the Birth of Modernism:Art,Theater, Philosophy[M]. Oxford,UK:Oxford University Press,2006.

[32]NORENG H,et al. eds. Contemporary Approaches to Ibsen[M]. Oslo,Norway:Sverre Johansen Boktrykkeri,Sparsborg,1977.

[33]PUNTER D. The Gothic Condition: Terror, History and the Psyche[M]. Cardifff,UK:University of Wales Press,2016.

[34]RAZINSKY L. Freud, Psychoanalysis and Death[M]. Cambridge, UK:Cambridge University Press,2012.

[35]RHODES N. Ibsen and the Greeks[M]. London: Associated University Press,1995.

[36]ROKEM F. Theatrical Space in Ibsen,Chekhov and Strindberg: Public Forms of Privacy[M]. Ann Arbor:UMI Research Press,1986.

[37]SANDERS V. The Tragi-Comedy of Victorian Fatherhood[M]. Cambridge,UK:Cambridge University Press,2009.

[38]SANDBERG M. B. Ibsen's Houses: Architectural Metaphor and the Modern Uncanny [M]. Cambridge, UK: Cambridge University Press,2015.

[39]SHAW G. B. Quintessence of Ibsenism[M]. London:Constable and Company Ltd. ,1913.

[40]SHIDELER R. Questioning the Father: From Darwin to Zola, Ibsen, Strindberg, and Hardy [M]. Stanford, CA: Stanford University Press,1999.

[41]STEINER G. Death of Tragedy[M]. London: Faber and Faber Limited,1961.

[42]TEMPLETON J. Ibsen's Women[M]. Cambridge, UK: Cambridge University Press,1997.

[43]TENNANT P. F. D. Ibsen's Dramatic Technique[M]. Oxford, UK:The Alden Press,1948.

[44]THEOHARIS T. C. Ibsen's Drama:Right Tradition and Tragic

Joy[M]. New York:St. Martin's Press,1999.

[45]THOMAS D. Henrik Ibsen[M]. New York:Macmillan,1983.

[46]TROELTSCH E. The Social Teaching of the Christian Churches [M]. Trans. Olive Wyon. New York:Macmillan,1931.

[47]WEIGAND H. J. The Modern Ibsen: A Reconsideration[M]. Salem,New Hampshire:AYER Company,Publishers,Inc. ,1984.

[48]WILLIAMS R. Drama from Ibsen to Brecht[M]. England:Chatto & Windus,1971.

二、外文论文

[1] ADAMS H. Reviewed Work: Strains of Discord: Studies in Literary Openness by Robert M. Adams [J]. Criticism, 1959, 1 (3): 274-276.

[2] ADAMS R. M. Henrik Ibsen: The Fifty-first Anniversary[J]. Hudson Review,1957,10(3):415-423.

[3]ARCHER W. Introduction to Pillars of Society[J]. The Works of Henrik Ibsen Vol. Ⅵ. New York:Charles Scribner's Sons,1911.

[4]BARR R. L. Metaphor and Community in The Lady from the Sea: Remitting Impediments through the Marriage of Skewed Minds [J]. Modern Drama,1991,34(4):467-481.

[5] BARRANGER M. S. Ibsen's "Strange Story" in The Master Builder:A Variation in Technique[J]. Modern Drama,1972,15(2):175-184.

[6]BEAUCHAMP G. Changing Times in Utopia[J]. Philosophy and Literature,1998,22(1):219-230.

[7]BINION R. Fiction as Social Fantasy:Europe's Domestic Crisis of 1879-1914[J]. Journal of Social History,1994,27(4):679-699.

[8]BOENINGER S. P. Teacups and Butter:The Importance of Eating in Ibsen's A Doll's House and The Wild Duck[J]. Modern Drama,2014,57 (4):451-468.

[9]BRYNHILDSVOLL K. The Claim of the Ideal:Ethics in Ibsen's Dramas[J]. Foreign Literature Studies,2005,1:12-17.

[10]BRUSTEIN R. Ibsen and Revolt[J]. The Tulane Drama Review,

1962,7(1):113-154.

[11]CARDULLO R. J. The Pillars of Ibsenian Drama: Henrik Ibsen and Pillars of Society,Reconsidered[J]. Neophilologus,2011:359-371.

[12]CARLSON M. Patterns of Structure and Character in Ibsen's Rosmersholm[J]. Modern Drama,1974,17(3):267-275.

[13]CHAMBERLAIN J. S. Tragic Heroism in Rosmersholm[J]. Modern Drama,1974,17(3):277-288.

[14]CIMA G. G. Discovering Signs: The Emergence of the Critical Actor in Ibsen[J]. Theatre Journal,1983,35(1):5-22.

[15]COLGLAZIER D. J. Willa Cather on Henrik Ibsen's Realism: The Protest against Lies[J]. American Literary Realism, 2001, 33(2): 99-103.

[16] DURBACH E. Temptation to Err: The Denouement of Rosmersholm [J]. Educational Theatre Journal,1977,29(4):477-485.

[17]FJELDE R. The Lady from the Sea:Ibsen's Positive World-View in a Topographic Figure[J]. Modern Drama,1978,21(4):379-391.

[18] FOSTER V. A. Ibsen's Tragicomedy: The Wild Duck [J]. Modern Drama,1995,38(3):287-297.

[19]FUCHS E. Mythic Structure in Hedda Gabler:The Mask behind the Face[J]. Comparative Drama,1985,19(3):209-221.

[20]FUCHS E. Marriage, Metaphysics and The Lady from the Sea Problem[J]. Modern Drama,1990,33(3):434-444.

[21]GANZ A. Miracle and Vine Leaves[J]. PMLA, 1979, 94(1): 9-21.

[22]GARSTEN C. Mirrors of Organizing:Plots,Anxieties,and Potentialities in the Work of Henrik Ibsen [J]. Organization Studies, 2008, 28: 1271-1296.

[23]GREENBERG Y. The Hidden Architecture in Ibsen's "Rosemersholm" [J]. Modern Language Review,1994,89(1):138-148.

[24] HARMER R. Character, Conflict, and Meaning in The Wild Duck[J]. Modern Drama,1969,12(4):419-427.

[25]HERFORD C. H. Hedda Gabler: A Drama[J]. The Academy,

1869-1902,0269-333X. 980,1891:154-155.

[26]HIDEN M. Ibsen and Nietzsche:A reading of The Master Builder[J]. Modern Drama,1973,15(4):403-410.

[27]HORNBY R. Feminist Theater[J]. The Hudson Review,1997, 50(3):470-476.

[28] HOWELLS W. D. Henrik Ibsen [J]. The North American Review,1906,183(596):1-14.

[29]JAKOVLJEVIC B. Shattered Back Wall:Performative Utterance of "A Doll's House"[J]. Theatre Journal,2002,54(3):431-448.

[30]JONES D. R. The Virtues of "Hedda Gabler"[J]. Educational Theatre Journal,1977,29(4):447-462.

[31]KELLY K. E. Pandemic and Performance: Ibsen and the Outbreak of Modernism[J]. South Central Review,2008,25(1):12-35.

[32]KILDAHL E. E. The "Social Conditions and Principles"of Hedda Gabler[J]. Educational Theatre Journal,1961,13(3):207-213.

[33]KIM J. Denaturing as Disembodiment:The Claims of Ideals in The Wild Duck[J]. Foreign Literature Studies,2009, 31(6):24-32.

[34]LAMBERT R. C. Pitfalls in Reading Drama[J]. The English Journal,1964,53(8):592-594,602.

[35]LEIGH J. Ebb and Flow:Ibsen's The Lady from the Sea and the Possibility of Feminine Discourse[J]. Modern Drama, 1998, 41(1): 119-133.

[36]LINGARD L. The Daughter's Double Bind: The Single-parent Family as Cultural Analogue in Two Turn-of-the-Century Dramas[J]. Modern Drama,1997,40(1):123-138.

[37] LORENTZEN J. Ibsen and Fatherhood [J]. New Literary History,2006,37(4):817-836.

[38]MACHIRAJU A. F. Ideals and Victims: Ibsen's Concerns in "Ghosts and the Wild Duck"[J]. The Modern Language Review,1992,87(1):134-142.

[39]MAI A. Women Freedom and Transgression:A Perspective on Ibsen's Plays A Doll's House and Ghosts[J]. Foreign Literature Studies,

2009,31(6):40-49.

[40]MATOS T. C. Choleric Fictions: Epidemiology, Medical Authority, and An Enemy of the People[J]. Modern Drama,2008,51(3):353-368.

[41]MOI T. Hedda's Silences: Beauty and Despair in Hedda Gabler [J]. Modern Drama,2013,56(4):434-456.

[42]OLSEN S. H. Why does Hedda Gabler Marry Jorgen Tesman? [J]. Modern Drama,1985,28(4):591-610.

[43]ÖZDEMIR E. The Chronotopic Dynamics of Ibsen's Pillars of Society: The Triumph of Industrialism or How Drama Becomes History [J]. Modern Drama,2014,57(2):143-164.

[44]PRICE R. Animal,Magnetism,Theatricality in Ibsen's The Wild Duck[J]. New Literary History,2006,37(4):797-816.

[45]RAUTENFELD H. Thinking for Thousands: Emerson's Theory of Political Representation in the Public Sphere[J]. American Journal of Political Science,2005,49(1):184-197.

[46]REKDAL A. M. Women, Freedom and Transgression: A Perspective on Ibsen's Plays A Doll's House and Ghosts [J]. Foreign Literature Studies,2009,6:40-49.

[47]RØNNING H. Review: Henrik Ibsen by David Tomas [J]. Modern Language Review,1986,81(1):260-261.

[48]ROSENGARTEN D. "The Lady from the Sea": Ibsen's Submerged Allegory[J]. Educational Theatre Journal,1977,29(4):463-476.

[49]SAARI S. E. Hedda Gabler: The Past Recaptured[J]. Modern Drama, 1977,20(3):299-316.

[50]SOLOSKI A. "The Great Imitator": Staging Syphilis in A Doll's House and Ghosts[J]. Modern Drama,2013,56(3):287-305.

[51]SMITH M. W. The Wild Duck: A Play of Play [J]. Modern Drama,2002,45(1):9-22.

[52]STANTON S. S. Trolls in Ibsen's Late Plays[J]. Comparative Drama,1998-1999, 32(4):541-580.

[53]TEMPLETON J. The Doll House Backlash: Criticism, Feminism, and Ibsen[J]. PMLA,1989,104(1):28-40.

[54]TOSCHI P. A Question about the Tarantella[J]. Trans. N. F. Journal of the International Folk Music Council,1950(2):19.

[55]WICKLUND B. Friendship versus Love in Ibsen's Dramas[J]. Nordlit:Tidsskrift I litteratur og kultur,2015,34(2):213-224.

[56]VANN L. T. Art and Structure in Rosmersholm [J]. Modern Drama,1963,6(2):150-163.

[57]YDE M. Messianism and the Third Kingdom:Intimations of the Twentieth Century in Ibsen's An Enemy of the People [J]. Modern Drama,2015,58(2):155-170.

三、中文文献

[1] 威廉·阿契尔. 剧作法 [M]. 吴钧燮，聂文杞，译. 北京：中国戏剧出版社，1964.

[2] 拉尔夫·沃尔多·爱默生. 论自立 [M]. 蒲隆，译. 北京：法律出版社，2009.

[3] 马丁·艾思林. 戏剧剖析 [M]. 罗婉华，译. 北京：中国戏剧出版社，1981.

[4] 高中甫. 易卜生评论集 [M]. 北京：外语教学与研究出版社，1982.

[5] 陈惇，刘洪涛. 现实主义批判——易卜生在中国 [M]. 南昌：江西高校出版社，2009.

[6] 比约恩·海默尔. 易卜生——艺术家之路 [M]. 石琴娥，译. 北京：商务印书馆，2007.

[7] 何成洲. 论海达·高布乐是一个颓废者 [J]. 外国文学评论，2004 (3)：137-143.

[8] 何成洲. 对话北欧经典——易卜生、斯特林堡与哈姆生 [M]. 北京：北京大学出版社，2009.

[9] 蒋文颖. "妻子"或"女儿"：论海达·高布乐的伦理身份和伦理选择 [J]. 外国文学研究，2015 (4)：63-71.

[10] 蒋文颖. 论《玩偶之家》中的伦理自觉与身份确认 [J]. 华中学术，2019 (2)：20-29.

[11] 蒋文颖. 论《海上夫人》中的伦理两难 [J]. 山东外语教学，

2019 (6): 96-104.

[12] 蒋文颖. 双重隐喻与道德诉求：易卜生戏剧《群鬼》的伦理内涵 [J]. 外国文学研究，2020 (4): 54-63.

[13] 蒋文颖. 乌托邦式的道德想象：《罗斯莫庄》中的伦理身份与伦理环境 [J]. 外国语文研究，2022 (3): 48-56.

[14] 姜小卫. 绿色易卜生："人民公敌"的社会良知与责任 [J]. 外国文学，2011 (1): 142-148.

[15] 哈罗德·克勒曼. 戏剧大师易卜生 [M]. 蒋嘉，蒋虹丁，译. 长沙：湖南人民出版社，1981.

[16] 茅于美. 易卜生和他的戏剧 [M]. 北京：北京出版社，1984.

[17] 聂珍钊. 文学伦理学批评导论 [M]. 北京：北京大学出版社，2014.

[18] 聂珍钊. 文学伦理学批评：论文学的基本功能与核心价值 [J]. 外国文学研究，2014 (6): 8-13.

[19] 阿·尼柯尔. 西欧戏剧理论 [M]. 徐士瑚，译. 北京：中国戏剧出版社，1985.

[20] 孙惠柱. 第四堵墙：戏剧的结构与解构 [M]. 上海：上海书店出版社，2006.

[21] 谭霈生. 论戏剧性 [M]. 北京：北京大学出版社，1981.

[22] 陶家俊. 西方文论关键词：创伤 [J]. 外国文学，2011 (4): 117-125.

[23] 王宁. 易卜生与现代性：西方与中国 [M]. 天津：百花文艺出版社，2001.

[24] 王宁. "被译介"和"被建构"的易卜生：易卜生在中国的变形 [J]. 外国文学研究，2009 (6): 50-59.

[25] 王晓兰.《人民公敌》中"道德人"与"经济人"的冲突及其当代意义 [J]. 戏剧文学，2010 (5): 30-34.

[26] 汪余礼. "深沉阴郁的诗"与"不可能的存在"——对《海达·高布乐》的审美感通批评 [J]. 武汉大学学报，2014 (3): 92-96.

[27] 王忠祥. 论《罗斯莫庄》的"悲剧精神"和象征意象 [J]. 外国文学研究，2003 (2): 1-7.

[28] 王忠祥. 关于易卜生主义的再思考 [J]. 外国文学研究，2005

(5)：42-44.

[29] 王忠祥. 易卜生 [M]. 北京：华夏出版社，2003.

[30] 徐燕红. 海达·高布乐的女性视角透视 [J]. 外国文学研究，2000 (1)：39-43.

[31] 亚里士多德，贺拉斯. 诗学·诗艺 [M]. 郝久新，译. 北京：中国社会科学出版社，2009.

[32] 亨利克·易卜生. 易卜生文集：第五、六卷 [M]. 潘家洵，译. 北京：人民文学出版社，1995.

[33] 亨利克·易卜生. 易卜生书信演讲集 [M]. 汪余礼、戴丹妮，译. 北京：人民文学出版社，2013.

四、报刊和网络资源

[1] HURSTHOUSE R. and GLEN P. Virtue Ethics [EB/OL]. [2017-01-23] https://plato. stanford. edu/archives/win2016/entries/ethics-virtue.

[2] CRISP R. Ethics [EB/OL]. [2017-03-05] https://0-www. rep. routledge. com. catalogue. libraries. london. ac. uk/articles/overview/ethics/v-1/sections/ethical-concepts-and-ethical-theories.

[3] 卢暖. 戏剧先贤易卜生 [N]. 人民日报，2016-07-17 (7).